## Kurze Gebrauchsanweisung

**Lieber Leser, liebe Leserin,**

bevor du anfängst die Geschichte zu lesen, ein paar Worte vorweg. Die Geschichte hat fünf Anfänge und fünf Enden. Die Ziffer eines Anfangs passt zu dem Ende mit derselben Zahl. Es gilt frei nach William Shakespeare: Wie es euch gefällt!

Im Anhang findet ihr ein Gedicht, aus dem ich ein paar Zeilen zitiert habe und eine Inhaltsbeschreibung von „The Twelfth Night" oder „Was ihr wollt".

Ich habe in dem einen oder anderen Kapitel Stücke aus diesem Schauspiel verwendet und es wäre schade, wenn ihr das Stück nicht kennen solltet und deswegen weniger Spaß an den entsprechenden Stellen habt.

Mein Dank gilt Katja für eine Schreibstunde, die mich auf die Idee zu der Geschichte brachte und einem wunderbaren englischen Schauspieler, der Herzog Orsino in der BBC-Verfilmung spielte, für den Musenkuss. ☺

Und natürlich und vor allem meiner Familie, die sich während meines Schreibrausches tapfer gehalten hat, ohne mir die Mitgliedschaft zu kündigen. Ich liebe euch!

Eure C.

# Das Geheimnis von Aldenham Park
## und der Fluch der Wölfe

Caroline Susemihl

*Bibliografische Information der Deutschen National-bibliothek:*
*Die Deutsche Nationalbibliothek verzeichnet diese Publikation in der Deutschen Nationalbibliografie; detaillierte bibliografische Daten sind im Internet über http://dnb.dnb.de abrufbar.*

© *2014* **Caroline Susemihl**

*Illustration:* **Jörg Susemihl**

*Herstellung und Verlag: BoD – Books on Demand, Norderstedt*

*ISBN: 978-3-738-601-398*

## Inhaltsverzeichnis

| | |
|---|---|
| Vorspiel 1 – 5 | 7 |
| Es beginnt: Das Erbe | 12 |
| Der Einzug | 20 |
| Pasta gegen Sex | 29 |
| Der erste Morgen | 33 |
| Eve | 38 |
| Tabu oder nicht Tabu | 41 |
| Nächtliche Begegnungen | 48 |
| Der Dschungeldoktor | 54 |
| Geheime Gänge | 60 |
| Eine gute Idee | 70 |
| Herr der Geister | 83 |
| Tagebücher | 89 |
| Der Geisterjäger | 95 |
| Das Theater | 102 |
| Moore & More | 112 |
| Vergangenheit | 120 |
| Ein aufregender Fund | 127 |
| Erwischt | 131 |
| Ein unangenehmer Besucher | 138 |
| Vorhang auf | 145 |
| Demetrius | 150 |
| Der Fluch | 157 |
| Der Alchimist | 164 |
| Stammbäume und Listen | 174 |
| Orsino | 180 |
| Tapetenwechsel | 197 |
| Begegnung der dritten Art | 205 |

| | |
|---|---|
| Verführungen | 209 |
| Wortgefechte | 215 |
| Antworten | 217 |
| Ein Geständnis | 229 |
| Der Entschluss | 233 |
| Worte ohne Worte | 237 |
| Die letzte Nacht | 242 |
| Mond und Sonne | 245 |
| Der Tag danach | 250 |
| Der helle Wahnsinn | 255 |
| Partyfieber | 261 |
| Das heilige Feuer | 266 |
| Phönix | 273 |
| Da war doch noch was: | 278 |
| Nachspiel 1 – 5 | 280 |
| Anhang: Wissenswertes | 291 |

## 1. Vorspiel

„Es begab sich zu einer Zeit, als das Wünschen noch geholfen hat, dass sich ein bettelarmes Mädchen auf die Suche nach ihrer Familie machte ..."

## 2. Vorspiel

„Hallo! Wer ist da?"
„Smith & Smith. Notare und Anwälte. Ich verbinde sie mit Mister Smith."
„Guten Morgen Miss Durham, Smith am Apparat."
„Guten Morgen."
„Es geht um eine wichtige Erbschaftsangelegenheit."
„Erben? Ich habe doch keine Verwandten."
„Bis jetzt dachten sie das, Miss Durham. Ich weiß aus sicherer Quelle, dass dies nicht den Tatsachen entspricht. Und glauben sie mir, es war nicht einfach sie aufzuspüren. Mein Mandant hat Jahre gebraucht."
Schweigen.
„Miss Durham sind sie noch dran?"
„Ja. Ich kann es nicht fassen. Ich bin sprachlos."
„Ich verstehe ihre Skepsis. Aber ich möchte sie bitten mich Montag um 11:30 Uhr, in Aldenham

Park, nahe Borhamwood, zu treffen. Dort werde ich sie über alles aufklären. Und bitte seien sie pünktlich."

„Wie weit ist es bis dort hin?"

„Von meinem Haus in der Finchley Road, Camden Town, sind es circa 10 Meilen. – Ich hoffe, sie werden da sein. Es ist wichtig."

„Keine Sorge Mister Smith, ich werde pünktlich sein."

„Dann noch einen angenehmen Tag, Miss Durham."

„Danke gleichfalls, Mister Smith."


### 3. Vorspiel

James saß an seinem Schreibtisch in der Bibliothek. Vor ihm lag ein Bogen Papier. Er las den Text noch einmal, faltete den Bogen sorgfältig und steckte ihn in einen adressierten Umschlag. James wollte den Brief zusammen mit dem Testament Mister Smith aushändigen.

Er war müde und erschöpft. Zu lange hatte sein Leben gedauert. Es fehlte ihm nicht nur an Kraft, auch sein Geist verfing sich in den Jahren des Leidens in einer düsteren Welt, aus der er keinen Ausweg mehr fand. Es lag nun an seinem Erben, das Haus Aldenham zu retten und den Namen zu erhalten.

James hatte das Rätsel entschlüsselt und das

fehlende Teil des Puzzles gefunden. Sie hieß Serafine und lebte in einem winzigen Zimmer über den Dächern Londons.

Nachdem James Serafine fand, war er, wann immer möglich, in ihrer Nähe. Beobachtete und beschützt sie. Er wollte wissen, ob sie genug Mut und Herz besaß, den Weg zu Ende zu gehen. James war davon überzeugt. In den letzten Jahren war sie sein einziger Lichtblick. Er liebte sie. Sein Herz verzehrte sich nach ihr, aber sein Verstand gab sie frei.

Serafine war eine verlorene Seele, so wie alle die der Familie Aldenham angehörten. James nahm das Lederband mit dem Amulett ab und legte es in die Kiste mit den Briefen und Tagebüchern, die er Serafine hinterlassen wollte. Es sollte ihr Schutz werden und ein Teil von ihm würde immer bei ihr sein.

Es wurde Zeit Serafine nach Hause zu holen. James erhob sich und nahm die Dokumente vom Tisch. Mister Smith wartete. Er wollte sich nicht verspäten. Seine letzte Nacht brach an.

## 4. Vorspiel

Ich liebe das Schreiben im Café. Genug frischer Kaffee in allen Variationen. Dazu der samtig-buttrig-zuckrige Duft von Backwaren. Leises Lachen am Nebentisch, Gespräche über Wichtigkeiten und Nichtigkeiten. Löffelklappern, das Zischen der Espressomaschine und trotzdem ungestört sein.

Es ist noch früh. Ich bin der erste Gast. Das stört mich nicht. Es wird nicht lange dauern und das Leben wird um meinen Tisch herum strömen, wie ein Fluss um eine Insel. Ich bestelle meinen ersten Kaffee für heute, fahre mein Netbook hoch und öffne meine Datei „Das Geheimnis von Aldenham Park". Die letzten Seiten Korrektur liegen vor mir.

„Ihr Kaffee Miss Durham. Haben sie sonst noch einen Wunsch?", fragt die Bedienung.

„Ich glaube, ich nehme ein Sandwich mit Camembert."

Sonst übertönt mein knurrender Magen meine Gedanken.

### 5. Vorspiel

„Wie gefällt es dir?"

Henry sieht mich erwartungsvoll an. Ich kann meinen Blick nicht von der Bühne abwenden.

„Oh Henry es ist fantastisch. Das habe ich mir schon lange gewünscht!"

„Ich weiß mein Herz. Bei unserem ersten Treffen hast du gesagt, wie sehr du das Theater und Shakespeare magst."

Ich sehe Henry an. Seine blauen Augen sind

auf mein Gesicht geheftet.

„Du bist wunderschön und noch schöner, wenn du so begeistert bist."

Ich neige mich zu ihm hin und küsse ihn zärtlich. Dann wende ich meine Aufmerksamkeit wieder dem Stück zu. In meinem Kopf beginnen sich die ersten Fäden einer Geschichte zusammenzuspinnen. Ich muss nachher sofort einige Notizen machen und die ersten Zeilen zu Papier bringen.

**Vorhang auf! Es beginnt: Das Erbe**

Der Himmel über London hatte sein schlimmstes Novembergrau aufgelegt. Ein roher, kalter Wind wehte durch die Häuserschluchten, zerrte die Blätter von den Bäumen. Die ersten Regentropfen fielen und ich trat stärker in die Pedale.

Ein Anwalt, ein gewisser Mister Alistair Smith, hatte mich zu einem Landschlösschen mit dem klangvollen Namen Aldenham Park bestellt. Es lag nahe Borhamwood, einem Londoner Vorort. Bei seinem Anruf dachte ich, dass sich jemand einen Scherz mit mir erlaubte, aber es stellte sich heraus, dass Mister Smith durchaus ein ehrenwerter Mann und seine Integrität über jeden Zweifel erhaben war.

Zehn Minuten vor dem vereinbarten Termin erreichte ich das Anwesen von Aldenham Park. Vor der breiten Freitreppe stand ein dunkelblauer Porsche. Die Geschäfte von Mister Smith schienen gut zu laufen. Ich stellte mein Fahrrad an einem schmiedeeisernen Rundbogen ab, der in besseren Zeiten Kletterrosen Halt gegeben hatte, und sicherte es mit einem Schloss.

„Meinen sie, in dieser Einöde kommt jemand auf die Idee ihr Fahrrad zu stehlen?", fragte eine spöttische Stimme hinter mir.

Ich drehte mich um und sah in ein markantes Gesicht mit graugrünen Augen, die mich aufmerksam betrachteten. Mir lag die Antwort auf der Zunge, aber ich wollte bei dem Anwalt keinen schlechten Eindruck hinterlassen. Ich setzte ein Lächeln auf und reichte ihm die Hand.

„Hallo Mister Smith schön sie kennenzulernen. Ich bin Serafine Durham, aber das wissen sie ja."

Er kam näher und nahm meine Hand. Da ich ihm gerade bis zur Schulter reichte, musste ich den Kopf heben, um ihn anzusehen.

„Sie sind also Serafine. Sehr interessant", er machte eine Kunstpause, „ich bin übrigens nicht Mister Smith. Mein Name ist Aidan Black."

„Dann sind sie ein Assistent von Mister Smith?", versuchte ich einen neuen Anlauf die Verhältnisse zu klären.

„Nein. Ich weiß genauso so viel wie sie. – Nur in einer Sache scheine ich im Vorteil zu sein. Mister Smith hat mich darüber aufgeklärt, dass wir zwei Erben sind."

Ich zögerte. Was sollte diese Scharade? Mister Smith sagte etwas von einem Erbe, aber ich hatte nicht die geringste Ahnung, wer mir etwas vererben könnte. Viele Jahre meiner Kindheit verbrachte ich in einem Heim und war der Meinung, keine Angehörigen zu haben.

Bevor ich Mister Black nach seinen Erkenntnissen befragen konnte, hörten wir einen Wagen die Auffahrt herauffahren. Eine Minute später hievte sich ein reichlich mittelalterlicher Herr aus einem antiken Mercedes und kam schnaufend auf uns zu.

„Entschuldigen sie", keuchte er, nahm den Hut

ab und tupfte sich die kahle Stirn mit einem Taschentuch ab, „dringende Geschäfte."

Mister Smith reichte mir die feuchte Hand.

„Miss Serafine Durham darf ich annehmen."

Sollte dies eine Frage oder eine Feststellung sein? Dass Mister Black nichts Weibliches an sich hatte, sah ein Blinder. Sein tadellos sitzender Anzug mit der exquisiten Seidenkrawatte ließ einen trainierten Körperbau erahnen.

Meine Freundin Eve hätte sich die Hände gerieben. Aidan Black fiel genau in ihr Beuteschema. Er trug die Aura schlichter, teurer Eleganz wie eine zweite Haut. Alles an ihm war kostspielig. Die Lederschuhe, die Uhr aus der Schweiz, der feine Zwirn. Trotzdem bewegte er sich so lässig, als wären es Jeans und Turnschuhe.

„Die bin ich."

Unauffällig wischte ich mir die Hand an meiner Jacke ab. Es kostete Mühe, mich nicht zu schütteln. Ich verabscheute Berührungen anderer Menschen. Mit den meisten hatte ich keine guten Erfahrungen gemacht. Manchmal ließ es sich allerdings nicht umgehen. Der Händedruck von Aidan war mir angenehm gewesen, obwohl er mich nicht besonders freundlich behandelte. Ein seltsam beunruhigendes Gefühl.

„Es war nicht einfach für mich, sie zu finden", sagte Mister Smith und wandte sich, ohne eine Antwort abzuwarten, an Aidan.

„Mister Black", Mister Smith reichte ihm die Hand, als würde er ihn eine Ewigkeit kennen.

„Mister Smith würden sie es bitte kurz machen. Ich habe noch andere Termine", Aidan strahlte eine so kühle Arroganz aus, dass es mich ärgerte, als Mister Smith sofort zur Sache kam.

„Nun, dann darf ich sie bitten."

Er eilte so schnell ihn seine kurzen, dicken Beine trugen die breite Treppe hinauf und zerrte einen alten Schlüsselbund aus seiner abgegriffenen Ledertasche. Nach mehreren unfruchtbaren Versuchen, den richtigen Schlüssel für das Schloss zu finden, nahm Aidan ihm den Schlüsselbund aus der Hand.

„Darf ich."

Er wählte einen Schlüssel, steckte ihn ins Schloss und drehte ihn. Mit einem metallischen Klicken öffnete es sich, wie von Zauberhand. Aidan drückte die schwere Eingangstür auf. Ehrfürchtig betrat ich eine eindrucksvolle Empfangshalle. Seit Kindertagen malte ich mir aus, in so einem Haus zu leben. Mit verwunschenen Kellern, Geheimgängen, einer riesigen Bibliothek und einem Dachboden voll skurriler Dinge. Kisten mit Kleidern aus früheren Epochen. Alten Fotoalben mit Bildern meiner Ahnen. Ich traute mich kaum zu atmen. Meine Gebete waren erhört worden.

Mister Smith führte uns in die Bibliothek. Die dunklen Eichenregale reichten bis unter die rauchgeschwärzte Holzdecke, die prachtvolle Schnitzereien zierten. Leitern hingen in einer Schiene, die den Abschluss der Regale bildete.

Die Polstermöbel wurden von weißen Tüchern geschützt. Es roch nach Holz, Papier und kaltem Rauch.

Ich ging zu dem Schreibtisch vor dem Kamin, mit Sicherheit der wärmste Platz im Raum, wenn dort ein Feuer brannte. Auf dem Granitboden der Feuerstelle lag eine fingerdicke Staubschicht. Es war lange her, dass jemand hier saß, um seine Post zu erledigen.

„Also Mister Smith legen sie los."

Aidan lehnte lässig an einem Regal und ließ seinen Blick durch den Raum schweifen, bis er an meinem Gesicht hängen blieb. Er lächelte spöttisch, als er meine unverhohlene Begeisterung sah. Ich beneidete ihn um seine ungeniert zur Schau gestellte Gleichgültigkeit.

Der dicke Anwalt schnaufte wie ein Walross, legte Hut und Aktenmappe auf den Schreibtisch und holte ein vergilbtes Dokument heraus. Er räusperte sich.

„Miss Durham, Mister Black", er sah uns über seine Goldrandbrille hinweg an, „hiermit möchte ich das Testament ihres Urgroßonkels, Sir James Richard Hamish Gibbs, des letzten Barons von Aldenham, eröffnen."

„Wie bitte?", ich war perplex, „das Testament eines Urgroßonkels, der einen Titel hat? – Ich habe über zehn Jahre meines Lebens in einem Kinderheim verbracht. Wieso erfahre ich erst jetzt, dass ich Verwandte habe." Ich sah zu Aidan hinüber. „Ich nehme doch an, wir sind verwandt?"

„Bitte Miss Durham, beruhigen sie sich. Lassen sie Mister Smith weiter lesen", Aidan warf einen entnervten Blick auf seine Uhr, „sonst dauert das noch ewig."

Ich schnappte nach Luft. Was bildete sich der anmaßende Kerl ein? Es kostete echte Selbstbeherrschung meinen Zorn zu zügeln und die Empörung für mich zu behalten.

„Mister Smith ersparen sie uns unnötige Einzelheiten. Wäre es möglich das Juristengeschwätz auf ein Minimum zu beschränken?", fragte Aidan ungeduldig.

Mister Smith schnaubte ungnädig angesichts dieser respektlosen Unterbrechung und warf uns einen vorwurfsvollen Blick zu.

„Nun gut, wenn sie es so eilig haben. Sie sind beide mit Baron Aldenham verwandt. Sie", er sah mich an, „über die mütterliche Linie und sie", er wendete sich Aidan zu, „über die väterliche Linie. Da sie die letzten lebenden Verwandten sind, erben sie das Schloss, das Grundstück und den Park mit allem, was darin ist, zu gleichen Teilen."

Bei den Worten: mit allem was darin ist, ging bei mir eine Warnleuchte an. Wieso betonte Mister Smith diesen Passus so deutlich?

„Ich werde meinen Teil verkaufen", Aidan sah mich mit einer lässig hochgezogenen Braue an, „wir werden uns sicher einig."

Der Mann war innen kalt wie Eis und außen

heiß wie Höllenfeuer. Seine Teilnahmslosigkeit schürte meine Wut, mehr als gut war, und doch fühlte ich mich zu ihm in einer Weise hingezogen, die mir Angst machte, weil ich ihm noch nie vorher begegnet war. Ich ging Männern üblicherweise aus dem Weg, das hatte sich bewährt.

„Das ist keine gute Idee Mister Black. Wenn sie das Anwesen nicht wollen, fällt ihr Anteil ihrer Miterbin zu. Falls sie beide verkaufen möchten, wird das Gebäude mit Grund und Boden in eine kirchliche Stiftung überführt. Sie entscheiden."

„Ich ziehe hier ein", sagte ich entschieden und lächelte Aidan triumphierend an, „endlich ein Zuhause!"

„Das nennst du Zuhause? Das ist eine Bruchbude."

Die Provokation war nicht zu überhören. Wann hatte ich ihm das Du angeboten?

„Fliegen dir solche Gemeinheiten einfach so zu?", rutschte es mir heraus, „oder übst du jeden Tag?"

Aidans Mundwinkel zuckten. Ich hätte mich am liebsten auf die Zunge gebissen. Offenbar machte es ihm Spaß mich zu reizen, bis ich explodierte. Die Liebenswürdigkeit in Person wendete ich mich an Mister Smith:

„Wo war unser Onkel all die Jahre?"

„Mal hier, mal dort", antwortete Mister Smith wage, „er war ein rastloser Mann. - Sie wollten das Kleingedruckte nicht hören."

„Das ändert nichts! Ich wohne in einem winzigen Zimmer unter dem Dach. Im Winter friert das Wasser ein und die Eiszapfen hängen von der Decke, während im Sommer höhere Temperaturen herrschen als in der Hölle. Schlimmer kann es hier auf keinen Fall sein. Ich bleibe!"

„Ach und übrigens", Mister Smith lächelte schief, „sie können das nicht wissen, ihr Onkel hat irgendwo auf seinem Besitz einen Schatz versteckt. - Sagt man."

Seine Trumpfkarte spielte Mister Smith genau im richtigen Moment aus. Ich schmunzelte.

„Sagt man das?", fragte Aidan beiläufig und musterte mich abschätzend von oben bis unten, „nun wir werden sehen, welche Schätze Aldenham Park wirklich zu bieten hat."

Ich spürte, dass er keineswegs an Gold und Silber dachte. Dieser Schatz konnte aus allem möglichen Zeug bestehen. Alte Leute waren manchmal wunderlich, was die Definition von Schätzen anging. Das störte mich nicht. Was der alte Herr auch versteckt haben mochte, dieses Haus war mein Glückslos. Ich würde umziehen. Eher fror die Hölle zu, um bei meinen blumigen Vergleichen zu bleiben.

„Dann ist es abgemacht. Wir teilen uns die Hütte."

Aidan bedachte mich mit einem durchdringenden Blick. Der Gedanke mit diesem Snob das Haus zu teilen, machte mich nervös. Aber Bedingung war Bedingung. Hoffentlich übertrieb er es mit der Schatzsuche nicht zu sehr. Ich brauchte ein ruhiges Plätzchen, um mein nächstes Buch zu schreiben.

Mehr als die Schatzsuche beunruhigte mich mein rasendes Herz, als Aidan mir zum Abschied die Hand reichte, sich zu mir herunter beugte und mir ins Ohr flüsterte:

„Einen Schatz habe ich schon entdeckt. Es wird aufregend sein, ihn zu bergen."


### Der Einzug

Am nächsten Tag packte ich die wenigen Habseligkeiten in meinem Höllenloch zusammen. Das nahm nicht viel Zeit in Anspruch. Länger dauerte es, die Kisten allein sechs Stockwerke hinunter zu schleppen.

Während ich auf den Taxifahrer wartete, überlegte ich, wie sich das Zusammenleben mit Aidan gestalten würde. Mit Sicherheit besaß er ein elegantes Loft oder eine stylische Altbauwohnung in der City. Insgeheim hoffte ich, Aidan würde nicht oft in Aldenham Park logieren.

Umso erstaunter war ich bei meiner Rückkehr. Vor dem Haus stand ein Umzugswagen. Drei kräftige Männer trugen Möbel und Kartons ins Haus. Misstrauisch gegenüber dieser logistischen Leistung, lud ich meine Kisten und meine zwei Kleidersäcke aus dem Taxi und schleppte sie in die Empfangshalle. Aidan kam gerade aus der

Bibliothek.

„Hallo Serafine ich habe dich nicht so schnell erwartet."

Konnte Aidan einen Satz sagen, in dem keine Spitzen steckten?

„Und ich habe nicht erwartet, dich so schnell in dieser Bruchbude anzutreffen", erwiderte ich heftiger, als beabsichtigt. „Du warst wohl die ganze Nacht mit packen beschäftigt?"

„Touché", er lächelte dieses spöttische Lächeln, das zur Grundmimik seines Gesichts zu gehören schien, „aber ich denke, du wirst mit mir als Mitbewohner zurechtkommen müssen."

„Kein Problem. Das Haus ist groß genug dir aus dem Weg zu gehen."

Aidan stand so dicht vor mir, dass ich seinen warmen Atem auf meinem Gesicht spürte.

„Willst du das denn? Mir aus dem Weg gehen?"

Das bedeutungsvolle Timbre in seiner Stimme traf mich irgendwo in Brusthöhe und verursachte einen kurzen, peinlichen Wortausfall meinerseits. Ich beschloss die offensichtliche Anmache zu ignorieren.

„Welches Stockwerk nimmst du?", ich bückte mich nach einer Kiste, „ich würde gerne in der Nähe der Bibliothek ein Zimmer haben."

„Oh eine gebildete junge Dame, wie angenehm. Ich befürchtete schon, mich an den langen Winterabenden zu langweilen."

„Es gibt keinen Grund, dass du dich mit mir

langweilen musst. Ich bin Schriftstellerin und habe Besseres zu tun. Bestimmt warten Legionen von jungen Damen sehnsüchtig darauf dir an kalten Abenden die Füße zu wärmen", fuhr ich ungerührt fort und reckte mich zu voller Größe auf.

„Da bin ich sicher", Aidan grinste selbstbewusst.

Verdammt! In seiner Nähe war ich wie paralysiert. Ich durfte mich von ihm nicht austricksen lassen.

„John würden sie der jungen Dame helfen ihre Kisten in das gewünschte Zimmer zu bringen", rief Aidan einem der Möbelpacker zu, der sich am oberen Ende der Treppe zeigte.

„Klar Chef. – Kommen sie bitte mal rauf. Kevin will wissen, wo sie den Schreibtisch hin haben wollen."

John kam herunter, schnappte sich eine Kiste und meinen Kleidersack und folgte mir in das ehemalige Speisezimmer. Es war ein großer, heller Raum mit zwei Flügeltüren zu Terrasse und Garten. Auch hier bedeckten weiße Tücher die Möbel.

Während John die restlichen Kisten brachte, befreite ich die Möbel von den Schutzlaken. Kostbare alte Stücke kamen zum Vorschein. Die große Tafel bestand aus zwei separaten Tischen. Ich bat John, sie in der Nähe der Fenster zu platzieren. Dann half er mir die überflüssigen Stühle in das angrenzende Wohnzimmer zu stellen und zwei zierliche Sessel und den dazugehörigen Tisch in mein Zimmer zu tragen.

„Jetzt fehlt nur ein bequemes, großes Sofa, auf dem ich schlafen kann", sagte ich und betrachtete unser Werk.

„Da kann ich helfen Miss", John lächelte, „oben in einem der Zimmer steht eins. Das würde ihnen bestimmt gefallen."

„Zeigen sie es mir bitte."

Ich folgte John in die obere Etage und kam an Aidans Zimmern vorbei. Er erklärte einem Elektriker, wo er den Fernseher, die Musikanlage und den Computer anschließen sollte. Aidan hatte alles im Griff. Das hatte er wahrscheinlich immer. Ein klarer Vorteil zu seinen Gunsten.

„Hier Miss", John öffnete die Tür zu einem Zimmer, „dort drüben steht es. Gefällt es ihnen?"

Ich sah hinein. In den guten alten Zeiten war dies wohl der Damensalon. Bestickte Vorhänge zierten die Fenster. Ein dicker Teppich dämpfte jeden Schritt. John zog das Laken von der Couch.

„Die ist wunderschön. Sie haben einen guten Geschmack John."

Ich strich ehrfürchtig über den dunkelgrünen Samt, der mit hinreißenden Blüten bestickt war.

„Fast zu schön, um darauf zu schlafen."

„Gerade richtig für eine hübsche, junge Lady."

„Danke für das Kompliment John. Es ist das erste Mal, dass mich jemand als hübsch bezeichnet und noch dazu als Lady."

Ich musste Lachen und John grinste etwas unbeholfen.

„Ist aber die Wahrheit Miss. Schauen sie in den Spiegel."

John deutete auf einen riesigen Barockspiegel, der über einer Anrichte hing. Ich errötete. John war zwar keine zwanzig mehr, aber auch noch kein alter Mann.

„Sehen sie sich im Nebenzimmer um, da gibt's auch Möbel für Damen. Wenn ihnen was gefällt, schaffen wir es runter – wo wir gerade dabei sind."

„Vielen Dank, John. Das kann ich gar nicht wieder gut machen."

„Kein Problem Miss. Er", John grinste verschmitzt und machte eine Handbewegung, die auf Aidan gemünzt war, „bezahlt gut."

Ich lachte. Aidan schien kuriose Situationen zu schätzen, trotzdem hätte ich nicht beschworen, dass ihn Johns Äußerung amüsiert hätte. Welchen Beruf er wohl ausübte? Börsenmakler, Anwalt? Die Aufzüge passten ins Bild und sein Pokerface ebenfalls.

Würde ich eines Tages den echten Aidan erleben? Den Mann unter dem Designeranzug. Der Gedanke hätte Aidan gefallen. Mir auch. Ich untersagte mir darüber nachzudenken, um meinen Adrenalinspiegel nicht unnötig in die Höhe zu treiben.

„Danke John. Vielen Dank", ich schüttelte ihm erleichtert die Hand, „wie kann ich das wieder gut machen?"

Er lächelte vielsagend.

„Ich habe gehört, wie sie zu Mister Black sagten, dass sie Schriftstellerin sind. Sie können mir ein Buch von sich schenken."

„Zu gerne. Leider habe ich noch keinen Verlag gefunden."

„Sie werden einen finden. Bestimmt."

„Dann bekommen sie das erste Exemplar."

„Danke Miss."

John war gerade aus der Tür, als es klopfte. Aidan kam herein. Er setzte sich auf einen Sessel. Lässig schlug er die Beine übereinander und sah mich herausfordernd an.

„Wie ich höre, willst du dich an den Umzugskosten beteiligen."

„Welches Vögelchen hat dir denn diesen krausen Gedanken gepfiffen."

„Auf den Gedanken bin ich ganz allein gekommen."

„Ich schätze intelligente Männer. - Ich dachte, das kurzzeitige Ausleihen von John geht auf das Konto Nachbarschaftshilfe. Du hast ihn mir aus freien Stücken angeboten."

Ich lächelte süß. Aidan zog eine Augenbraue hoch.

„Und ich dachte, du wolltest mir aus dem Weg gehen?"

Das ernste Gesicht stand ihm gut. Plötzlich blitzte der Spott wieder in seinen Augen auf.

„Na gut kleine Lady. Ich will Gnade vor Recht ergehen lassen", ließ er den Gönner heraushängen, „aber", aha, jetzt kam der Haken, „ich betrachte das Habenkonto auf meiner Seite im Plus. Ich hab was gut bei dir."

„Ich schließe dich in meine Gebete ein."

Aidans Mundwinkel zuckten verräterisch.

„Habe ich das nötig?"

„Sag du es mir. Bist du ein böser Junge, der für seine schwarze Seele um Erlösung flehen muss?"

„Donnerwetter! Nun ist schon ein unseliger Sünder aus mir geworden. Du bist um ein schnelles Urteil nicht verlegen."

„Selber Schuld! Du bist der undurchschaubare Teil von uns beiden. Was spricht dagegen die Maske abzulegen?"

„Maske. Was soll das heißen?"

„Du könntest Schauspieler sein. Immer die passende Miene zur rechten Zeit."

Aidan lachte laut auf. Ich hatte den Eindruck einen winzigen Blick hinter die Maske zu erhaschen.

„Ich bin beeindruckt. Du hast mich durchschaut. Ich dachte, es dauert länger, bis du darauf kommst."

Prüfend sah ich ihn an. Wenn das stimmte! - Ich versuchte entspannt zu bleiben. Aidan musste mir meine Freude nicht anmerken, das hätte ihn nur herausgefordert.

„In welchem Theater arbeitest du?"

„Ich gehöre zum Ensemble der Royal Shakespeare Company." Es sollte abgeklärt klingen, aber der Stolz war ihm anzuhören. „Außerdem habe ich in einigen internationalen Produktionen gespielt."

Ich nahm mir vor ihn zu googlen, sobald ich in die Nähe eines internetfähigen Computers gelangte. Es erklärte zumindest zum Teil seine Unnahbarkeit. Aidan verschanzte sich hinter seinen Rollen. Dafür gab es gewiss Gründe.

„Überlegst du, wie du mich in deinen Geschichten verwursten kannst? – Machen Schriftsteller das nicht so?"

„Oh bitte!", ich verdrehte die Augen, „was für ein Klischee."

Hätte Aidan geahnt, dass längst eine Idee in mir keimte, er hätte ein Fass aus Ironie und Sarkasmus über mir ausgeschüttet.

„Zu deiner Information: der Strom funktioniert. Das Telefon in der Halle auch", Aidan ging zur Tür, „ach ja, auf dem Gasherd kannst du kochen. Das einzige Problem wird die Heizung. Das Öl in den Tanks ist bald alle. Für so einen Schuppen wird das teuer."

Das befürchtete ich allerdings auch, aber immer ein Problem nach dem anderen. Zuerst musste ich essen. Mein Magen knurrte seit einer ganzen Weile. Ich folgte Aidan in die Halle.

„Mit dem Problem können wir uns Morgen befassen. Ich habe riesigen Hunger", ich hielt inne, „aber im Kühlschrank wird nichts drin sein? Weißt du, wo es in der Nähe einen Supermarkt gibt?"

„Falsch!", sein Triumph war unüberhörbar,

„der Kühlschrank ist voll und da wir bei Nachbarschaftskonten sind: Punkt zwei für mich."

„Daher weht der Wind. Und was soll ich tun?", fragte ich ergeben.

„Du bist ein kluges Kind", er grinste, „wie wäre es mit kochen."

„Hast du keine Angst, dass ich dich vergifte?"

„Das bezweifele ich, du brauchst mich. Im Gegensatz zu dir verdiene ich richtiges Geld."

„Ich habe mich wohl verhört!", wütend fuhr ich herum und funkelte ihn an. „Unglaublich! Du bist nicht nur taktlos, sondern auch gemein. - Da bist du bei Shakespeare auf der sicheren Seite. Du spielst garantiert die richtig fiesen Kerle."

Mein Leben im Heim lehrte mich, dass es sehr schmerzhaft war, sich mit den Stärkeren anzulegen. Dessen ungeachtet gab es eine Grenze des Erträglichen! Aidan sollte merken, dass es besser für ihn war, mich nicht gegen sich aufzubringen. Ich hatte eigene Methoden. Mord gehörte nicht dazu. Andererseits kam ich für einen kurzen Moment in Versuchung, die Sache mit dem Gift zu überdenken.

„Also, wann gibt es Dinner?" fragte Aidan lediglich und ignorierte meinen Ausbruch.

„Ich werde dich informieren", erwiderte ich kühl und machte mich auf den Weg in die Küche.

**Pasta gegen Sex**

Die Küche war gigantisch. Die Schränke und der gescheuerte Esstisch, ein Erbe des ausgehenden 19. Jahrhunderts, verströmten ihren eigenen Charme. Aidan hatte nicht zu viel versprochen. Der alte Kühlschrank und die Speisekammer waren gut gefüllt. Es sah aus als hätte er einen Feinkostladen geplündert. Mit diesen Vorräten konnte ich eine Großfamilie satt bekommen.

Ich schaltete das alte Röhrenradio auf der Fensterbank ein und staunte, welchen Sound es ausspuckte, nachdem sich die Röhren aufgewärmt hatten. Passend zum Ambiente ertönte Glenn Millers „in the Mood". Während ich mit einem jazzigen Hüftschwung das Dinner zubereitete, drifteten meine Gedanken zu meinem Mitbewohner ab.

Was trieb Aidan, sich auf dieses Experiment einzulassen? Immerhin stimmte er bei dem Gespräch mit Mister Smith auf Anhieb für den Verkauf des Anwesens. Vielleicht war er scharf auf den Phantomschatz?

Aidan brachte den Löwenanteil der finanziellen Mittel in unsere Zwangs-WG ein. Ich befürchtete, dass er mir einen gewissen körperlichen Einsatz abringen würde. Aidan war ein äußerst attraktiver Mann. Das kupferfarbene Haar legte sich in weichen Wellen um das Gesicht mit den sinnlichen Lippen, der aristokratischen Nase. Unter sanft geschwungenen Brauen kamen seine Wahnsinnsaugen hervorragend zur Geltung. Auf der anderen Seite gab er sich kalt, arrogant, spöttisch und unnahbar. Und doch, vielleicht existierte eine kleine Ecke in seinem Herzen, die nicht so hart war, wie er mich Glauben machen wollte. Diese ganze „Konto-Punkte-Geschichte" war ein guter Vorwand sich sein Entgegenkommen nicht anmerken zu lassen.

Es dauerte nicht lange und ich hatte Pasta al Funghi und einen Salat gezaubert. Ich liebte es zu kochen. In meinem früheren Leben verfügte ich selten über genug Geld, so gute Nahrungsmittel zu kaufen. Wenn Aidan wüsste, wie ich mir meinen Lebensunterhalt verdiente, wäre er noch weniger erfreut, unter einem Dach mit mir zu leben.

„Essen ist fertig!", brüllte ich die Treppe hinauf.

Eine Minute später saß Aidan am Küchentisch.

„Hm, das duftet fantastisch. Ich würde gerne behaupten, ich hätte gewusst, dass du so gut kochen kannst, aber ..."

„Aidan verschone mich. Was immer du gedacht hast, vergiss es. Setzt dich. Iss. Ich habe einen Mordshunger."

„Da will ich dir nicht im Weg stehen - metaphorisch gesehen. - Soll ich den Wein öffnen?"

„Nicht fragen. Tun."

Ich füllte die Teller und setzte mich ihm gegenüber. Aidan goss den Wein ein und hob sein Glas.

„Auf unser Wohl", seine grauengrünen Augen wirkten in dem Licht der alten Küchenlampe dunkel, wie aufgewühlte See. Mein Herz machte einen unangebrachten Hopser.

„Auf unfallfreies Zusammenleben", prostete ich ihm zu.

Ich durfte mich von seiner rätselhaften Aura nicht aus der Ruhe bringen lassen. Dabei hatte ich eine Schwäche für Charaktere mit Ecken und Kanten. Jedenfalls in meinen Geschichten. Im wahren, echten Leben konnte das unwägbare Risiken in sich bergen.

„Magst du Jazz?", fragte Aidan.

„Sehr. Ich habe den Verdacht das Radio ist zu alt um neuzeitliche Musik zu spielen."

„Wahrscheinlich brennen dann die Röhren durch", Aidan grinste.

„Magst du Jazz?"

„Ja. Kennst du das Tazz? Dort gibt's die beste Jazz Musik in ganz London."

„Ich habe davon gehört. Leider liegen diese Clubs außerhalb meines Budgets."

„Das Schreiben bringt dir nicht viel Geld ein?"

War das eine seiner provozierenden Fragen? Ich sah Aidan forschend an. Sein Blick war ernst und offen.

„Nicht wirklich. Es reicht gerade so."

Ich log, ohne mit der Wimper zu zucken, und fühlte mich jämmerlich.

„Durchhalten ist die Devise. Wenn andere nicht an dich glauben, musst du es stärker tun.

Wenn du fällst, steh wieder auf. Immer einmal mehr als die anderen."

In seiner Stimme schwang Bitterkeit mit. Aidan meinte nicht nur mich. Ich suchte nach den richtigen Worten. Mir fielen nur sinnlose Worthülsen ein. Aidan ließ für einige Augenblicke die Scharade fallen und zeigte seine wahren Gefühle. Ich war gespannt, mehr davon zu erleben. Den Menschen Aidan hinter dem Schauspieler zu erkennen.

Wir beendeten unsere Mahlzeit schweigend und hingen unseren Gedanken nach. Im Hintergrund spielte das Radio Louis Armstrong's „It`s a wonderful world".

Aidan begleitete mich zu meiner Zimmertür. Breitwillig hatte er geholfen die Küche wieder in einen ansehnlichen Zustand zu versetzten.

„Danke für das gute Essen."

Seine sanfte Stimme löste bei mir eine Gänsehaut aus. Er nahm meine Hand, strich mit dem Daumen über meinen Handrücken. Mein Herz machte einen Satz, aber mein Verstand sagte: Fall nicht auf diese Romeotour rein. Der Mann ist Schauspieler. Das kann hässlich enden.

Aidan beugte sich vor und sein Mund kam meinem ganz nah. Es wäre ganz einfach die Augen zu schließen und sich hinzugeben, aber das hätte mir nicht gereicht. Pasta gegen Sex kam nicht infrage.

„Tut mir leid Aidan. Ich kann das nicht." Ich entzog ihm meine Hand. „Gute Nacht."

Hastig schloss ich die Tür hinter mir. Er sollte nicht sehen, wie sehr mich seine Berührung aufwühlte und verwirrte.

**Der erste Morgen**

Der nächste Morgen fing für einen englischen Novembertag typisch an. Eine weiße Sonnenscheibe erstritt sich ihren Weg durch feuchte Nebelschwaden.

Es dauerte einen Moment, bis ich realisierte, wo ich mich befand. Aidan fiel mir ein. Dieser merkwürdige Blick, als ich ihm meine Hand entzog. Aber da war mehr. Träume. Viele diffuse Träume. Normalerweise fiel ich in einen tiefen Schlaf, sobald mein Kopf das Kissen berührte. Umso mehr beunruhigte mich das Gefühl, als ich versuchte die Bilder zurückzurufen. Ich erinnerte mich nicht an eine besondere Handlung. Nur an Dunkelheit und Furcht. Wie lähmende Giftpfeile steckten die Schrecken in meinem Körper.

Benommen kroch ich aus meinem kuscheligen Nachtlager und riss eine der Terrassentüren auf. Die kalte, feuchte Luft strömte herein und überspülte meinen Körper wie ein Schwall Eiswasser. Ich atmete heftig ein und aus und fing an zu zittern. Der Kälteschock erfüllte seinen Zweck. Das beklemmende Gefühl verschwand.

Ich schloss die Tür und drehte die alten Heizkörper auf. Dann begab ich mich auf die Suche nach einer geeigneten Waschgelegenheit. Meine paar Habseligkeiten einzuräumen nahm nicht viel Zeit in Anspruch, dann hatte ich endlich Zeit zu schreiben. Ein beflügelnder Gedanke.

Im Erdgeschoss gab es, außer einer winzigen Gästetoilette, nichts, das einem Badezimmer ähnlich sah. Vermutlich befanden sich die Bäder in den oberen Räumen. Dort wo die ursprünglichen Schlafräume lagen. Tatsächlich fand ich die Bäder. Allerdings floss aus den Wasserhähnen nur eiskaltes Wasser und manche spuckten nur, ohne einen Tropfen Wasser abzugeben.

Ich stand vor Aidans Zimmerflucht. Ob er warmes Wasser hatte? Vorsichtig klopfte ich an. Keine Reaktion. Ich klopfte lauter. Wieder blieb alles still. Ich drückte die Klinke herunter. Die Tür war nicht abgeschlossen. Bemerkenswert, das hätte ich Aidan gar nicht zugetraut. Immerhin kannten wir uns nur ein paar Stunden.

„Hallo! Aidan bist du wach?"

Keine Antwort. Ich trat ein und sah mir Aidans Zimmer an. Er hatte gut gewählt. Im Wohnzimmer gab es einen Ausgang auf den großen Balkon, der zur Vorderseite des Hauses lag und von dem man die Allee einsehen konnte. Alles war zweckmäßig eingerichtet, doch nicht ungemütlich. Auf seinem Schreibtisch lagen Papiere und Manuskripte. Es waren Texte für neue Theaterstücke. Ich betrat das Schlafzimmer und fühlte mich als Eindringling. Ein riesiges Himmelbett stand in der Mitte des Raumes.

Während ein erfahrener Liebhaber junge Frauen auf weichen Kissen verführte, konnten samtene Vorhänge das lasterhafte Geschehen in seinem Innern verbergen. Es erinnerte an einen Film, den ich über Henry VIII gesehen hatte. Der Mann hielt mehr Mätressen, als er verkraften konnte.

Hatte sich Aidan seine Anna Boleyn schon ausgesucht? Ich verstieg mich in wilde Fantasien. Es war nicht einfach den Gedankenstrom zu stoppen, nachdem er sich erst in Gang setzte.

Ich wendete mich der nächsten Tür zu. Ein Zettel hing draußen: „Bedien dich. Aidan". Es war das Badezimmer. Ich schüttelte den Kopf. Typisch für ihn. Sicher dachte er, es sei besser mir gleich zu erlauben sein Bad zu benutzen, da ich es sowieso tat. Mit Recht. Ich hätte es benutzt, mit oder ohne seine Erlaubnis.

Das Bad stammte noch aus mittelalterlichen Zeiten. Die dunkelgrünen Fliesen waren feinste Handarbeit teilweise bemalt. Die Wanne stand frei auf vier Löwenklauen im Raum. Es gab zwei gigantische viereckige Waschbecken über denen geschliffene Spiegel hingen und in einer Nische eine Toilette. Das sinnvollste Zugeständnis an den Fortschritt war ein Boiler für heißes Wasser.

Architektonisch war das Ganze ein Desaster, aber das störte mich nicht. Hauptsache es gab ein paar Tropfen warmes Wasser. Ich berührte den Behälter. Er war voll mit heißem Wasser. Eher hätte ich vermutet, dass Aidan nur einen kläglichen Rest warmen Wassers für mich übrig ließ, nachdem er abgeblitzt war. Er besaß einen besseren Charakter, als ich annahm.

Ich genoss die heiße Dusche in vollen Zügen und schüttelte den Rest der merkwürdigen Nacht ab. Meine Großmutter, die ich über alles geliebt hatte, sagte einmal, was man in der ersten Nacht in einer neuen Wohnung träumt, geht in Erfüllung. Nur zu gerne hätte ich gewusst, was mich heimsuchte.

Ich machte es mir vor meinem Laptop gemütlich. Es war ein „Geschenk" von einem meiner vielen wechselnden Arbeitgeber. Ebenso der kleine Laserdrucker, auf dem ich meine Texte ausdruckte. Außer ein paar alten Fotos meiner Großmutter waren es die kostbarsten Dinge, die ich besaß. Lange Zeit reichten handschriftliche Notizen, aber in den technisierten Zeiten in denen Verlage digitale Manuskripte und Normseiten erwarteten, musste ich irgendwie Schritt halten.

Um mir mein Equipment zusammenzuborgen, ließ ich mich in einem Technikdiscounter im Lager einstellen. Man hätte meine Beschaffungsmaßnahme als stehlen bezeichnen können. Ich fand dieses Wort zu hart. Nachdem ich mir eine Grundausstattung beschafft hatte, kündigte ich. Danach widmete ich mich solange dem Schreiben, bis ich wieder Geld verdienen musste, um Papier, Druckerpatronen oder anderes Lebensnotwendige zu kaufen.

Manchmal gelangte ich leicht an das nötige Geld. Die Menschen, besonders die Wohlhabenden, gingen mit ihren Ressourcen sehr unbedacht um. Das nutzte ich für meine Zwecke, so gut es ging. Es war kinderleicht an Uhren, Schmuck oder Bargeld reicher Männer zu kommen, die auf eine Möglichkeit zu schnellem, unkompliziertem Sex hofften. Der Trick war sie in Sicherheit zu wiegen, mit Alkohol abzufüllen und ihnen im richtigen Moment ein Schlafmittel unterzujubeln, sodass ich mein Angebot nicht einlösen musste. Am Anfang gab es ein paar brenzlige Situationen, aber das war lange her. Ich lernte, den richtigen Moment für einen Rückzug zu erkennen.

Mein Gewissen beruhigte ich damit, dass es keine wirklich Bedürftigen traf. Wenn ich einen Coup landete, spendete ich einen Teil an Suppenküchen oder soziale Einrichtungen. Es gab immer Menschen, denen es schlechter ging. Robin Hood nahm es auch den Reichen und gab es den Armen. Ich mochte Robin Hood.

Mein Blick fiel auf den Bildschirm. Der Laptop hatte sich in den Sleepmodus verabschiedet. Ich sah auf die Uhr. Fast Mittag. Mein Kaffee war kalt. Die Sonne hatte inzwischen die letzten Nebelreste aufgelöst, den Himmel in ein glänzendes klares Blau verwandelt. Ihre Strahlen malten goldene Muster auf den Rasen des Parks. Ich fuhr den Computer herunter, zog mir Jacke und Schuhe an. Ein Spaziergang täte gut.

**Eve**

Der Spaziergang dauerte länger, als beabsichtigt. Erst erkundete ich den Park, gelangte über Streuobstwiesen, bis zu einem kleinen Flusslauf, dem Tykeswater. Er schien die natürliche Grenze des Grundstücks zu sein. Einer der ehemaligen Herren von Aldenham Park hatte das Flüsschen zu einem See gestaut. Der alte Baumbestand und eine anmutige Brücke mit Ornamenten aus weißem Stein machten diesen Ort zu einem Kleinod. Eine Weile sah ich dem Strömen des Baches zu, dann machte ich mich auf den Rückweg. Die Sonne neigte sich gen Westen und die Schatten wurden länger.

Aidans Wagen stand vor dem Haus. Mir war unbehaglich bei dem Gedanken ihn wiederzusehen. Ich wollte den Schlüssel ins Schloss stecken, als sich die Tür öffnete und mir eine vertraute Person gegenüberstand.

„Süße da bist du ja. Ich habe die Nachricht von deinem Umzug heute Morgen in meinem Briefkasten gefunden und wollte sehen, wo du abgeblieben bist. Wir haben uns Sorgen gemacht."

„Eve! Schön dich zu sehen. Was machst du hier?"

Wir nahmen uns in die Arme. Aidan tauchte gut gelaunt hinter Eve auf.

„Hallo, Serafine. Wir dachten, du bist verloren gegangen."

„Das käme dir wohl sehr gelegen", rutschte es

mir gereizt heraus, „ein bisschen mehr Anteil an meinem Schicksal habe ich schon erwartet."

Aidan zog erstaunt die Augenbrauen hoch. Eve sprang für Aidan ein und sagte:

„Aidan hat mir netterweise einen Kaffee gemacht und mich etwas herum geführt, während wir auf dich gewartet haben."

Eve lächelte Aidan an, legte ihm wie selbstverständlich die Hand auf den Arm. Wie schnell Eve es schaffte, Männer um den kleinen Finger zu wickeln. Wieso sollte es bei Aidan anders sein? Mann ist Mann und eine attraktive Frau wie Eve, bei der es offenbar so einfach war, ließ sie jede Vorsicht vergessen. Sie zog mich in die Halle. Mir fiel auf, dass sie ein schickes Kleid und teure Schuhe trug. Eve war auf Männerfang.

„Was für ein Wahnsinnshaus", sprudelte sie weiter, „und das habt ihr geerbt?! Endlich hast du Glück. Du hast es dir verdient. Und einen so netten Mitbewohner", sie drehte sich zu Aidan um, hängt sich an seinen Arm, „und talentiert dazu. Ich habe dich ein paar Mal auf der Bühne gesehen. Du bist fantastisch!"

Plötzlich hörten wir das Geräusch eines Motors.

„Mein Taxi", sie löste sich von Aidan und warf ihm einen koketten Blick zu, den er mit der gleichen Intensität erwiderte, „danke für den Kaffee. Wir sehen uns bestimmt bald wieder."

„Nur zu gerne."

Aidans Stimme klang weich und er hielt ihre

Hand länger als nötig. Ich spürte einen niederträchtigen Stich in der Herzgegend.

„Begleitest du mich zum Auto?", wendete sich Eve an mich.

Aidan verschwand im Haus und Eve grinste breit.

„Meine Güte, wenn du nicht meine beste Freundin wärst, würde ich dich beneiden. Ein Traumhaus und ein Traumtyp dazu. Himmel, was für Augen und hast du die schönen Hände gesehen? Ganz zu schweigen von dem super Body. Ich krieg`ne Gänsehaut. Wo treibt man heutzutage so ein Prachtexemplar auf?"

Jetzt musste ich lachen. Eve neigte zu Übertreibungen, auch wenn ich bereit war, ihrer Einschätzung von Aidan beizupflichten. Sie liebte es sich in maßlose, schwärmerische Gefühle fallen zu lassen. Jeder Mann, der halbwegs passabel aussah und Vermögen hatte, wurde als denkbarer Versorger auf Zeit betrachtet, bis eventuell die ganz große Liebe auftauchte. Wenn nicht? Eve hatte immer Ersatz parat.

„Schön, dass du das Ganze positiv bewertest. Glaub mir, so rosig ist das nicht. Das Haus ist schön, aber die Kosten sind immens. Aidan mag vielleicht mehr Geld haben, als der Durchschnittsmann, aber Krösus ist er nicht."

„Komm, du willst ihn bloß für dich", Eve stieß mir freundschaftlich in die Seite, „gib`s zu."

„Nein", wehrte ich energisch ab, „aber ich bin mit ihm verwandt, wenn auch nur um hundert

Ecken. Du solltest ihn nicht überstrapazieren."

„Vielleicht wäre er einer fürs Leben?", gab Eve zu bedenken. Ich wollte etwas erwidern, aber Eve fuhr fort, „wir werden sehen. - Ich habe gleich ein Date. - Eigentlich wollte ich dich darum bitten, ob ich ein paar Tage bei euch unterschlüpfen kann?"

„Sicher. Warum nicht."

Eve küsste mich auf die Wange und stieg ins Taxi.

„Danke Kleine. Bis morgen."

Ich sah dem Taxi mit gemischten Gefühlen nach. Eve war meine beste Freundin. Meine einzige Freundin. Ohne sie hätte ich das Kinderheim nicht überlebt. Ich sollte glücklich sein, ihr einen Gefallen zu tun. Ein stechendes Gefühl in meinem Herzen hinderte mich daran.

**Tabu oder nicht Tabu**

Nachdenklich ging ich in die Küche und setzte Teewasser auf. Aidan sollte für mich Tabu sein. Doch sobald er in meine Nähe kam, spürte ich dieses Kribbeln im Bauch. Es erfasste meinen ganzen Körper, wenn er mich berührte oder mit seinem intensiven Blick ansah. Mein Verstand wehrte sich, allein meine Emotionen machten mir einen Strich durch die Rechnung.

„Eine interessante Frau deine Freundin Eve."

Ich schrak zusammen, als mich Aidan aus meinen Gedanken riss. Ich hatte ihn nicht herein kommen hören. Wäre er immer noch dieser Meinung, wenn er gewusst hätte, dass Eve für jeden Mann die war, die er sich wünschte? Ich sah ihn prüfend an und begegnete seinen forschenden Augen. Da war wieder dieses Sehnsuchtsgefühl, das meinen Puls in die Höhe trieb.

„Möchtest du auch eine Tasse Earl Grey?"

„Gerne."

Aidan kam zu mir herüber, streifte, wie aus Versehen, meinen Arm und nahm die Teetassen vom Regal. Er stellte sie auf den Küchentisch, verschwand in der Vorratskammer und brachte eine Schachtel Kekse mit.

„Sie scheint viel gereist zu sein", bohrte er weiter.

„Du bist gar nicht neugierig."

Aidan lachte.

„Je schweigsamer du bist, um so mehr muss ich fragen."

Ich nahm das Sieb aus der Kanne, füllte unsere Tassen und setzte mich. Aidan ließ mich nicht aus den Augen. Ich wartete auf eine neue Frage, aber er schwieg. Als die Stille zu laut wurde, sagte ich:

„Ach übrigens, danke für das warme Wasser."

„Kein Problem. Wir müssen uns überlegen, wie wir das Haus in Zukunft finanzieren wollen. Sonst sind wir gezwungen, die Bäume im Garten zu fällen."

Ein Grinsen huschte über sein Gesicht und seine Augen funkelten. Im Schein der alten Küchenlampe schimmerte sein Haar in dem köstlichen rotbraun der Herbstblätter. Ich stellte ihn mir als König Lear vor, dessen Vorbild der Sage des legendären britannischen Königs Leir entsprach und bis zu dem keltischen Meergott Llyr zurückreichte.

„Träumst du?"

Seine Stimme hatte wieder diesen weichen Klang und bereitete mir eine wohlige Gänsehaut. Der Mann war gut.

„Nein", schwindelte ich, „ich überlege, was wir tun können, um das Haus zu unterhalten. – Mich wundert, dass du hier logieren willst. Hast du nicht eine schicke Wohnung in der City mit ein paar Theatergroupies in der Nähe?"

Mein Sarkasmus half mir die Fassung wieder zu gewinnen. Aidan zog eine Augenbraue hoch, grinste und öffnete die Packung Kekse.

„So denkst du über mich. Ich bin einer dieser versnobten Typen, die mitnehmen was sie kriegen können", er maß mich mit abschätzendem Blick, „ich finde es hier ganz kuschelig mit dir als Gesellschaft. Außerdem habe ich nicht vor dir den Spaß alleine zu überlassen."

„Woher weißt du, dass es ein Spaß für mich ist?"

„Ich sehe es in deinen Augen. Im Gegensatz zu deiner einseitigen Meinung über mich, kann ich sehr gut beobachten und erkennen, wer mir ge-

genübersteht - und was ich in dir sehe, reizt mich außerordentlich."

Ein beunruhigendes Flattern versetzte mein Inneres in Bewegung.

„Und das siehst du in meinen Augen? - Welche Farbe haben sie denn?", schnell senkte ich die Lider.

„Grün", ich wollte gerade etwas sagen, als er fortfuhr, „dunkelgrün, wie raue aufgewühlte See, aber wenn die Sonne darauf fällt, dann ist es das Erwachen des Frühlings."

Ich sah ihn irritiert an. Machte Aidan sich über mich lustig?

„Ist das aus Shakespeares Stücken? Ich erinnere mich nicht, jemals solche Worte bei ihm gelesen zu haben."

„Ich bin ein kreativer Junge", er lächelte sein spöttisches Lächeln, „aber es freut mich zu hören, dass du Shakespeare magst. Wenn du brav bist, nehme ich dich eventuell zu einer Vorstellung mit."

Die Herausforderung war nicht zu überhören. Mein zappeliger Herzschlag beruhigte sich. Mit diesem Aidan konnte ich besser umgehen.

„Ich werde dich daran erinnern. – Was hältst du von der Sache mit dem Schatz?", fragte ich beiläufig.

„Da bricht dein Schriftstellerherz durch", Aidan lachte, „ich glaube kaum, dass unser Urahn einen Schatz versteckt hat. Meinst du nicht, er hätte ihn für sich selbst genutzt?"

Ich zuckte mit den Schultern und nippte an meinem Tee. Ich sollte das Manuskript meines fertigen Romans endlich an die entsprechenden Verlage schicken. Wenn es gedruckt würde und nicht in meiner Schublade schlummerte, hätte ich Geld. Doch die Angst vor einer vernichtenden Kritik paralysierte mich. Plötzlich schoss mir ein Gedanke durch den Kopf. Zugleich schlug mein Herz bis zum Hals.

„Aidan kann ich dich etwas fragen?"

Meine Stimme zitterte und meine Hände waren eiskalt.

„So?! Na, da bin ich gespannt", er betrachtete mich aufmerksam.

„Ja, also, ich ... es ist nämlich so", holperte ich durch den Satz.

Aidan griff nach meinen Händen und hielt sie fest.

„Ganz ruhig kleine Lady. Einfach frei raus", sagte er sanft.

„Du wirst mich für verrückt halten."

„Das tue ich sowieso. Ein bisschen mehr schadet nicht, oder?", er lachte. Ich wollte ihm meine Hände entziehen. Er ließ sie nicht los, „bitte Serafine, du wirst mir doch diesen Scherz nicht übel nehmen? – Also, was ist los?"

„Es ist nur eine Frage. Du musst nicht, wenn du nicht willst ...", fing ich wieder an.

Aidan verdrehte die Augen.

„Ich kann mich nur entscheiden, wenn du mir sagst, um was es geht. Du kannst es glauben oder nicht, aber ich beiße nicht."

„Ich habe ein fertiges Manuskript, das noch niemand gelesen hat. Du liest doch sehr viel. Könntest du es dir ansehen? - Aber du musst nicht."

Ich wartete ängstlich auf seine Reaktion. Anders als befürchtet, blieb er ernst:

„War das so schwer? Natürlich lese ich es, wenn es dir hilft."

Ein Stein fiel mir vom Herzen, wenn es um den „Job" ging, konnte er sehr professionell sein.

„Eins sage ich dir vorher: Ich werde dir keinen Honig um deine süße Schnutte schmieren. Wenn es mir nicht gefällt werde ich es dir sagen, und wenn es mir gefällt, dann sehen wir weiter."

Schnutte? Hatte er süße Schnutte gesagt? War das nur ein Spruch oder fand er mich süß? Bevor ich weiter darüber nachdenken konnte, sagte er:

„Wann gibst du es mir?"

„Sofort?"

„Warum warten? Du möchtest sicher wissen, wie mir die Geschichte gefällt."

Hitze stieg mir ins Gesicht, meine Wangen glühten vor Aufregung.

„Bin gleich zurück."

Ich sprang auf und rannte davon. Eine Minute später war ich zurück und drückte ihm das Manuskript in die Hand.

„Donnerwetter! Wie viele Seiten sind das?"

„Ungefähr 600", sagte ich stolz.

„Da habe ich was zu tun." Er stand auf und

stellte seine Tasse weg. „Ich muss los. Heute Abend ist Vorstellung. Es kann spät werden. Also wundere dich nicht, wenn du heute Nacht Geräusche hörst."

Plötzlich kam er mir so erwachsen vor. Himmelweit entfernt von mir. Obwohl ich nur meine Hand nach ihm ausstrecken musste, um ihn zu berühren. Vielleicht war es nur die Vorstellung, dass dieser jungenhafte Typ mit dem umwerfenden Lachen und den seelenvollen Augen in wenigen Stunden auf den Brettern eines altehrwürdigen Londoner Theaters stand und einem Charakter, des berühmtesten englischen Dichters, Leben einhauchte. Ihn als eine Figur in einer meiner Geschichten zu sehen, reizte meine Fantasie.

„Oh ja, na klar - schade."

Wieder zitterte meine Stimme. Diesmal vor Enttäuschung. Am liebsten hätte ich mich neben ihn gesetzt und zu gesehen, wie er mein Buch las, um aus seiner Mimik zu deuten, wie es ihm gefiel.

„Du findest es schade, dass ich gehe?"

Aidan stand ganz dich vor mir. Ein angenehmer Duft von Aftershave hüllte mich ein und ein erregendes Gefühl stieg in meinem Bauch auf. Er griff nach meiner Hand, sein Daumen lag auf meinem Puls und hauchte einen Kuss auf meinen Handrücken. Ich unterdrückte ein Seufzen.

„Ich wünsche dir eine gute Nacht kleine Schriftstellerin. Träum süß."

Er ging und ich sank auf meinen Küchenstuhl. Verdammt reiß dich zusammen, ermahnte ich mich, sonst verlierst du schneller dein Herz, als du es flicken kannst.


### Nächtliche Begegnungen

Ich schlug die Augen auf und war sofort hellwach. Durch die großen Flügeltüren floss silbernes Mondlicht auf den Teppich, bis vor mein Bett. Die Möbelstücke bildeten scharfe Schattenrisse auf den Wänden und dem Boden. Alles war still. Ich lauschte. Hörte nur meinen Atem und meinen Herzschlag. Da! Ein Zittern in den Schatten. Ich erschrak.

„Hallo, ist da wer?" flüsterte ich. – „Hallo?"

Nichts geschah. Ich spähte in die Ecke, aus der das Flackern kam, und nahm die Umrisse einer Person wahr. Ich rieb mir die Augen. Der Schemen war fort. Ein leichter Duft von Rosen, Veilchen und Maiglöckchen lag in der Luft. Ich wunderte mich, dass ich die verschiedenen Düfte erkennen konnte.

„Hallo? Ist da wer?"

Ich schaltete meine Leselampe an. Der sanfte Lichtschein tröstete mich. Ich stand auf und schlüpfte in Pantoffeln und Bademantel. Mein Zimmer sah aus wie am Tag zuvor. Bis auf diesen Geruch. Ich hatte ihn schon einmal gerochen.

Konnte mich aber nicht an den Ort erinnern. Als wäre es in einer lange zurückliegenden Zeit gewesen. Löste das Haus diese Trugbilder aus?

Ich beschloss mir einen Tee zu kochen, um das beklemmende Gefühl zu vertreiben. Behutsam öffnete ich die Tür und warf einen Blick in die große Halle. Ich entdeckte nichts Ungewöhnliches, atmete tief durch und trat hinaus. Ohne Licht anzuschalten, machte ich mich auf den Weg in die Küche, als ich plötzlich eine Melodie hörte. Ich hielt inne und lauschte. Die Tonfolge war so schwach, dass ich dachte, sie sei nur in meinem Kopf. Ich hörte eine Weile zu. Die Klänge kamen aus der Bibliothek. Neugierig schlich ich hinüber. Vorsichtig drückte ich die Klinke herunter und lugte durch einen kleinen Spalt hinein. Feuer brannte im Kamin. Ein warmes Licht erfüllte den Raum. In der Mitte stand ein Mann. Groß und schlank, tadellose Garderobe, die aus einem Theaterfundus zu stammen schien. Halblanges dunkles Haar, dunkler gepflegter Bart. Hatte Aidan einen Freund mitgebracht? Er drehte sich in meine Richtung und lächelte mich an.

„Guten Abend Serafine. Schön dich kennenzulernen."

Mit ausgestreckten Armen kam er auf mich zu, nahm mich am Arm und zog mich in die Bibliothek. Völlig überrascht ließ ich es geschehen. Zugegeben, furchteinflößend wirkte er nicht. Wieder lag der Blütenduft im Raum.

„Wie bitte? Woher kennen sie mich?"

Er lachte. In seinen dunklen Augen glomm ein schelmischer Funke.

„Mein Kind ich wohne in diesem Haus. Ich weiß, alles über dich."

„Wer sind sie? Ich habe sie noch nie gesehen."

„Darum wird es Zeit mich vorzustellen", mit einer galanten Bewegung verbeugte er sich, „mein Name ist Robert Alain George Gibbs, erster Baron Aldenham, geboren am 13.03.1571. Wie ich den Worten dieses Winkeladvokaten, mit dem ordinären Namen Smith, entnehmen konnte, bist du meine Urururnichte. - Lass dich anschauen Kind."

Er ging mit prüfendem Blick um mich herum, als taxiere er einen Gebrauchtwagen.

„Ich bin kein Kind", begehrte ich auf, „ich bin 26 Jahre alt."

Er sah mich für einen Moment ernst an, dann warf er den Kopf in den Nacken und lachte laut.

„Was gibt es da zu lachen!"

„Wenn du mehr als vierhundert Jahre auf dem Puckel hast, dann sind 26 Jahre weniger als Nichts."

Dieser Lord Aldenham war unverschämt. Er erinnerte mich an jemand. Aidan.

„Ich muss sagen, du bist recht hübsch. Eine junge Dame", stellte er zufrieden fest. - Aber was viel wichtiger ist, du bist klug und hast Talent."

„Was wollen sie von mir?"

„Nicht so hastig meine Kleine", seine Stimme

war samtig und einschmeichelnd, „es gibt einiges, das ich von dir will, aber das ist nicht der Grund, weswegen ich dir einen Besuch abstatte. Viel eher solltest du dich fragen, was ich dir mitzuteilen habe."

„Sir bitte, das Ganze ist grotesk."

Er lachte erneut. Lord Aldenham schien ein fideles Kerlchen zu sein.

„Wenn du wüsstest, wie bizarr alles ist, würdest du mehr Interesse an meiner Gegenwart zeigen."

„Ihr sprecht in Rätseln."

Der Lord war verrückt im Kopf.

„Du wirst die Rätsel verstehen. Aber nimm dich in acht! Furchtbare Dinge gehen vor in Aldenham Park."

„Was für Dinge?" Sein Gerede ging mir auf die Nerven. Das war ein Albtraum. Ich konnte nur nicht aufwachen, so sehr ich es versuchte. Es musste das Haus sein. „Kommt zur Sache Mylord."

„Oh, das werde ich. Für den Anfang nur soviel: Es ist nicht alles, wie es scheint. Die Nacht bringt es ans Licht. Liebe ist der Schlüssel und der Tod. Das Böse erscheint, wenn Erlösung naht."

„Sir was bedeutet das?"

Was redete er für einen Unsinn?

„Kannst du tanzen, Serafine?", ohne auf meine Frage zu antworten, legte er mir den Arm um die Taille, „ich habe seit Ewigkeiten nicht mehr getanzt."

Lord Aldenhams energische Art überrumpelte mich. Er zog mich an sich und wir machten die ersten Schritte. Ich ließ es geschehen. Es war wie auf Wolken gehen, so leicht. Der schräge Lord redete viel und ich verstand nichts von allem. Doch er tanzte fantastisch.

Die Musik betörte mich. Er führte mich durch den Saal, hinaus in die Halle. Die Lampen des Kronleuchters spiegelten sich tausendfach in seinen Glasdiamanten und sprühten goldenen Lichterstaub über uns. Blütenduft hüllte mich ein und meine Gedanken wanderten immer weiter fort.

Eine Tür schlug zu. Dunkelheit. Ich blieb wie angewurzelt stehen. Eine Lampe flammte auf und erhellte die Halle. Ich blinzelte in das kalte Licht. Irritiert sah ich mich um. Unerwartet stand Aidan vor mir. Er sah mich besorgt an.

„Serafine was machst du hier im Pyjama? Du holst dir den Tod."

Ich sah an mir herunter. Barfuß, ohne Bademantel stand ich da. Kälte kroch meine Beine hinauf.

„Schlafwandelst du? Ich hoffe, ich muss dich nicht eines Tages vom Dach holen."

„Ich wandele nicht im Schlaf! Da war ein Mann, er hat gesagt, er wäre Robert Alain George Gibbs, erster Baron Aldenham, geboren am 13.03.1571. Er sah aus wie auf einem Kostümball", sprudelte ich heraus.

„Ja kleine Lady alles ist gut. Komm, ich bring

dich ins Bett. Du hast schlecht geträumt."

Aidan hob mich hoch, wie ein kleines Kind. Ich legte meine Arme um seinen Hals und lehnte den Kopf an seine Schulter.

„Du riechst so gut", ich schnupperte in seiner Halsbeuge und murmelte, „du bist jetzt der neue Herr von Aldenham Park - und ich – bin ich."

Aidan legte mich aufs Sofa, deckte mich zu und strich mir zärtlich über den Kopf.

„Du siehst sehr reizvoll aus, mit deinem Goldhaar. Es fließt wie Seide über das Kissen. Du solltest deine Haare offen tragen und nicht so streng zum Zopf gebunden."

„Ihr macht euch lustig über mich Mylord", flüsterte ich und schloss die Augen. Aidan wollte sich entfernen, „bitte bleib. Geh noch nicht."

„Nur einen Augenblick", er setzte sich neben mich.

„Bitte erzähl mir etwas."

„Was möchtest du hören?"

„Etwas aus deinem Stück."

Aidan legte seinen Arm um meine Hüfte, beugte sich zu mir herunter, strich mit seinen Fingerspitzen über meine Wange. Mit samtiger Stimme begann er einen Monolog Oberons aus Shakespeares Sommernachtstraum zu rezitieren:

*„Zur selben Zeit sah ich*
*Cupido zwischen Mond und Erde fliegen*
*In voller Wehr: er zielt auf eine holde Vestal,*
*Im Westen thronend, scharfen Blicks,*

*Und schnellte rasch den Liebespfeil vom Bogen,*
*Als sollt`er hunderttausend Herzen spalten;*
*Allein ich sah das feurige Geschoss*
*Im keuschen Strahl des feuchten Mondes verlöschen.*
*Die königliche Priesterin ging weiter,*
*In sittsamer Betrachtung, liebefrei,*
*Doch merkt` ich auf den Pfeil, wohin er fiele.*
*Er fiel gen Westen auf ein zartes Blümchen,*
*Sonst milchweiß, purpurn nun durch Amors Wunde*
*Hol mir die Blum`! Ich wies dir einst das Kraut:*
*Ihr Saft, geträufelt auf entschlafne Wimpern,*
*Macht Mann und Weib in jede Kreatur*
*Die sie zunächst erblicken, toll vergafft;*
*Hol mir das Kraut; doch komm zurück, bevor*
*Der Leviathan eine Meile schwimmt ...*
*Oh, könnt dein Auge mich erblicken*
*Wie ich wirklich bin und dennoch*
*In Liebe zu mir entbrennen."*

Es waren die letzten Worte, die ich hörte.

**Der Dschungeldoktor**

Ich wachte mit höllischen Kopfschmerzen auf. Soweit ich mich erinnerte, hatte ich keinen Alkohol getrunken, aber der „Kater" besaß das gefühlte Ausmaß eines Säbelzahntigers. In Zeitlupe setzte ich mich auf. Ich brauchte einen Kaffee und eine Aspirin. Dringend. Ich wollte in meine Hausschuhe schlüpfen. Sie standen nicht vor dem Sofa.

Schlagartig fielen mir die absonderlichen Begebenheiten der letzten Nacht ein. Der verrückte Lord Aldenham aus der Bibliothek. Der Duft lag mir wieder in der Nase und ich hörte die hypnotische Melodie. Wir tanzten und dann kam Aidan nach Hause. Er brachte mich ins Bett und zitierte Shakespeare. Oberon. Einen Teil aus seiner Rolle. Mit dem Text stimmte etwas nicht. Es war die richtige Fassung, aber etwas in seinem Vortrag hörte sich fremd an. Was für ein irrer Traum! Ich beschloss mir den Sommernachtstraum vorzunehmen, sobald sich mein schmerzendes Gehirn beruhigte.

Zuerst machte ich mich auf die Suche nach den Pantoffeln und dem Bademantel. In meinem Zimmer konnte ich sie nicht finden. Der Verdacht keimte in mir, dass der Traum realer war, als ich annahm. Ich entschied mich, in der Bibliothek nachzusehen. Tatsächlich! Vor dem Schreibtisch auf dem Boden lagen Morgenrock und Hausschuhe.

Ich hob den Bademantel auf und warf ihn mir über. Wieder dieser Duft! Er hing in dem weichen Frottee und hüllte mich sanft ein. Wie ein Garten im Frühling. Ein Wohlgefühl stieg in mir auf, dass ich viele Jahre nicht erlebt hatte. Mein Kopfschmerz war wie weggeblasen. Beschwingt ging ich in die Küche und kochte Kaffee. Ich setzte mich an den Küchentisch, lauschte dem Blubbern und Zischen der Kaffeemaschine und genoss, wie der aromatische Duft den Raum erfüllte.

„Guten Morgen Serafine."

Aidan stand plötzlich neben mir. Forschend ruhte sein Blick auf meinem Gesicht. Ich strahlte ihn an.

„Dir auch einen guten Morgen."

„Ich freue mich, dass du so fröhlich bist. Ich habe befürchtet, dass du dir in der Kälte letzte Nacht einen Schnupfen eingefangen hast."

„Du meinst, dass du mich ins Bett gebracht und mir aus deinem Stück vorgetragen hast, war kein Traum?"

Aidan lachte. Er goss uns Kaffee ein.

„Traum – nein. Ein Traum war das wahrhaftig nicht", er berührte leicht mein offenes Haar. Seine Stimme klang tiefer, als er mit ganz besonderer Betonung sagte, „sondern sehr real."

Ich wollte ihn nach der Textstelle fragen, die mir unbekannt erschien. Als ich seinen dunklen Blick sah, blieb mir die Frage im Hals stecken. Elektrisierende Spannung lag in der Luft. Ich stand auf, um einen sicheren Abstand zwischen uns zu legen und fragte beiläufig:

„Ich nehme an, du gehst ins Theater?"

„Ja, wir haben Proben. Ein neues Stück."

„Gut, dann kann ich ungestört duschen. – Wäre es in Ordnung für dich, wenn Eve einige Tage bei uns unterkommt?"

„Nein, wenn es kein Dauerzustand wird."

„Nur für ein paar Tage. Eve hält es nie lange

aus. – Sehen wir uns zum Lunch?"

„Ich denke, dass ich gegen 15 Uhr wieder da bin." Aidan ließ mich nicht aus den Augen, „mach keine Dummheiten, während ich weg bin, junge Dame."

„Warum halten mich alle für jung? Ich bin 26."

„Weil du es bist – jung."

Aidans Blick glitt interessiert an mir herunter.

„So alt kannst du auch nicht sein! Das ist typisches Understatement."

In Aidans Gegenwart fühlte ich mich befangen. Ich war mir nie sicher, was er meinte. Sobald wir uns in einem Raum befanden, fühlte ich mich wie auf einer spiegelglatten Eisbahn. Aidan zog mich unwiderstehlich an. Er beherrschte meine Gedanken mehr, als ich mir zugestand.

„Mit 36 sieht man Dinge mit anderen Augen."

„Binde mir keinen Bären auf! Du bist niemals 36."

Ich schüttelte ungläubig den Kopf und sah zu ihm auf. Aidan stand ganz dicht vor mir. Sofort fing mein Herz an zu flattern. Der Mann brachte mich total durcheinander.

„Doch Serafine, am 30.11. werde ich 37. Da beißt die Maus keinen Faden ab."

„Das gibt`s nicht! Ich werde am 30.11. siebenundzwanzig."

Aidan hob eine Augenbraue.

„Das nenne ich einen ungewöhnlichen Zufall", stellte er fest. Für einen Moment zögerte er. Es schien, als wollte er etwas sagen. Doch er wendete sich zum Gehen.

„Wir sehen uns später."

Ich starrte ihm perplex hinterher und bezweifelte, dass ich je aus ihm schlau werden würde.

Es klingelte Sturm. Prompt vertippte mich. Nur gut, dass sich das am Laptop leicht korrigieren ließ. Erneut erklang die Klingeltirade.

„Ich komme schon", rief ich und rannte zur Eingangstür. Mit einem Ruck riss ich sie auf. „Eve ...", legte ich los und verstummte, als ich auf eine breite Männerbrust blickte. Ich hob den Kopf. Zwei Bernsteinaugen betrachteten mich interessiert.

„Nein, Eve bin ich nicht", lachte der Fremde und reichte mir eine große Hand, „darf ich mich vorstellen? Simon Bateman, guter Freund von Mister Black und zurück vom Amazonas."

Ich holte tief Luft. Simon Bateman sah aus, als wäre er einem Indiana Jones Film entsprungen. Dass er keine Peitsche bei sich trug, war der einzige Unterschied, den ich auf den ersten Blick sah.

„Entschuldigen sie meinen Aufzug, Miss ...?"

„Serafine Durham. Sagen sie bitte Serafine."

„Also Serafine, wie ich hörte, wohnt Aidan in diesem, wie soll ich es ausdrücken, hochherrschaftlichen Klotz?"

Simons Augen funkelten spöttisch und ich lachte.

„Wieso lachen sie Serafine?"

„Weil sie genauso zynisch sein können, wie ihr Freund."

„So?", Simon grinste, „dann werden sie mich bestimmt ebenso ins Herz schließen, wie ihn."

„Nun, mein Herr, darüber werde ich ein wenig nachdenken. Besonders da das Verhältnis zwischen Aidan und mir etwas, wie soll ich es ausdrücken, zwiespältig ist", gab ich scherzhaft zurück, „allerdings ist Aidan nicht hier, er ist im Theater. Proben."

„Tja, jeder hat seine Leidenschaften. Aidans große und einzige Liebe ist sein Beruf."

Ich versuchte, mir mein Unbehagen nicht anmerken zu lassen. Wie konnte er das sagen?

„Was kann ich für sie tun Simon?"

„Nun", er zögerte einen Augenblick, „ich bin gerade erst in London angekommen und habe noch keine feste Bleibe. Ich wollte Aidan fragen, ob ich eine Weile bei ihm wohnen könnte, bis ich mich entschieden habe, wie es für mich weiter geht."

Ich zuckte mit den Schultern. Mich beschlich das Gefühl, dass Aldenham Park eine Zuflucht für gestrandete Existenzen wurde.

„Da kann ich ihnen nicht helfen, das müssen sie Aidan selbst fragen."

„Klar. – Kann ich meinen Koffer solange unterstellen? Ich fahre ins Theater und erledige das."

„Kein Problem."

Simon brachte zwei Koffer und einen Rucksack

herein und stellte sie an der Garderobe ab.

„Hat mich gefreut sie kennenzulernen Serafine", er nahm meine Hand, drückte sie fest, „wir sehen uns sicher noch."

„Bestimmt", antwortete ich mechanisch und sah zu, wie er in das Taxi stieg, das auf ihn wartete.

**Geheime Gänge**

Die Eingangstür fiel ins Schloss. Der Knall dröhnte in der Halle nach. Theater, Aidans einzige Leidenschaft?! Darüber wollte ich nicht nachdenken. Ich war beschäftigt genug Aidans Worte und Gesten immer und immer wieder durchzugehen, um zu verstehen, wie er sie meinte und welche Rolle ich dabei spielte.

Wenn ich schrieb, glitten meine Finger über die Tastatur und füllten die Seiten, während ich Aidans Augen auf mir fühlte, wie es seine Art war. Sein Blick drang tief in mein Inneres, um seine Lippen spielte ein mysteriöses Lächeln. Hätte jemand gefragt, was ich schrieb, ich hätte keine konkrete Antwort geben können. Es war wie verhext und Aidan war schuld daran.

Unschlüssig stand ich in der Eingangshalle. Ich brauchte dringend Ablenkung. Mir fiel ein, dass ich mir den Sommernachtstraum ansehen wollte, um die holprige Textstelle zu finden. Ich ging in die Bibliothek und schaltete die Deckenbeleuchtung ein. Sie erfüllte ihren Zweck, war aber nicht so stimmungsvoll, wie das nächtliche Kaminfeuer. Ich sah mich in dem imposanten Raum um. Wo konnte ich unter Tausenden Büchern Shakespeare finden, falls Aldenham Park seine Werke beherbergte? Ein absurder Gedanke! Ohne Zweifel stand er irgendwo. Eine englische Bibliothek ohne Will Shakespeare, undenkbar!

Ich betrachtete die Regale genauer. Sie waren auf den Außenseiten mit Zahlen aus Holz gekennzeichnet, während auf jedem Regalbrett Buchstaben standen. Natürlich, es gab ein Verzeichnis! Ich ging zum Schreibtisch. Er hatte rechts, links und in der Mitte Schubladen. Nacheinander zog ich die Schubfächer auf. In den ersten Fächern herrschte völliges Durcheinander.

Stifte, brauchbare und kaputte, Briefe, geöffnete und ungeöffnete, Quittungsblöcke, Scheckbücher, Haushaltsbücher, abgerissene Notizzettel, Papierschnipsel, Heftklammern und andere Schreibtischutensilien. Noch drei Schubfächer waren übrig. Eins, zwei oder drei? Zwei! Ich zog die mittlere Lade auf. Da war es. Das Bibliotheksverzeichnis.

Mein Herz schlug schneller, als ich das schwere, mit weichem, genarbtem Leder bezogene Buch herausnahm. Ich legte es vor mir auf die Tischplatte und öffnete es. Ehrfürchtig blätterte ich die Seiten um. Das dicke Papier fühlte sich rau an. Mit feinsäuberlich, wechselnden Handschriften waren alle Bücher aufgelistet, die nach und nach in die Bibliothek Aufnahme fanden. Ich ließ meinen Finger über die Spalten gleiten. Die Schriftsteller in dem Verzeichnis stellten einen beachtlichen Querschnitt der letzten fünf Jahrhunderte dar.

Dann entdeckte ich ihn: William Shakespeares gesammelte Schriften. Regal 10, Reihe 7. Ich schlug das Verzeichnis zu und legte es zurück. Aufmerksam schritt ich die Regalreihen ab. Es dauerte nicht lange, bis ich William aufspürte. Das Gefühl, das dieses Haus mit allen diesen Schätzen mir gehörte, berauschte mich. Gut, ich musste mit Aidan teilen. Andererseits konnte ich sie nehmen und zurücklegen, wann ich wollte, wenn ich es wollte.

Niemand hatte das Recht es mir zu verbieten oder Anspruch darauf zu erheben. In diesem Moment wusste ich, um in Aldenham Park zu bleiben würde ich alles tun. Ich war nach Hause gekommen. Mein Herz durfte Wurzeln schlagen. Eine heiße Welle des Glücks stieg in mir auf. Trotz der Probleme, die ohne Zweifel auf Aidan und mich zukamen, fiel mir ein Stein in der Größenordnung eines Felsbrockens vom Herzen.

Behutsam nahm ich eines der Bücher von Shakespeare aus dem Regal. Auf dem roten Ledereinband stand Williams Name in goldenen Lettern. Ich schlug es auf, hob es an meine Nase und schnupperte. Der Duft des alten Papieres, vermischt mit dem des Leders und des Zedernholzes, aus dem die Regale gefertigt waren, rauschte wie eine Droge durch mein Hirn. Den ganzen Tag hätte ich den Geruch der Bücher in mir aufsaugen können.

Der Band enthielt den Sommernachtstraum nicht. In Taillenhöhe der Regale befanden sich goldfarbene Metallknöpfe. Ich zog daran. Eine Holzplatte kam zum Vorschein, auf dem ich das Buch abgelegte. Ich nahm das nächste Buch heraus. Behutsam blätterte ich die Seiten um und betrachtete die eingefügten Holzschnitte zwischen den Kapiteln. Sie zeigten Szenen aus den Stücken. Ich konnte mich nicht sattsehen.

Was für eine Kostbarkeit! Sobald Aidan nach Hause kam, musste ich ihm die Bücher zeigen. Er würde begeistert sein. Endlich! Der Sommernachtstraum. Kein Wort konnte meine unbändige Freude in diesem Augenblick wiedergeben. Ich hätte sie gerne mit Aidan geteilt.

Sorgfältig stellte ich das andere Buch zurück auf seinen Platz, als ich an der hinteren Regalwand eine Unebenheit bemerkte. Ein Fehler im Holz? Ich stellte mich auf die Zehenspitzen und strich mit den Fingern darüber. Ich fühlte eine Vertiefung, in die ich mühelos meinen Zeigefinger stecken konnte, und einen Widerstand. Bevor ich an die Konsequenzen dachte, drückte ich dagegen. Mit leisem Quietschen schob sich die Regalwand zur Seite. Vor mir lag die erst Stufe einer Treppe in die Finsternis.

Ein geheimer Gang! In einer der Schreibtischschubladen hatte ich eine Taschenlampe gesehen. Ich eilte hinüber, nahm sie heraus und betätigte den On/Off-Schieber. Nichts. Die Batterien waren zu alt. Eine Kerze sollte es auch tun. Aufgeregt sah mich um. Auf dem Kaminsims stand ein Leuchter mit einem Kerzenrest. Streichhölzer lagen daneben. Obwohl ebenfalls alt, entflammte das Zündhölzchen, als es über die Reibefläche ratschte. Ich entflammte den Kerzenstummel.

Erregtes Kribbeln rann durch meinen Körper, als ich vor dem schwarzen Kellerschlund stand. Ich würde sehen, was seit langer Zeit niemand zu Gesicht bekommen hatte. Bedächtig betrat ich die erste Treppenstufe. Hinter mir hörte ich ein leises Klicken. Das Regal schob sich an seinen Platz, bevor ich zurückhuschen konnte.

Ganz ruhig bleiben, redete ich mir zu. Wenn man hineinkam, kam man auch wieder hinaus. Ich drehte mich um und tastete die hölzerne Wand sorgfältig ab. Ich fand kein Äquivalent zu dem Schalter in der Bibliothek. Die kleine, flackende Flamme der Kerze erschwerte das Suchen.

„OK!", sagte ich laut, um mir Mut zu machen und das bange Gefühl in meiner Brust zu vertreiben, „ich bin hier, und solange niemand nach Hause kommt, bin ich auf mich allein gestellt. Wie sagte Großmutter: Niemals zurückschauen, immer vorwärtsgehen."

Konzentriert auf jedes Geräusch lauschend, tastete ich mich die Treppe hinunter, bis ich ebenen Boden unter den Füßen spürte. Die Oberfläche der Kopfsteine war durch die langen Jahre der Benutzung glattgewetzt. In den geheimen Gängen musste reger Betrieb geherrscht haben. Welches wohl die Anlässe waren? Ob einer der Herren von Aldenham Park Tagebuch geführt hatte? Es wäre spannend herauszufinden, was sich hier in den letzten Jahrhunderten abspielte. Vielleicht fand ich den Schatz, von dem geredete wurde. Das Jagdfieber packte mich.

Der Gang beschrieb eine leichte Biegung nach links und mündete in einer Art Krypta. Dicke Säulen stützen das Gewölbe. An den Seiten befanden sich eisenbeschlagene Türen. Muffige Tunnel gingen strahlenförmig vom Hauptraum ab. Hoffentlich führte einer nach draußen.

Neugierig öffnete ich eine der Türen. Ich leuchtete in den Raum hinein und traute meinen Augen nicht. Wände und Boden des Raumes waren mit kostbaren Teppichen und eleganten Möbeln ausgestattet. An einer Wand stand eine samtbezogene Chaiselongue. Dazu gab es zwei passende Sessel und ein zierliches Tischchen. In einer Vitrine hatte jemand kleine Kostbarkeiten aus Porzellan gesammelt. Miniaturen von Vögeln, Wild - und Haustieren. In einer anderen befanden sich wertvolle geschliffene Gläser und Karaffen. Daneben stand ein schmiedeeisernes Gestell mit Weinflaschen. Der Raum beherbergte außerdem ein Regal mit kostbaren Büchern. Wer richtete in einer unterirdischen Krypta so einen prächtigen Raum ein? Vor Kurzem musste jemand hier gewesen sein. Die Möbel waren staubfrei. Auf dem Tisch lag ein aufgeschlagenes Buch. Ich trat den Rückzug an und schloss die Tür. Lebte heimlich irgendwer in diesem Keller? Warum hatten wir ihn noch nicht gesehen oder gehört?

Mit zitternden Händen öffnete ich die nächste Tür. Dieser Raum war das Gegenteil des Ersten. Seine Wände und der Boden ließen den rohen Stein erkennen. An den gegenüberliegenden Wänden standen Holzpritschen, über denen im Fels Eisenringe mit Handfesseln hingen. Ich trat näher und hielt meine Kerze an die Fesseln. Sie zeigten deutliche Spuren von Abnutzung. Ein frostiger Schauer lief mir über den Rücken, als ich an den Ketten und auf dem Stein Blutspuren entdeckte.

Wollte mir jemand Angst einjagen, der es auf das Haus abgesehen hatte? Wer wollte ein Haus, in dem es, außer ein paar Möbeln und Büchern, nichts gab? Etwa dieser dubiose Lord Aldenham? Die nächtliche Begegnung musste ein Traum gewesen sein. Sonst war das Ganze eine geniale optische Täuschung oder ich hatte einen echten Geist gesehen. Mein Verstand wehrte sich energisch gegen diese Vorstellung. Jemand mischte Drogen unter den Kaffee, das musste es sein.

„Ich höre mich an, als hätte ich nicht alle Tassen im Schrank", sagte ich laut, um meine Angst und das unwirkliche Gefühl zu vertreiben, „ich hab noch nie Drogen genommen! Vielleicht ein bisschen zu viel Kaffee, aber das ist nicht der Punkt. Es gibt für alles eine natürliche Erklärung. 100 Prozent. Aber zuerst muss ich den Ausgang finden und dann ...", ich hielt inne, „sehe ich weiter."

Ich verließ die Zelle und sah mich in der Krypta um. Es gab fünf Gänge. Der aus dem ich kam und vier weitere. Welcher war der Ausgang? Nach meiner Berechnung befand ich mich etwa unter der Eingangshalle. Die beiden linken Gänge führten also weiter unter dem Haus entlang zur Straße hinunter, während die beiden rechten Gänge unter offenes Gelände führten.

Hatte ich bei meinem Spaziergang etwas gesehen, das einen Ausstieg aus einem Geheimgang ermöglichte? Da war nichts. Nur der Park und flache Wiesen. Zur Straße hin gab es mehrere Möglichkeiten. Das Herrenhaus umgab auf der Straßenseite eine alte Steinmauer, die am Ende an das Grundstück eines alten Friedhofs grenzte. Dort bestattete man mit Sicherheit die Herren von Aldenham Park. Ein idealer Platz das Haus ungesehen zu verlassen. Niemand würde unter einem der Gräber den Eingang eines Geheimtunnels vermuten. Die Menschen früherer Epochen hatten zu viel Respekt oder Angst vor den Toten, als dass sie deren Ruhe störten.

Während ich in meine Überlegungen vertieft war, hörte ich jäh ein Geräusch. Es war ein metallisches Kratzen. Ich hielt den Atem an. Panik ergriff mich. Ohne nachzudenken, rannte ich in den nächsten Gang links von mir. Der unebene Boden brachte mich beinahe zu Fall. Ein kalter Luftzug ließ die unruhige Kerzenflamme erlöschen. Was war das? Sämtliche Nackenhaare stellten sich auf. Mein rasender Herzschlag donnerte Adrenalin durch meine Adern. Ich durfte nicht stehen bleiben! Um nicht gegen eine Wand zu stoßen, streckte ich meinen Arm aus, berührte die Mauer mit der Hand. Obwohl ich ständig stolperte, wanderte ich hastig weiter. Jemand war hier. Bloß raus, bevor er bemerkte, dass ich sein Versteck entdeckt hatte.

Ich konnte seine Gegenwart und die Gefahr, die von ihm ausging, deutlich fühlen. Eine kalte, totbringende Gefahr, die Jahrhunderte alt war und mich zu lähmen drohte. Das Grauen lag wie ein zentnerschweres Gewicht auf meiner Brust, presste mir die Rippen zusammen und nahm mir die Luft zum Atmen. Ich taumelte, stieß gegen eine Mauer. Sie versperrte den Gang.

„Gott bitte, lass es keine Sackgasse sein."

Mit fliegenden Fingern tastete ich die schroffen Steine ab. Ein eiserner Hebel! Ich riss ihn herunter. Die Tür schwang auf. Ich stürzte hinaus. Krachend schlug sie wieder zu. Erschöpft sank ich auf die Knie. Die unterdrückte Angst brach aus mir heraus. Heftiges Zittern schüttelte meinen Körper. In einer Hand hielt ich den Kerzenleuchter, um den sich meine Finger schmerzhaft verkrampft hatten. Ich war in Sicherheit.

Was war dort unten? Wieso spürte ich diese Dinge? Eve sagte, in mir steckte die wildeste Fantasie, die sie jemals bei einem Menschen erlebt hätte. Ich nannte es gute Assoziationsgabe. Das allein konnte es nicht sein. Ich fühlte „ihn" oder „es" körperlich. Was stimmte mit dem Haus nicht?

Ich sah mich in dem Raum um, in den ich geflüchtet war. Es handelte sich um eine Familiengruft. Ich war tatsächlich auf dem Friedhof gelandet. Die Oberlichter des Mausoleums ließen ein diffuses Licht in den Innenraum dringen. Auf den grauweiß geäderten Marmorplatten, die an den Wänden angebracht waren, konnte ich Jahreszahlen, Titel und Namen lesen. Ich befand mich in der Begräbnisstätte der Herren von Aldenham Park. Die Platte, die ich durchschritten hatte, war mit dem Namen von Robert Alain George Gibbs, Baron Aldenham versehen. Ich hatte es geahnt. Warum konnte ich nicht erklären, aber es war eine Tatsache.

Ich spürte meinen Körper kaum noch, als ich mich schließlich aufrappelte. Ich brauchte dringend eine externe Wärmequelle und einen heißen Tee. Meine Zähne klapperten und meine Gliedmaßen waren steif. Ich fühlte mich wie Hundert.

Ein paar Treppenstufen führten zu einer schmiedeeisernen Tür, die das Wappen der Familie Aldenham schmückte. In einer Ecke erhob sich ein Phönix aus der Asche, über ihm ruhte der Strahlenkranz der Sonne. In der anderen Ecke prangte ein Symbol, über dem eine Mondsichel hing. Es bestand aus Linien und Kugeln. Darunter lag ein Totenschädel. Ein makaberes Wappen.

Ich drückte die Klinke herunter. Die Tür war nicht verschlossen und schwang lautlos auf. Es dämmerte schon, als ich die Gruft verließ. So schnell es mir meine ermatteten Glieder erlaubten, machte ich mich auf den Weg zurück ins Haus.

### Eine gute Idee

Die heiße Dusche tat meinem erschöpften Körper und meinem verwirrten Geist gut. Ich kuschelte mich in einen weichen Pulli und zog dicke Wollsocken an. Bevor ich mir in der Küche einen Tee machte, ging ich in die Bibliothek und holte mir den Band von William Shakespeare, den ich gesucht hatte. Ich sah mich aufmerksam um. Alles war an seinem Platz. Die einzige Abweichung, die auffiel war, dass das Buch von William wieder an seinem Platz stand.

Ich hätte geschworen einen leichten Duft von Rosen, Veilchen und Maiglöckchen zu riechen. Vielleicht bewachte der erste Lord Aldenham die Bibliothek. Wenn das stimmte, gab es Geister.

Handfeste, reale Geister, wenn man bei Geistern von real reden konnte. Zugegebenermaßen erschien er mir in der Nacht sehr handfest, wenn ich außer Acht ließ, dass ich ihn bis dahin für eine Traumgestalt hielt.

Sacht zog ich das Buch wieder aus dem Regal und machte mich auf den Weg in die Küche. Sollte ich Aidan von Lord Aldenham erzählen. Besser nicht, er würde mich vermutlich für verrückt halten. Eve könnte ich es erzählen. Nur hielt sie meine überschäumende Fantasie ohnehin für weltfremd und abgehoben. Wie würde sie meinen Geisteszustand beschreiben, wenn ich ihr von Lord Aldenham erzählte?

Siedend heiß fiel mir ein, dass Eve ihre Sachen bringen wollte. Ich war den ganzen Nachmittag nicht im Haus gewesen und Aidan wollte zum Lunch nach Hause kommen. Vielleicht waren er und Simon in der Stadt geblieben. Sie hatten sich bestimmt einiges zu erzählen.

Ob Simon im Dschungel auch unheimliche Dinge erlebte? Viele Naturvölker glaubten an Geister und Dämonen. Meine Mutmaßungen bezüglich der Aldenhamschen Gespenster waren sehr wage. Bestimmt spielten mir meine Fantasie und die neuen Eindrücke einen Streich. Ich würde meine Entdeckungen für mich behalten und nach Beweisen für meine Vermutung suchen.

In der Küche empfing mich eine angenehme Wärme. Ich hatte den alten Herd angeheizt, bevor ich mich unter die Dusche begab. Ich legte noch einige Holzscheite auf. Sie gaben ein leises Knistern von sich, während die Flammen sich ihrer annahmen. Mein Magen knurrte und ich holte mir eine Dosensuppe aus der Speisekammer. Am Kühlschrank bemerkte ich einen Zettel.

*„Hallo kleine Lady,*
*war nur kurz da, um mich umzuziehen. Simon und ich wollen essen gehen. Warte nicht auf uns. Wo bist du? Suchst du Schätze?* ☺
*Grüße auch von Simon,*
*Aidan*
*P. S.: Mach keine Dummheiten. Ich habe Höhenangst."*

Ich schmunzelte. Typisch Aidan! Ohne einen ironischen Spruch kam er nicht aus. Wenn er ahnte, wie nahe er der Wahrheit kam. Früher oder später musste ich es ihm erzählen. Immerhin gehörte ihm die Hälfte des Hauses, mit allem, was darin war. Dies schien mehr zu sein, als eine Bibliothek mit alten Büchern und Zimmer mit antiken Möbeln. Es gab außer Lord Aldenham, der eventuell ein Geist war, ein unbekanntes, wesenhaftes Etwas in diesem Haus und das waren nicht nur ein paar Ratten oder Fledermäuse. Die wären witzig gewesen.

Ich hatte es in den Gängen gespürt. Es war Böse. Uralt und Böse. Ich wusste es felsenfest ohne den leisesten Zweifel. Gerne hätte ich mir eingeredet meine überreizten Nerven spielten mir einen Streich. Doch ich konnte mich über meine Intuition nicht hinweg setzen.

„Schluss! Ich mache mich total irre! Ich sollte etwas Sinnvolles tun, statt mich mit so abstrusem Zeug zu beschäftigen. Langsam ist es soweit! Wenn das nicht aufhört, weisen sie mich ein."

Ich schaltete das Radio ein. Melodische Swingmusik erklang und meine hektischen Gedanken beruhigten sich. Die anheimelnde Atmosphäre machte es schwer sich auf unheimliche Gedanken zu konzentrieren und das war gut so. Meine letzte Mahlzeit lag über zehn Stunden zurück. Die Suppe schmeckte köstlich und füllte meinen ausgehungerten Magen.

Ich hatte gerade den Teller geleert, als es klingelte. Eve! Eilig öffnete ich.

„Hallo Liebes. Ich bin total durchgefroren."

Eve stand in einem dünnen Kleidchen, leichten Blaser und den obligatorischen High Heels vor der Tür.

„Kein Wunder bei diesem Wetter. Du bist gekleidet, wie auf dem Laufsteg!", ich lachte, „komm schnell rein!"

Ich griff nach einem ihrer Koffer und einer Reisetasche und ließ Eve eintreten.

„Hast du was dagegen, wenn ich im oberen Stock wohne?", fragte sie und lächelte unschuldig.

„Nein, wieso?"

„Ich habe ein hübsches Zimmer gesehen und",

sie druckste herum, „es liegt neben Aidans Zimmern."

Daher wehte der Wind. Eve ging selbstredend davon aus Aidan würde etwas mit ihr anfangen. Leider hielt ich ihren Optimismus nicht für unbegründet. Ihre schlanke Figur wirkte zerbrechlich, obwohl sie zäher war, als ihr die Männer zutrauten. Das weckte ihren Beschützerinstinkt. Eve verstand es, ihre Vorzüge außerordentlich gut zur Geltung zu bringen. Dazu gehörten ein gewagtes Dekolleté, knallrote Lippen und Smokey Eyes. Und während ich meine Weiblichkeit unsicher hinter Jeans, T-Shirts und weiten Pullis versteckte, trug Eve Markenklamotten vom Feinsten, die ihren erotischen Touch unterstrichen. Sie beherrschte die Kunst der Betörung und Verblendung. Aidan war auf diesem Gebiet selbst ein Experte, doch ich bezweifelte, dass er sich eine günstige Gelegenheit entgehen ließ.

Eves Gönner verwöhnten sie nach Strich und Faden. Ich hätte gerne gewusst, was Eve als Gegenleistung erbringen musste. Meine Befürchtung, dass ihre Antwort mir nicht gefiel, hinderte mich. Es gab Dinge, die ließ man besser ruhen.

Wir wuchsen in demselben Kinderheim auf. Eve war fünf Jahre älter als ich. Ohne ihre Freundschaft hätte ich die Jahre in der Folterkammer, wie wir es nannten, nicht überlebt. Ebenso wie die Jahre, die wir auf der Straße lebten. Sie half mir und beschütze mich. Eves Art des Lebensunterhalts und ihre Haltung Männern gegenüber, hatte nie einen Einfluss auf unsere Freundschaft. Bis jetzt.

„Steht er auf dich?", fragte ich leichthin.

Eve lachte und sah mich von der Seite an.

„Zumindest stehe ich auf ihn. Dass er auf mich steht, wird er schon merken."

„Meinst du Aidan ist wie die Verehrer, denen du nur schöne Augen machen musst und schon liegen sie dir reihenweise zu Füßen?", es sollte belustigt klingen, aber ich konnte den Sarkasmus nicht unterdrücken. Eve ignorierte es.

„Sei nicht böse, aber du bist ein Schaf. Männer sind bei dem Thema alle gleich. Gib ihnen was sie sich am meisten wünschen, und sie können dir nicht wiederstehen", um ihre Aussage zu unterstreichen warf sie ihre langen, dunklen Locken in den Nacken, „oder seid ihr zwei zusammen?"

„Das hört sich an, als sei ich nicht in der Lage mir einen Mann wie Aidan an Land zu ziehen. Mir ist bewusst, dass ich gegen deine Eleganz unbeholfen wirke."

Ich hörte selbst, dass es verbittert klang.

„Ach bitte Süße! Du weißt, dass ich das nicht gemeint habe", sie verdrehte theatralisch die Augen, „ich wollte wissen, ob du ihn magst."

„Klar, er ist schließlich mein Mitbewohner."

„Und?"

Eve sah mich forschend von der Seite an.

„Und nichts", sagte ich kühl, „ich will nur nicht, dass du ihm wehtust und er heulend durch die Gegend läuft."

Ich stieß die Tür zu Eves Zimmer auf und stellte ihr Gepäck ab.

„Am besten ziehst du dir was Bequemes an. Ich mache uns Tee oder willst du lieber Kaffee?", lenkte ich ab.

„Kaffee, wenn es recht ist. Danke!", Eve lächelte gewinnend, „und was Aidan betrifft …?"

„Versuch dein Glück", sagte ich gleichgültig, „dann wird sich zeigen, ob er wie alle Männer ist."

Ich ging hinaus und schloss die Tür. Eine heiße Welle von Eifersucht und Wut stieg in mir auf. Warum konnte ich nicht verführen und einen Mann für mich begeistern? Die Antwort war einfach: Bis dahin verspürte ich nie den Wunsch einen Mann für mich einzunehmen.

Einen Mann auszunehmen war kein Problem. Ein Lächeln, ein hörendes Ohr und Alkohol. Aber einem Mann zu zeigen, dass ich ihn begehrte? Das kam mir billig vor. Bevor ich diesen Gedanken weiter verfolgen konnte, hörte ich die Haustür zu schlagen.

„Hallo Serafine wo hast du gesteckt?", fragte Aidan und lächelte mich arglos an.

„Das geht dich nichts an", rutschte es mir heraus. Ich spürte Aidans überraschten Blick und wurde purpurrot, „oh du hast Simon mit gebracht", versuchte ich meinen Fauxpas zu vertuschen, „ich wollte gerade Kaffee machen. Möchtet ihr auch einen?"

„Gerne", nahm Simon die Einladung an, „ich bringe das Gepäck in mein neues Domizil."

Ich lächelte verlegen und ging in die Küche. Dicht gefolgt von Aidan. Ich spürte seinen Blick in meinem Nacken.

„Ach, was ich dir zeigen wollte", wirbelte ich aufgekratzt herum, „ist das nicht wundervoll."

Ich nahm den Shakespeare vom Tisch und hielt ihn Aidan hin, in der Hoffnung es reichte, ihn von meinem Ausrutscher abzulenken. Er nahm mir das Buch aus der Hand.

„Wirklich toll."

Aidan sah nicht auf das Buch, sondern in meine Augen. Verlegen senkte ich die Lider. Ich benahm mich wie ein dummes Kind. Aidan ließ nicht durchblicken, dass es „etwas" zwischen uns gab. Mir war bewusst, dass ich mit Eve nicht konkurrieren konnte. Sie hatte es drauf einen Mann um den Finger zu wickeln, ich nicht. Ich musste mich wohl oder übel damit abfinden.

„Entschuldige."

Quetschte ich reumütig heraus und wandte mich der Kaffeemaschine zu. Am meisten beunruhigte mich, dass Aidan keinen flotten Spruch machte, sondern jede meiner Bewegungen beobachtete. Ich konnte die Anspannung kaum aushalten und war heilfroh, als Simon zurückkam und sich zu mir gesellte.

„Ihr habt wirklich ein schönes Haus. Ein bisschen Reparatur hier und da und das Ganze wird ein Schmuckstück", stellte er begeistert fest,

„ich habe mich in den Dienstbotenquartieren niedergelassen, wenn es euch recht ist. Im Aufenthaltsraum gibt es einen großen Tisch, den ich als Schreibtisch zweckentfremden kann."

„Kein Problem fühl dich wie zu Hause", ich lächelte Simon an, als ich Aidans dunklem Blick begegnete.

„Ist schon komisch", fuhr Simon fort, „vor vier Tagen saß ich am Amazonas in einem winzigen Eingeborenendorf. Heute logiere ich in einem Schloss", er lachte und gab Aidan einen freundschaftlichen Klaps auf die Schulter, „ich wusste ja immer, dass du es weit bringen würdest, mein Alter."

Aidan grinste. Ich war erleichtert, dass Simon durch seine Unbekümmertheit die angespannte Stimmung auflockerte.

„Wie sieh es denn in diesem herrschaftlichen Haus mit einem ordentlichen Whiskey aus?", fragte er Aidan.

Der stand auf, ging zur Speisekammer und kam mit einer eleganten Flasche zurück, die er Simon in die Hand drückte.

„Zufrieden?", fragte er.

„Mehr als das!", erwiderte Simon, sichtlich angetan von dem, was er auf dem Etikett las, „ein zehn Jahre alter Aviemore. Donnerwetter, das sind wirklich königliche Sitten Sir Aidan."

„Halbe Sachen machen wir nicht. Nicht wahr Serafine?", sagte er bedeutungsvoll.

Aidan legte mir die Hand auf die Schulter. Seine Fingerspitzen berührten die nackte Haut über meinem Schlüsselbein. Ich erschauerte und hielt still. Er sollte seine Hand nie wieder wegnehmen.

„Möchtest du auch ein Glas?", fragte Simon mich.

„Nein danke, ich bleib bei Kaffee und Tee."

Aidan holte zwei Gläser aus dem Schrank. Simon öffnete die Flasche. Er schenkte ein, nahm ein Glas und roch an der gelbgoldenen Flüssigkeit, die wie wässriger Honig aussah.

„Hmmm", seufzte er mit geschlossenen Augen, „wieder zu Hause!"

Die Männer prosteten sich zu, tranken einen Schluck, als Eve auftauchte. Sofort war die Aufmerksamkeit der beiden auf sie gerichtet. Eve machte selbst im Hausanzug eine aufregende Figur. Das weiße Spitzentop unter der weichen Jacke ließ mehr erahnen, als es versteckte.

Augenblicklich kam ich mir wie eine graue Maus vor. Aidans Anmerkung, dass ich meine Haare offen tragen sollte, fiel mir ein. Eve hatte Recht. Das interessierte Männer: ein üppiger Busen, aufreizende Kleidung und lange Haare. Der Haken an der Sache, ich fühlte mich in solchen Sachen nicht wohl.

Manchmal kleidete ich mich freizügiger, wenn ich knapp bei Kasse war und an einen Mann mit dicker Brieftasche heran kommen wollte. Allein der Gedanke daran schüttelte mich. Darum hatte Eve Geld und ich nicht. Ich gab mich mit dem

Inhalt einer Brieftasche zufrieden, die ich mir in einem unbeobachteten Moment aneignete und schleunigst die Flucht ergriff. Eve setzte ihre ganze Verführungskunst ein. Nicht um den Rahm abzuschöpfen, sondern das Schwein zu schlachten, wie sie es manchmal scherzhaft nannte.

Eve stürzte sich geradewegs auf Aidan.

„Aidan wie schön dich wiederzusehen!" sie küsste ihn links und rechts auf die Wange. Ich hielt die Luft an. Er erwiderte ihre Küsse.

„Freut mich auch Eve. Darf ich dir meinen Freund Simon Bateman vorstellen. Seines Zeichens Doktor der Ethnologie und der Pseudowissenschaft parapsychologischer Phänomene, mit einem Lehrstuhl an der Universität in Leeds."

„Ach bitte Aidan, das sollst du nicht immer erwähnen, sonst denken die Mädels ich habe nicht alle Tassen im Schrank. Wenn man mit Naturvölkern zu tun hat, sollte man über ihre Magie und ihre Rituale Bescheid wissen."

„Ich finde das sehr aufregend!", säuselte Eve.

„Glaub mir, das ist es. Es gibt viele Dinge zwischen Himmel und Erde, die wir nicht erklären können."

Ob Simon so entspannt bliebe, wenn er ahnte, wie dicht er an diesen Dingen wirklich dran war.

„Haben sie schon mal einen Dämon gesehen?", fragte Eve mit wohligem Grusel.

„Eine ganze Menge. Manche existieren nur in

den Köpfen, aber die anderen", Simon machte ein ernstes Gesicht, „sind real. Ich habe einige getötet oder beseitigt, das hört sich nicht so martialisch an. Tatsache ist, ob man es wahrhaben will oder nicht, es gibt für jede Spukgestalt die geeignete Methode sie aus dem Weg zu schaffen. – Allerdings lassen sich die Echten besser erledigen, als die Eingebildeten."

Das fehlte gerade noch. Ein Geisterjäger in Aldenham Park.

„Ist das nicht furchtbar gefährlich?", Eve machte große Augen.

„Nicht mehr als Großwild zu erlegen. Man braucht nur die richtige Waffe, Geduld und etwas Glück."

Während seiner Ausführungen beobachtete ich ihn genau. Das Glitzern in seinen Augen entging mir nicht, als er von Waffen und töten sprach. Ein ungutes Gefühl stieg in mir auf, vom Bauch hinauf bis in meine Kehle, die sich wie zugeschnürt anfühlte. Plötzlich fand ich Simon ziemlich bedrohlich, auch wenn er sich tadellos benahm und weniger Schrullen zu haben schien, als Aidan. Aber was wusste ich schon? Ich kannte ihn erst eine Stunde. Hoffentlich blieb Lord Aldenham außer Sichtweite, um sich nicht unnötig in Gefahr zu bringen.

„Ich habe meine Waffen immer dabei, man weiß ja nie." Simons Worte drangen jäh in meinen Gedankenstrudel. Er und Eve steckten die Köpfe zusammen. Simon begeisterte sie mit einer

Story über einen Untoten, den er in Rio gejagt hatte.

„Worüber grübelst du nach?", flüsterte Aidan mir ins Ohr.

Sein Atem strich über meinen Nacken und mein Körper reagierte mit einem lustvollen Schauer.

„Oder träumst du?"

Aidan strich mir zärtlich eine Haarsträhne, die sich vorwitzig gelöst hatte, hinter das Ohr. Sein Blick brachte mich völlig aus der Fassung. Er bohrte sich in meine Augen, als könnte er mir hinter die Stirn schauen. Sah ich Neugier oder Unverständnis? Ich war verwirrt.

„Weder noch", gab ich leise zurück, „ich weiß nur nicht, ob es sinnvoll ist einen Mann mit Waffen im Haus zu haben. Nachher geht eine los und jemand wird verletzt."

„Und das wollen wir doch nicht?"

Ich hörte klar die Doppeldeutigkeit aus seiner Frage heraus. Ich schüttelte den Kopf.

„Hast du gehört Süße?"

Eve erhob die Stimme und ich zuckte ertappt zusammen. Aidan goss sich einen Kaffee ein und setzte sich wieder.

„Was denn?"

„Ihr könntet euer Haus, als Location für Partys vermieten. Das bringt Geld und ihr habt wenig Aufwand. Die Veranstalter bringen fast alles mit. Accessoires und Catering. Ihr habt Platz, eine große Küche und draußen stehen genug Parkplätze zur Verfügung. Also alles da", Eve sah mich triumphierend an und wandte sich an Aidan, „oder was meinst du?"

„Eigentlich keine schlechte Idee. Frage ist nur, wie kommt man an solche Veranstaltungen?"

„Du suchst dir eine Eventagentur", schlug Eve vor, „oder du inserierst. Aber eine Agentur ist sinnvoller. Du bist auf der sicheren Seite und musst dich um nichts kümmern. - Allerdings solltet ihr das Wohnzimmer und den angrenzenden Salon in Ordnung bringen und die Toiletten natürlich."

„Ihr solltet das bald machen", stimmte Simon zu, „die Weihnachts- und Silvesterpartys steigen bald. Mit dem Geld könnt ihr vor dem Winter eure Heizung in Schwung bringen."

Aidan drehte sich zu mir um und fragte:

„Was meinst du Serafine, als Herrin des Hauses?"

„Hört sich gut an. Ich schlafe darüber. Lasst uns morgen weiter reden, ich bin hundemüde."

Ich ging zum Tisch, nahm den Band von Shakespeare und sagte:

„Euch allen eine gute Nacht, wir sehen uns morgen."


**Herr der Geister**

Das Geräusch, das mich weckte, machte mir

keine Angst, auch wenn es stockdunkel war und ich kaum etwas erkennen konnte.

„Lord Aldenham?"

„Ja, meine Liebe", hörte ich seine angenehme Stimme, „woran hast du mich erkannt?"

„An dem Blütenduft Mylord", ich lächelte.

„Sehr interessant. Ich dachte meine Auftritte wären furchteinflößender. Aber gut, da ist nichts zu machen", er hörte sich ein wenig enttäuscht an, „es könnte daran liegen, dass ich Blumen immer geliebt habe. – Du hättest den Park von Aldenham in seinen Prunkzeiten sehen sollen! Ein Paradies aus Rosen, exotischen Sträuchern, Bäumen und mit den bestbestücktesten Gewächshäusern Europas."

„Das wäre aufschlussreich. Heute ist leider nicht mehr viel davon zu sehen", bedauerte ich, „stört es euch, wenn ich das Licht einschalte?"

„Nein, aber wenn du nichts dagegen hast, lass mich Licht ins Dunkel bringen. Dieses neumodische Elektrozeug ist unaussprechlich unromantisch."

Er hörte sich an, als hätte er eine widerliche Kröte angefasst.

„Da habt ihr Recht", ich lachte.

Der alte Lord Aldenham schien ein Feingeist zu sein. Du meine Güte, was für ein Wortspiel. Ich hörte leises Knacken. Unmittelbar darauf flammte ein Feuer im Kamin auf und Kerzen erhellten den Raum.

„Sehr schön", lobte ich, „darf ich euch eine

Frage stellen Mylord."

„Natürlich. Deswegen bin ich hier. Als nächste Herrin von Aldenham Park solltest du einiges über das Haus wissen. – Mir wäre es lieber, wenn du mich Robert nennen würdest. Immerhin – wir sind verwandt, wenn auch einige Generationen zwischen uns liegen."

Ich sah ein Glitzern in seinen Augen. Sein Lächeln erinnerte mich an einen Mann, der im Begriff war zu flirten. Ich beschloss, ihm das Vergnügen zu lassen. Mit Geistern kannte ich mich nicht aus, aber ich nahm an, dass es zwischen der immateriellen und der stofflichen Welt keine Verbindungen amouröser Art gab.

„Ich wollte wissen, warum ihr gestern Abend verschwunden seid, als Aidan nach Hause kam."

Lord Aldenhams Gesicht verdüsterte sich.

„Tut mir leid, aber es gibt Dinge über die breitet man besser den Mantel des Schweigens!"

Seine Ablehnung wunderte mich, wenn ich bedachte, mit welchem Interesse er mir begegnete, aber ich wollte ihn nicht bedrängen. Wenn wir uns besser kannten, würde er mir vielleicht erzählen, was es mit der Abneigung gegen Aidan auf sich hatte.

„Lass uns über heitere Dinge sprechen Serafine", bat er. Eine hübsche Melodie schwebte durch den Raum. „willst du tanzen? Es ist schön, ein weibliches Wesen im Haus zu haben."

„Warum nicht", ich stand auf und legte meine Hand in seine, „sagt mir Sir Robert, habt ihr den

Shakespeare wieder an seinen Platz gestellt?"

Wir machten die ersten Schritte. Es war wie in der Nacht zuvor, ganz leicht. Ich genoss es. Sir Robert schüttelte den Kopf und lächelte verschmitzt.

„Nein. Ich bin nicht der einzige Geist in diesem Haus. Du wirst sie bestimmt nach und nach kennenlernen."

Eine interessante Mitteilung! In diesem Haus gab es nicht nur einen Geist, sondern gleich eine ganze Horde! Ich betete darum, dass Simon niemals von den unsichtbaren Bewohnern des Hauses erfuhr. Dann wäre es mit der Ruhe vorbei.

„Immerhin bin ich der Herr von Aldenham Park und in dieser Stellung stehen mir ein paar Angestellte zu."

Sir Robert sah mich mit spöttischem Blick an. Er erinnerte mich sehr an Aidan. Lord Aldenham hatte dunkle Augen, schwarze Haare und Vollbart, aber die Ähnlichkeit zwischen den beiden Männern war unverkennbar. Die Art sich zu bewegen, die Melodie der Stimme, die Mimik. Erstaunlich, wie sich Familienähnlichkeiten über die Jahrhunderte weiter vererbten. Jedenfalls in der väterlichen Linie.

„Ich dachte immer, Geister weilen nur auf Erden, weil sie noch etwas zu erledigen haben."

„Teils, teils."

„Und welcher Teil ist es bei euch Sir Robert?"

„Die Sache mit der offenen Rechnung trifft zu, in gewisser Weise. - Unter uns, Serafine, findest du nicht, dass ein Leben viel zu kurz ist, um alles zu tun, wozu man Lust hat?"

Ich konnte seiner Ansicht durchaus einen positiven Aspekt abgewinnen. Immer wenn ich Ideen für eine Geschichte hatte, fragte ich mich, wie lange ich leben müsste, um alles aufzuschreiben.

„Da gebe ich ihnen recht. - Aber kann man sagen, ich will ein Geist werden, wenn ich sterbe, und es passiert?"

Er überlegte einen Moment.

„Wenn du es so siehst, dann ist es richtig, dass man bleibt, weil etwas unerledigt ist. Indes nenn mir jemand, der nichts hat, das ihn in dieser Welt halten könnte?"

„Diesem Argument kann ich mich nicht verschließen", ich zögerte, weil ich fürchtete, meine nächste Frage könnte zu privat sein. „Gab es eine Lady Aldenham?"

Sir Robert seufzte. Die Musik verstummte. Er sank in einen Sessel und sah mich mit trauriger Miene an.

„Es gab eine Lady. In meinem früheren Leben. Sie war rein und schön, wie ein Engel. Ich liebte sie mit ganzem Herzen, ganzer Seele und sie liebte mich. Ihr Vater wollte sie mir nicht geben. Zwischen unseren Familien herrschte eine alte Fehde. Überdies hielt er mich für einen Hallodri, der ich zugegebenermaßen war. Ich brannte mit ihr durch. Wir heirateten in Gretna Green. Ihr Vater tobte und wütete wie ein Berserker, aber er konnte nichts tun, außer ...", er brach ab und rieb sich über die Augen.

„Was Mylord? Was tat er?"

Ich kniete mich auf den Boden und nahm seine Hand. Sie war eiskalt.

„Er suchte einen mächtigen Hexenmeister auf, der sich auf alte Kulte verstand, und verfluchte unseren heiligen Bund und die Kinder, die daraus hervorgehen würden." Robert atmete schwer, als er weiter sprach, war es nicht mehr als ein Flüstern. „nachdem meine geliebte Elisabeth unsere Söhne, Zwillinge, entbunden hatte, starb sie im Kindbett." Er brach ab. Tränen liefen über sein blasses Gesicht. „Nie wieder habe ich eine Frau so geliebt."

„Und was noch?"

Ein kaltes, unangenehmes Gefühl breitete sich in meinem Körper aus. Was verschwieg er?

„Verzeih Serafine, ich muss gehen. Für heute habe ich genug erzählt. Gib acht auf dich."

Seine Gestalt löste sich flackernd auf.

„Wann sehe ich euch wieder Sir Robert?"

„Bald", hörte ich ein Wispern.

Das Feuer und die Lichter erloschen. Fröstelnd stand ich in der Mitte des Raumes. Ich musste mich unbedingt nach Tagebüchern oder Briefen umsehen, die die Herren von Aldenham Park geschrieben hatten. Tagebuch und Briefe schreiben war in der damaligen Zeit eine beliebte Freizeitbeschäftigung. Oft die einzige Möglichkeit sich Freunden und Verwandten mitzuteilen, die einige Tagesreisen voneinander entfernt lebten.

Ich kroch zurück in mein Bett und rollte mich in meine Zudecke. Zuerst würde ich sämtliche Schreibtische und Schubladen unter die Lupe nehmen, danach den Dachboden. War das Geheimnis der Schatz des Hauses? Ich war fest entschlossen, es herauszufinden. Nur Aidan bereitete mir Kopfzerbrechen. Sollte ich ihn einweihen oder abwarten, bis ich Beweise fand? Was wollte Lord Aldenham mir über Aidan nicht sagen?

Ich dachte an den tiefgründigen Blick, den Aidan mir in der Küche zugeworfen hatte. Warum wurde ich das Gefühl nicht los, dass er mir bis in die Seele schauen konnte?

Nicht nur das Haus hatte ein Geheimnis, sondern auch der neue Herr von Aldenham Park. Wenn ich dabei war düstere Mysterien zu ergründen, dann konnte ich auch Aidans Geheimnis lösen.

**Tagebücher**

Die Morgendämmerung hatte noch nicht eingesetzt, als ich nach unruhigem Schlaf erwachte. Mein Wecker zeigte sechs Uhr, sieben Minuten. Ich zog mich hastig an, griff nach meiner Taschenlampe und trat in die große Halle. Im Haus war es still. Am besten begann ich meine Suche nach den Dokumenten in den oberen Stockwerken. Das Untere konnte ich später untersuchen, wenn die anderen aus dem Haus waren.

Ich schlich die Treppe hinauf in den rechten Flügel. Die Zimmer waren unbewohnt, dachte ich, und betrat den nächstliegenden Raum. Zu meinem Erstaunen sah ich eine junge Frau, nach ihrer Kleidung zu urteilen ein Dienstmädchen. Adrett sah sie aus, in der schwarzen Tracht und mit dem weißen Häubchen. Sie stand vor einer Vitrine und ordnete kleine Porzellanfiguren. Das musste einer der Geister sein, von denen Sir Robert gesprochen hatte. Indes fiel mir auf, dass sie nicht seinem Zeitalter entsprach. Ihre Kleidung entstammte eher der viktorianischen Epoche.

„Guten Morgen darf ich dich kurz stören?"

Die junge Frau sprang erschrocken einen Satz zur Seite und sah mich verstört an. Sie war überraschter, mit einer Lebenden zu sprechen, als ich mit einem Geist. Sir Robert warnte mich vor, bei seinen Dienstboten hatte er es wohl vergessen.

„Entschuldigen sie Mylady, Jonathan hat mir verboten mit den Herrschaften zu sprechen", sie heftete den Blick ängstlich auf die Schuhspitzen.

„Mach dir keine Sorgen. Du darfst mir antworten, wenn ich dich zuerst anspreche. Wie heißt du?"

„Mein Name ist Mary", sie lächelte scheu und machte einen Knicks.

„Mary ich suche alte Tagebücher und Briefe, die die Herrschaften dieses Hauses geschrieben haben. Es ist sehr wichtig, dass ich sie finde!"

Mary sah mich mit ausdruckslosem Blick an.

„Bitte Mary denk gut nach. Ich muss mehr über die Ereignisse dieses Hauses wissen."

„Da fragen sie die Falsche, Mylady", hörte ich eine ungerührte Stimme hinter mir. Ich fuhr herum. Ein Diener im schwarzen Anzug blickte auf mich herunter.

„Du musst der Butler sein - Jonathan!?", ich versuchte, überlegenen zu klingen.

„Der bin ich Miss und sie", er sah mich an, als sei ich ein lästiges Insekt, „sollten nicht hier sein. Sir Robert hat mir gesagt, dass sie eine neugierige Lady sind."

Mir blieb die Spucke weg. Was bildete sich der Butler ein? Sollten Bedienstete nicht wenigstens ein bisschen Respekt vor ihren Arbeitgebern haben. Mir war klar, dass der Vergleich etwas hinkte, aber das änderte nichts an den Besitzverhältnissen. Er wendete sich an Mary.

„Steh nicht rum Mary, mach deine Arbeit! – Was kann ich für sie tun Miss?", fragte er gereizt.

„Ich brauche eine Auskunft!", ich reckte mich zu meiner vollen Größe auf, „ich suche alte Tagebücher und Briefe, die die einstigen Herren von Aldenham Park geschrieben haben."

„So? Sucht ihr die? Es gibt Dinge, die besser unentdeckt blieben. Hat euch Sir Robert das nicht gesagt?"

Jonathan war auffällig unkooperativ. Zeit eine härtere Gangart an den Tag zu legen.

„Jonathan ich hasse Spielchen. Ich behaupte, dass unsere Rollen eindeutig verteilt sind, du bist

Butler in diesem Haus und ich bin die neue Herrin von Aldenham Park. Ob dir das passt oder nicht, ändert nichts an den Fakten. Ich erwarte von dir dieselbe Ergebenheit, die du deinem vorherigen Herrn entgegen brachtest."

Ich sah Jonathan streng an. Sein Widerwillen war groß und sein kühner Blick maß sich an meinem. Ich war weit davon entfernt, mich in die Enge treiben zu lassen. Wenn es um Recherchen ging, war ich unerbittlich. Ein Bluthund auf der Fährte gab auch nicht klein bei, wenn sich ein Hindernis in den Weg stellte.

„Jonathan ich warte! Wo sind die Dokumente?"

Er schien es sich überlegt zu haben und neigte leicht den Kopf.

„Da ihr es so dringend wünscht, führe ich euch hin."

„Ja ich wünsche es und ich werde deine Hilfe bei Lord Aldenham lobend erwähnen."

Jonathan lachte kalt.

„Das solltet ihr lassen. Ich fürchte seine Lordschaft wäre nicht erfreut, dass ich euch helfe."

„Wie du willst. Lass uns gehen."

Jonathan warf Mary noch einen strengen Blick zu, dann machte er eine lässige Handbewegung und deutete mir an ihm zu folgen. Fehlte nur, dass er die Augen verdrehte. Vielleicht tat er es, nachdem er sich umgedreht hatte. Ich nahm mir vor, mit Sir Robert über seinen widerspenstigen Butler zu sprechen. Fürs Erste machte ich gute Miene zum bösen Spiel.

Jonathan führte mich die Galerie hinunter durch den ganzen rechten Hausflügel, bis wir zur Treppe für die Dienstboten kamen. Sie lag in einem schmalen Treppenhaus am Ende des Flurs und besaß einen Eingang zum zweiten Stock, in dem in früheren Zeiten die Dienerschaft wohnte, und einen Zugang zum Dachboden. Wir stiegen hinauf. Jonathan schritt durch die Tür zum Speicher, wie durch Nebel. Verblüfft blieb ich stehen. Das hatte ich in Gruselfilmen gesehen. Es war nichts im Vergleich dazu, es selbst zu erleben. Ich öffnete die Tür und trat über die Schwelle. Beinahe wäre ich mit Jonathan zusammengestoßen, der direkt hinter der Tür stand.

„Verzeiht Miss, ich vergaß, dass ihr einen stofflichen Körper habt", Spott lag in seiner Stimme.

Ich ignorierte es und sah mich um. Der Bodenraum zog sich über die ganze Länge des Seitenflügels, abgestützt durch Holzbalken, mit einer unglaublichen Anzahl von Kisten, aus Holz, Metall, Leder, Pappe, Körbe in allen Größen, verhängte Bilder, Möbel, Spiegel. Hier Verwertbares zu finden kostete Wochen.

„Sag mir Jonathan, was hält dich in dieser Welt?"

„Wie bitte Miss?", fragte er überrascht.

„Geister hängen an dieser Welt, wenn sie etwas zu erledigen haben. Wie ist es mit dir?"

„Ich diene meinem Herrn Miss. Das ist alles."

„Gut geantwortet Jonathan."

Er war ein Sturkopf, aber seinem Herrn ein

loyaler Diener.

„Da ist es Miss."

Jonathan blieb vor einer großen Lederkiste stehen. Sie sah kostbar aus, mit silbernen Beschlägen und bunten Malereien. Fasziniert klappte ich den Deckel auf. Mein Atem stockte. Die Truhe war bis oben hin mit Büchern und Papieren gefüllt.

„Eindrucksvoll! Sind das alle Schriftstücke? Wer hat sie dort hineingelegt?"

„Der größte Teil. Es gibt eventuell das ein oder andere Schriftstück in der Bibliothek, aber im Großen und Ganzen ist das alles", Jonathan sah mich mit nachdenklichem Blick an, „ihr Urgroßonkel Sir James Richard Hamish Gibbs hat diese Schriftstücke gesammelt. Er sagte die Zeit würde kommen und jemand würde verstehen, was dies bedeutet", er räusperte sich verlegen, „vielleicht versteht ihr es."

„Ich tue, was ich kann. - Bringst du die Truhe in mein Zimmer?"

Sorgfältig verschloss ich sie.

„Ja Miss. Allerdings erst heute Nacht."

„Das macht nichts. Danke Jonathan. – Ach ich wollte dich noch warnen. Der Gast von Mister Black ist so eine Art Geisterjäger. Nimm dich vor ihm in acht."

Jonathan lachte leise.

„Keine Sorge Miss. Wir sind einiges gewöhnt. Ich mache mir mehr Sorgen um euch. Es ist nicht alles, wie es scheint."

„Danke Jonathan. Ich vergesse es nicht."

Durch das weiß getünchte Treppenhaus schlich ich zurück. Ich schlüpfte in mein Bett und wickelte mich in meine Decke. Jetzt spürte ich die Kälte, die auf dem Dachboden herrschte und mir unmerklich in den Körper gekrochen war.

Vor dem Fenster erhob sich eine feuerrote Morgensonne aus den Frühnebeln und verwandelte den Park in eine Märchenlandschaft. Nie hätte ich mir träumen lassen, dass ich mich in der Gesellschaft von Geistern wohlfühlen könnte und doch war es so. Die Bücher in der Truhe würden mir helfen dem Geheimnis in diesem Haus auf die Spur zu kommen. Jedenfalls hoffte ich es.


### Der Geisterjäger

Ich saß am Schreibtisch über meinem Notizbuch und ging die Indizien durch, die ich gesammelt hatte. Es war dürftig. Zuerst die holprige Stelle aus dem Sommernachtstraum. Ich entdeckte den Originaltext ohne Probleme und notierte die Zeilen, die Aidan frei dazu dichtete:

„Oh, könnt dein Auge mich erblicken
Wie ich wirklich bin und dennoch
In Liebe zu mir entbrennen."

Das hörte sich an, als versteckte jemand seine wahre Gestalt. Verbarg Aidan seinen Charakter hinter einer Fassade aus Spott und Unnahbarkeit, damit ihm niemand wehtat? Nur das „Wie ich wirklich bin" und das „dennoch" störte meine Interpretation. Genau genommen bedeutete es, dass das Wahre abstoßend war und man den anderen trotz seines Makels liebte. Wie bei „der Schönen und dem Biest". Aidan konnte arrogant und sarkastisch sein, aber wo war das Schreckliche?

Die Deutung traf eher auf mich zu. Wenn ich mich eines Tages verlieben sollte und mein Auserwählter von meinen Diebstählen erführe, würde er mich „dennoch" lieben?

Die andere Angabe basierte auf Sir Roberts Aussage:

„Es ist nicht alles, wie es scheint. Die Nacht bringt es an den Tag. Liebe ist der Schlüssel und der Tod. Das Böse erscheint, wenn Erlösung naht."

Das passte zu Aidans Zeilen. Es ist nicht alles, wie es scheint. Das war nahezu eine Gesetzmäßigkeit und ließ sich auf vieles anwenden. Wenn ich nur die Personen betrachtete, die zurzeit im Haus wohnten. War einer von uns, der der er zu sein vorgab? Ein klares Nein.

Als ich meine drei Mitbewohner am Morgen in der Küche zum Frühstück traf, wurde das sehr deutlich. Jeder von uns versuchte freundlich und zuvorkommend zu sein, hinter den Masken kochte jeder sein eigenes Süppchen.

Ich glaubte Aidan, dass er zu proben musste

und einen Termin in einer Eventagentur vereinbarte. Wenn er mich mit seiner besonderen „Aidanart" ansah und seinen spöttischen Ton anschlug, wurde ich das Gefühl nicht los, dass alles eine doppelte Bedeutung hatte. Ich konnte sie nur nicht sehen. Meine aufgewühlten Gefühle beruhigte ich damit, dass in unseren Adern dasselbe Blut floss, wenn auch ein verschwindend geringer Teil. Ich fühlte eine Verbundenheit zwischen uns, die über eine reine Verwandtschaftsgeschichte weit hinausging.

Eves Motive waren mir nicht fremd. Ich kannte sie lange genug. Was mich befremdete war die Tatsache, dass sie offensichtlich versuchte einen guten Eindruck auf Aidan zu machen. Nicht so, wie sie es sonst bei Männern tat, wenn es darum ging für die nächste Zeit ein warmes Nest zu haben. Zum Frühstück war Eve in Jeans und T-Shirt erschienen. Sie hatte die dunklen Locken hochgesteckt und kaum Make-up benutzt. Es stand ihr ausgezeichnet.

Wahrscheinlich lag es daran, dass Aidan Äußerlichkeiten nicht beeindruckten. Als Schauspieler wusste er, was man mit ein bisschen Kleidung und Schminke anstellen konnte. Eve hatte das durchschaut, darum verwandelte sie sich vom Vamp in das Mädchen von nebenan. In einem verborgenen Winkel meines Herzens hoffte ich, dass Aidan schlau genug war, nicht auf diese Scharade hereinzufallen.

Dann war da noch Simon, der Geisterjäger. Mir

blieb die Luft weg, als ich ihn beim Frühstück sah. Simon hatte sich rasiert, die wirren Haare zu einer Frisur gestylt und seinen Military-Look abgelegt. Seine muskulöse Figur kam in schwarzer Jeans und weißem Leinenhemd ausgesprochen gut zur Geltung. Um den Hals trug er ein Amulett. Es war aus Gold und Emaile, in der Form eines Auges.

Ich kannte das Symbol. Eve schenkte mir vor Jahren ein ähnliches. Eine Zeit lang war es in Mode solche Anhänger zutragen. Sein Ursprung lag im alten Ägypten. Es war das Zeichen des Gottes Osiris. Der Träger sollte vor dem bösen Blick und allen Formen von Flüchen, Zauber und Unheil geschützt sein. Was trieb Simon gerade jetzt in dieses Haus? War es wirklich nur der Übergang zwischen zwei Forschungsaufträgen? Kannte Aidan den wahren Grund? Ich nahm mir vor, ihn zu fragen.

Die Symbole des Wappens, die mir auf der schmiedeeisernen Tür der Gruft aufgefallen waren, zeichnete ich in mein Notizbuch. Den Phönix, der sich aus der Asche erhebt und über dem die Sonne schwebt. Dann dieses sonderbare Symbol mit einer Mondsichel darüber. Zu guter Letzt der Totenschädel.

Das letzte Symbol war einfach. Es war die Warnung sich die Endlichkeit des Lebens vor Augen zu halten, obwohl dieser Aspekt in Aldenham Park ad absurdum geführt wurde. Innerhalb weniger Tage lernte ich drei Geister kennen und ahnte, dass dies die Spitze des Eisberges war. Es passte allerdings zum Symbol des Phönix. Seine Entsprechung fand sich gleichfalls im ägyptischen Mythos und bedeutete Wiedergeborener. Für uns bedeutete die Auferstehung aus der Asche, dass etwas, das man verloren glaubte, wieder in neuem Glanz erstand. Nachvollziehbar. Aber was war mit der Sonne? Bis dahin dachte ich, das Phönixsymbol wäre mit dem Mond verbunden, aber hier stand es mit diesem skurrilen Zeichen, vielleicht eine Rune, in Verbindung. Sehr mysteriös. Ich starrte auf meine Notizen, als könnte ich dadurch eine neue Erkenntnis gewinnen.

Ein Telefon klingelte schrill. Ich horchte auf. Wir hatten ein Telefon? Sicher! Aidan sagte, es befände sich in der Halle. Ich lief in die Eingangshalle. Das Klingeln kam aus der Ecke, in der man früher die Mäntel der Gäste aufbewahrte. Der Ton wurde immer drängender und ich suchte hektisch nach dem Apparat. Endlich sah ich ihn. Ich riss den Hörer von dem Kasten, der hinter dem Mantelraum an der Wand angebracht war. Ein vorsintflutliches Gerät, das aussah als hätte Graham Bell es selbst zusammengebaut. Immerhin besaß es einen Hörer, der an einem Kabel hing.

„Hallo?"
„Hallo Serafine."
„Aidan?!"
„Wer sonst? Du klingst überrascht."

„Ich hatte vergessen, dass wir ein Telefon haben."

„Zum Glück hast du es gefunden. - Was ich sagen wollte, um zwei kommt ein Taxi und holt dich ab. Wir haben um vier einen Termin bei „Moore & More" einer Eventagentur."

„Ich werde fertig sein."

„Wenn du früher in London bist, komm ins Theater und frag nach mir. Links neben dem Gebäude ist der Personaleingang. - Bis nachher."

„Bye, bye."

Ich sah auf die Standuhr in der Halle. Kurz nach elf. Ich hatte fast drei Stunden über meinen Notizen bebrütet und war noch in Räuberzivil. Am Morgen belegte Eve Aidans Bad mit Beschlag und ich zog mich nach einem Kaffee und Marmeladentoast sofort in mein Zimmer zurück.

Um bei der Agentur einen guten Eindruck zu hinterlassen, würde eine heiße Dusche und etwas elegantere Kleidung nicht schaden. Ich suchte mir eine schwarze Jeans, eine leichte weiße Bluse und einen schwarzen Blaser heraus. Damit würde ich einen geschäftsmäßigeren Eindruck machen.

Als ich mein Zimmer verließ, sah ich Simon aus der Bibliothek kommen. Hoffentlich hatte er den geheimen Gang nicht entdeckt. Er trug mehrere alte Lederatlanten mit sich herum. Oben auf hatte er ein kleineres Buch gelegt, in dem er aufmerksam las.

Was wollte Simon mit meinen Büchern? Er

nahm sie einfach mit, ohne zu fragen. Im Geist sah ich die kostbaren Folianten nachlässig auf dem Boden liegen. Da hörte der Spaß auf. Sollte ich ihn sofort stoppen oder die Bücher heimlich zurückschaffen? Ich versuchte es auf die sanfte Tour.

„Hallo Simon", ich stellte mich ihm in den Weg.

Überrascht sah er auf.

„Serafine. Ich wusste nicht, dass du im Haus bist."

„Ich war den ganzen Vormittag mit Schreiben beschäftigt - und was hast du gemacht?"

„Ich habe die Bibliothek auf den Kopf gestellt", als er meinen schockierten Blick bemerkte, erklärte er hastig, „nicht so, wie du denkst. Nur metaphorisch gesehen."

„Und was sind das für spannende Bücher?"

„Die Stammbäume der Aldenhams. Ich habe Aidan gebeten, mich bei euren Ahnen umsehen zu dürfen. Als Ethnologe sind solche weit zurückreichenden Ahnentafeln sehr lehrreich und aufregend."

Seine Erklärung war glaubhaft. Später wollte ich Aidan auf den Zahn fühlen, ob Simon die Wahrheit sagte.

„Und was liest du da?"

Ich zeigte auf das dünne Buch auf dem Stapel.

„Ach, das", er lachte, „das ist ein altes Haushaltsbuch. Du glaubst nicht, wie spannend Listen sein können."

„Die gibt es am Amazonas nicht", ich lächelte.

„Ich forsche ja nicht nur am Amazonas", Simon zwinkerte mir zu, „du hältst mich wohl für einen durchgeknallten Freak, der Würmer isst und in den Abfällen anderer Leute wühlt."

„Wie kommst darauf?", ich sah Simon irritiert an.

„Du beobachtest mich immer so abschätzend."

„Das siehst du falsch", versuchte ich ihn zu beruhigen, „um ehrlich zu sein, ein Mann mit Waffenarsenal macht mich nervös."

Ich deutete auf das Messer, das in eine Lederscheide an seinem Gürtel hing.

„Keine Angst ich kann damit umgehen. Das ist reine Gewohnheit. In der Wildnis muss man gegen alles gewappnet sein."

„So, ich muss mich fertigmachen. Aidan schickt ein Taxi. Heute Nachmittag haben wir einen Termin bei einer Eventagentur."

„Freut mich. Ich drücke euch die Daumen", Simon setzte sich in Bewegung, „würde es dir etwas ausmachen, wenn ich dich begleite? Ich muss einiges in der City erledigen."

„Nein, kein Problem!", rief ich und dachte, ist mir auch viel lieber, dann kannst du hier keine Dummheiten anstellen.

**Das Theater**

Das Taxi hielt in der Argyll Street vor dem

London Palladium Theater. Simon war schon in der Bloomsburry Street ausgestiegen. Er wollte sich später mit uns zum Essen treffen.

Es war kurz vor drei Uhr. Ich beschloss Aidans Angebot anzunehmen, ihn im Theater zu besuchen. Ich öffnete die unscheinbare Tür zum Personaleingang und trat ein. In dem kleinen Hausmeisterquartier saß ein älterer Mann im grauen Kittel. Er trank Tee und las eine Zeitung. Ich wartete eine Weile, aber er bemerkte mich nicht. Zaghaft klopfte ich an den Türrahmen. Er warf mir einen mürrischen Blick zu. Als er Anstalten machte sich wieder seiner Zeitung zu zuwenden, fragte ich:

„Entschuldigen sie die Störung. Ich möchte zu Mister Black. Könnten sie mir sagen, wie ich zu ihm komme?"

Der Mann runzelte die Stirn, wie ein zerknülltes Blatt Papier und verzog seine Mundwinkel bis hinunter zu den Kieferknochen. Das hatte einen ausgesprochen schrägen Effekt. Sein graumelierter Schnauzer fing an zu zittern. Er sah aus wie ein Seehund. Bedauerlicherweise ein sehr übel gelaunter Seehund. Er stellte mir eine Gegenfrage:

„Und wer sind sie, dass sie hier so einfach reinplatzen?"

Jetzt half nur ein Angriff. Ich reckte mich zu voller Größe auf, warf meine Haare, die ich offen trug, mit einer lässigen Bewegung in den Nacken und sagte, so anmaßend wie möglich:

„Sie kennen mich nicht?!"

Ich machte eine Kunstpause, um ihm die Gelegenheit zu geben, sein Gedächtnis nach einer Erinnerung zu durchforsten.

„Mein Name ist Lady Serafine Durham."

Kaum hatte ich ausgesprochen, sprang er von seinem Stuhl, kam mir entgegen, nahm meine Hand und drückte einen nassen Kuss auf meinen Handrücken. Ich versuchte meinen Ekel zu unterdrücken, aber ich konnte nichts dagegen tun, es schüttelte mich. Der Hausmeister war von meinem Auftritt so beeindruckt, dass er es nicht bemerkte.

„Entschuldigen sie Mylady, ich habe sie nicht gleich erkannt."

Was für ein dreister Lügner!

„Ich werde sie unverzüglich zu Mister Black bringen", er machte einen Bückling.

Wie weit würde er gehen, um sich einzuschmeicheln? Ich folgte ihm eine Treppe hinauf, schmale Flure entlang, immer weiter in den Bauch des Theaters. Bis hinter die Bühne, wo es von Kabeln, Aufbauten, Requisiten nur so wimmelte. Es war aufregend und beklemmend zu gleich, als wäre ich in Pinocchios Wal gerutscht. Durch die Barten, die Speiseröhre hinab und ausgespuckt in seinen dunklen Balg.

Nur ein dicker roter Samtvorhang trennte die Bühne von mir. Leicht gedämpft hörte ich einen Dialog aus „The Twelfth Night". Aidan sprach als Orsino einen Dialog mit Viola/Cesario. Ich lauschte aufmerksam. Aidans Stimme in dieser Weise zu hören, die Worte von Shakespeare voller Leben und Herzblut, berührte mich tief. Ich schloss meine Augen und stellte mir sein ausdrucksstarkes Gesicht mit den funkelnden Augen vor, seine verzehrende Leidenschaft zu Olivia, die seine Liebe ablehnt.

Dann hörte ich Violas Stimme und mein Herz zog sich zusammen. Jedes Wort war eine Liebeserklärung an Orsino. Da war eine Frau, die ihn mehr liebte als ihr Leben, und er verstand nichts. Seine Augen konnten nicht sehen, nur sein Herz hatte eine schemenhafte Ahnung von der Wahrheit. Tränen liefen mir über die Wangen. Was für eine Sehnsucht, was für eine Liebe. - So hungrig wie die See. -

„Ist ihnen nicht gut Mylady?", fragte eine unterwürfige Stimme neben mir.

Den Hausmeister hatte ich vergessen. Hastig wischte ich die Tränen mit dem Handrücken ab.

„Doch alles in Ordnung, aber dieses Stück rührt mich immer sehr."

„Mylady haben so recht."

Ob er von einer Brücke sprang, wenn ich es ihm sagte? Ich war versucht, es auszuprobieren.

„Serafine!"

Ich fuhr herum. Aidan stand vor mir, wie aus dem Boden gewachsen.

„Entschuldige. Ich wollte nicht stören, aber du sagtest, ich soll hereinkommen. Da bin ich."

„Schön", sagte er nur und musterte mich, „gut

siehst du aus. Und die Haare offen", er zog sanft an einer Strähne.

Der Hausmeister wich mir keinen Zentimeter von der Seite und starrte Aidan strafend an, als er sah, wie respektlos er mit mir umging.

„Sie können jetzt gehen Mister Cooper", sagte Aidan kühl.

Mister Cooper sah von Aidan zu mir und zurück ohne sich zu rühren. Erwartungsvoll sah er mich an.

„Es ist gut Mister Cooper. Ich danke ihnen für ihre Hilfe", huldvoll streckte ich ihm die Hand entgegen, „sie dürfen gehen."

Ich beobachtete Aidans Gesicht und verkniff mir ein Lachen. Mister Cooper wiederholte den ekligen Kuss, machte einen Diener und zog hocherhobenen Hauptes von dannen.

„Was war das?", fragte Aidan fassungslos, „hast du ihm irgendwelche Drogen in den Tee gegossen?"

Ich schüttelte lachend den Kopf.

„Nein Sir. Ich habe ihm gesagt, dass ich Lady Durham sei. Wie du siehst, hat der Titel seine Wirkung nicht verfehlt."

Aidan stimmte in mein Lachen ein.

„Du kleines Biest."

Wie selbstverständlich legte er den Arm um meine Taille. Mein Atem beschleunigte sich postwendend.

„Ich nutze, was mir zur Verfügung steht."

Das war eine ganz neue Erfahrung. Oft genug

log ich, um an mein Ziel zu kommen. Diesmal sagte ich die Wahrheit. Das war so viel besser. Ich, Serafine Durham, die nichts besaß außer ein paar Kisten mit Büchern und einen Kleidersack war eine Lady, die in einem Schlösschen wohnte.

„Es scheint dir zu gefallen."

Aidans Blick strich über mein Gesicht und blieb an meinen Lippen hängen. Eine erregende Hitze stieg in mir auf. Ich senkte verschämt den Blick. Aidan traf mein Innerstes. Es gab keine Möglichkeit mich seinem Einfluss zu entziehen, auch wenn ich es gewollt hätte. Ich stand im Halbdunkel hinter einer Theaterbühne und führte mich auf, wie eine von Shakespeares Figuren. Droll, der kecke Satyr aus dem Sommernachtstraum fiel mir ein, ich rezitierte:

**Elfe:**
*„Wenn du nicht ganz dich zu verstellen weißt,*
*So bist du jener schlaue Poltergeist,*
*Der auf dem Dorf die Dirnen zu erhaschen,*
*Zu necken pflegt; den Milchtopf zu benaschen;*
*Durch den Brau missrät; und mit Verdruss*
*Die Hausfrau atemlos sich buttern muss;*
*Der oft bei Nacht den Wandrer irreleitet,*
*Dann schadenfroh mit Lachen ihn begleitet.*
*Doch wer dich freundlich grüßt, dir Liebes tut,*
*Dem hilfst du gern, und ihm gelingt es gut.*
*Bist du der Kobold nicht?"*

Interessiert sah Aidan mich an. Ich fürchtete sein Blick könnte mich so sehr ablenken, dass ich mich versprach, und wollte mich wegdrehen, doch er zog er mich noch näher zu sich. Sein warmer Atem streifte mein Gesicht, flog über meinen Nacken. Ein unfügsames, lustvolles Verlangen erfüllte meinen Körper. Atemlos sprach ich weiter:

**Droll:**
*„Du hast`s geraten,*
*Ich schwärme nachts umher auf solche Taten.*
*Oft lacht bei meinen Scherzen Oberon,*
*Ich locke wiehernd mit der Stute Ton*
*Den Hengst, den Haber kitzelt in der Nase;*
*Auch lausch ich wohl in der Gevatterin Glase,*
*Wie ein gebratner Apfel klein und rund;*
*Und wenn sie trinkt, fahr ich ihr an den Mund",*

Genau da berührte Aidan meine Lippen für einen winzigen Moment mit den Fingerspitzen. Es war so sacht, wie die Berührung in einem Traum. Ein köstliches Prickeln, wie tausend Beutel Brausepulver, strömte von dieser Stelle durch meinen Körper und versetzte ihn in Schwingungen. Ich lehnte den Kopf an seine Brust und schloss die Augen. Seine Finger glitten durch meine Haare, streiften die Haut im Nacken. Die Zeit sollte anhalten. Ich wollte nur fühlen. Seine Wärme, seine berauschende Nähe. Sein Herz schlug genauso wild, wie mein eigenes. Plötzlich gab es keinen Widerstand mehr. Die schützende Dämmerung des Theaters setzte alle Regeln außer Kraft.

„Sprich weiter", hörte ich Aidan von weither.

„Ich hab`s vergessen", flüsterte ich und atmete seinen betörenden Geruch ein, der meine Sinne benebelte.

*„Das ihr das Bier die platte Brust betrieft,*
*Zuweilen hält, in Trauermähr vertieft,*
*Die Muhme für den Schemel mich:*
*Ich gleit ihr weg, sie setzt zur Erde sich."*

Seine wohlklingende Stimme, die den Vers in einen melodischen Rhythmus versetzte, half mir zum Text zurück. Verhalten fuhr ich fort:

*„Auf ihren Steiß und schreit; Perdauz! Und hustet,*
*Der ganze Kreis hält sich die Seiten, prustet,*
*Lacht lauter dann, bis sich die Stimm` erhebt:*
*Nein, solche ein Spaß sei nimmermehr erlebt!*
*Mach Platz nun Elfchen, hier kommt Oberon.*

**Elfe:**
*„Hier meine Königin ..."*

„Aidan! Da steckst du. Ich habe dich überall gesucht!"

Eine helle, scharfe Stimme riss mich aus meinem Vortrag und meiner Entrückung. Erschrocken löste ich mich von Aidan. Eine grelle Taschenlampe richtete sich auf mein Gesicht. Ich hob die Hand vor die Augen.

„Was machst du hier und wer ist das?"

Aidan stellte sich zwischen mich und die Frau. Spontan stellte ich mich hinter ihn und griff nach seiner Hand.

„Beruhige dich Julia. Kein Grund sich aufzuregen."

„Groupies haben hier nichts zu suchen."

Ich hatte mich wohl verhört. Das Bissige in ihrer Stimme ließ mich ahnen, dass es einen anderen Grund gab, warum sie so gereizt reagierte.

„Julia bitte! Das ist Serafine. Meine Cousine. Du wirst dich an ihren Anblick gewöhnen müssen."

„Ach so die! Ich erinnere mich."

Julias klang so verächtlich und kalt, dass die schönen Empfindungen, die Aidans Nähe in mir weckten, darunter zerbrachen. Er degradierte mich zur Cousine. Ich wollte ihm meine Hand entziehen, aber er umfasste mein Handgelenk und hielt mich fest.

Tränen stiegen mir in die Augen. Ich war ein kleines unscheinbares Ding. So gefährlich wie eine Fliege, die man bei der erstbesten Gelegenheit mit der Zeitung erledigt. Wie konnte ich glauben, dass etwas zwischen uns sein könnte? Natürlich war Aidan begehrt und kein unbeschriebenes Blatt. Die Frauen warfen sich dem bekannten Schauspieler mit Sicherheit reihenweise zu Füßen und er suchte aus. Warum zum Teufel störte mich das? Ich war nur die Cousine. Nicht wichtig. Ich war wütend über meine Unachtsamkeit, dass ich Aidan meine verletzliche Seite gezeigt hatte. Ich wollte weg von allem.

„Wir müssen gehen, sonst kommen wir zu spät zu Mister Moore", presste ich heraus.

„Julia wir müssen los. – Ich brauche morgen eine Loge für drei Personen. Serafine, ihre Freundin Eve und Simon kommen zur Vorstellung", sagte Aidan lässig, als wäre nichts geschehen, „oder hast du ein Problem damit?"

„Dein Wunsch ist mir Befehl."

Dass sich dieser Spruch nicht auf die Theaterplätze bezog, machten ihr tiefer Blick, der Schmollmund und ihre gurrende Stimme deutlich. Sie wusste, wie sie ihn kriegen konnte. Aidan beugte sich zu ihr hinunter und wollte sie auf die Wange küssen. Das Luder dreht den Kopf und Aidan traf ihren Mund.

Ich ballte die Fäuste. In meinem früheren Leben prügelte ich mich öfter mit jemand, der mich oder Eve bedrohte, das hatte ich nicht verlernt. Aidan hielt mich mit eisernem Griff und zog mich hinter sich her. Julia nickte hochmütig mit siegessicherem Lächeln. Meine Nackenhaare stellten sich auf. Aidan führte mich aus dem Walbauch. Wir kamen an den Garderoben und dem Kostümfundus vorbei.

„Tut mir leid. Julia ist sehr direkt und nicht gerade einfach, aber als Managerin ihr Geld wert."

Aidan wartete auf eine Antwort. Ich schwieg beharrlich.

„Schade, dass wir keine Zeit haben. Ich hätte dir gerne einiges gezeigt, Cousinchen", der Spott in seiner Stimme stachelte meinen Zorn an, „ich hätte dich gerne in eines unsere Kostüme gesteckt. Damit fühlt man sich noch mal so gut, wenn man Shakespeare spielt. Das Innere bekommt die äußere Gestalt."

Klar und ich sollte wohl der drollige Kobold sein. Ich presste die Lippen zusammen, um nicht laut zu schreien. Ich wäre lieber Macbeth gewesen. Sir Robert fiel mir ein. Ich sollte ihn bitten, diesem gemeinen Weib einen Streich zu spielen. Das war trivial. Ich war fast 27, da ließ man keine Gespenster auf andere Menschen los. Ich behielt es mir als letzte Möglichkeit vor.

Wir verließen das Theater. Aidan hielt ein Taxi an.

„Dann sind wir schneller am Soho Square."

Im Taxi sah er mich von der Seite an. Aidan schien etwas sagen zu wollen, entschied sich im letzten Moment dagegen. Ich lehnte es ab ihm eine Brücke zubauen und sah aus dem Fenster, versuchte meine Wut in den Griff zu bekommen. Sollte er sehen, woher er seine Erklärungen bekam. Ich würde ihm keine Absolution erteilen, weil er der große Aidan Black war und ich das Mädchen von der Straße.

**Moore & More**

Am Soho Square fiel mir das herrlich bunte

Laub des kleinen Parks auf, der die Mitte des Square bildet. Die Mischung aus tiefen Kupfertönen bis hin zu goldfarbenen Gelbtönen weckte in mir die Assoziation zu Nusskuchen mit Mandelsplittern, Schokoladeneis mit Blattgoldverzierung oder dunkler Schokolade mit Crispies.

Ich hatte plötzlich unbändigen Appetit auf Schokolade und Gebäck. Eine verspielte Windböe riss die runden gelben Lindenblätter herunter und in der Nachmittagssonne wirbelten sie glänzend, wie Goldflocken um uns her. Ich atmete tief durch. Nur noch dieses Gespräch, dann ging es zurück nach Aldenham Park. Ich wollte den unerfreulichen Zwischenfall vergessen. Julia sollte mein Gleichgewicht nicht stören, sonst gewann sie. Das durfte ich nicht zulassen.

„Kommst du?", Aidan drehte sich zu mir um, „bis zur Agentur sind es nur ein paar Schritte."

Ich folgte ihm ohne ein Wort.

„Rede mit mir", bat er, „warum bist du so sauer?"

Ich zuckte mit den Schultern. Wenn er keine Ahnung hatte, bitte. Ich half ihm nicht auf die Sprünge.

Wir standen vor dem hässlichsten Gebäude des Platzes. Es war aus dunkelgrauen und schmutzig weißen Betonplatten. Neben den schönen, roten Backsteinhäusern, von denen sich jedes vom anderen durch liebevolle Details unterschied, wirkte der Kasten seelenlos. Hier hatte eine innovative Eventagentur ihren Sitz? Das konnte heiter werden.

„Du bist ein Sturkopf", Aidan sah mich kampflustig an und versperrte mir den Weg.

„Du musst es ja wissen liebster Cousin", ich setzte ein zuckersüßes Lächeln auf und schob mich an ihm vorbei, „wir sollten Mister Moore nicht warten lassen."

Im Foyer des Hauses saß eine Sekretärin hinter einem modernen Tresen aus schwarz-weißem Kunststoff und Glas. Sie sah konzentriert auf ihren Monitor. Ihrem verwirrten Gesichtsausdruck nach zu urteilen war sie nicht in der Lage zu erfassen, was sie sah. Aidan räusperte sich. Sie hob ihren Kopf mit bestürztem Blick.

„Was kann ich für sie tun?", lispelte sie.

Nervös klapperte sie mit ihren künstlichen Wimpern auf und ab. Gebannt starrte ich auf ihre Lider. Mir drängte sich der Gedanke auf, dass sie nur oft genug klimpern müsste, um einen Sturm zu entfachen, wie bei diesem Butterflyeffekt.

„Wir möchten zu Mister Moore", erwiderte Aidan, „Aidan Black und Miss Durham."

Das brachte Bewegung in Miss Butterfly. Sie sprang auf und kam um den Tresen gestöckelt. Die High Heels und das eng anliegende Kostüm machten einem Topmodel Konkurrenz. Einzig die platinblonden Haare und der knallrote Schmollmund im Marilyn-Look sahen eher nach Burlesque, als nach Laufsteg aus.

„Mister Black", ihre Stimme wurde heller und

ihr Augenaufschlag noch größer und ungestümer, „würden sie mir ein Autogramm geben? Ich bin ein großer Fan."

Sie hatte Recht. Mit ihren Killerpumps überragte sie sogar Aidan und der war mindestens 185 cm groß.

„Heather", mischte sich eine unterkühlte Männerstimme in das Gespräch, „ich weiß ihren Enthusiasmus für unsere Gäste zu schätzen, aber es ist inzwischen nach vier und ich habe noch einen Termin."

Ich drehte mich um. Mein Herzschlag setzte aus. Das durfte nicht wahr sein! Hitze stieg in mir hoch. Mein Magen schaukelte, als wäre ich seekrank und drückte mir eine widerliche Übelkeit in die Kehle.

„Entschuldigen sie Mister Moore, es ist so über mich gekommen."

Heather warf ihm einen vieldeutigen Blick zu und ich musste meine ganze Selbstbeherrschung aufbringen, meinen Mageninhalt nicht in das mooresche Foyer zu ergießen. Ich kannte diesen Mann besser, als mir lieb war. Hinter dem jovialen Geschäftsmann verbarg sich ein sadistischer Dreckskerl. Mister Moore wendete sich mit einem aufgesetzten Lächeln an uns:

„Schön sie persönlich kennenzulernen Mister Black. Ich habe ihre Kunst mehrmals im Theater bewundern dürfen."

Er schüttelte Aidan und mir die Hand. Seine Berührung löste einen Ekel in mir aus, den ich kaum bezwingen konnte.

„Kommen sie in mein Büro. Dort können wir alles in Ruhe besprechen", lud er uns mit großer Geste ein.

Heather machte ein enttäuschtes Gesicht und verschwand wieder hinter ihrem Tresen. Ich klammerte mich an Aidans Arm und hielt ihn fest.

„Was ist denn?", er sah mich verständnislos an.

„Mir ist nicht gut", flüsterte ich ängstlich.

„Bitte Serafine, das wirst du wohl einen Moment aushalten", erwiderte er ungerührt.

Er zog mich hinter sich her in Moores Büro.

„Nehmen sie Platz."

Mister Moore deutete auf die Stühle vor seinem Schreibtisch und setzte sich in seinen überdimensionalen Chefsessel, der ihm vermutlich mehr Autorität verleihen sollte.

„Was kann ich für sie tun?"

„Nun Mister Moore wir suchen einen fachkundigen Geschäftspartner, der unsere Räumlichkeiten anmietet."

„Also wenn es um Kompetenz geht, dann sind sie bei uns an der richtigen Stelle! Ich arbeite für die 20th Century Fox, Soho Square Studios, Intandem Films, Pagoda Film, HRH Productions, Thomas Films. Um nur einige zu nennen", er lächelte schmierig, „von welcher Größenordnung sprechen wir?"

„Um genau zu sein ein kleines Schloss vor den Toren Londons, Aldenham Park. Es befindet sich erst seit Kurzem in unserem Besitz", erläuterte Aidan offenherzig.

Während die beiden redeten, verkrampfte ich mich immer mehr. Moore beachtete mich bei der Begrüßung kaum, auch jetzt befasste er sich ausschließlich mit Aidan. Erkannte er mich nicht oder wartete er die beste Gelegenheit ab zurückzuschlagen? Unser katastrophales Zusammentreffen lag viele Jahre zurück, war jedoch umso einprägsamer verlaufen. Ich redete mir ein, dass er mich nicht erkennen konnte. Damals war ich beinahe noch ein Kind.

„Der Bedarf wäre da!", Moore blätterte geschäftig in einem Ordner, „wann steht das Objekt zur Verfügung?"

„Sobald wie möglich."

„Mister Black ich mache ihnen einen Vorschlag", Moore lehnte sich lässig zurück, „ich komme morgen Vormittag vorbei und sehe mir das Objekt an. Wenn es zu unserem Event passt, würden wir es am Wochenende mieten. Einer unserer Kunden sucht eine passende Umgebung für eine Kostümparty. Ein Schlösschen würde sich anbieten. - Die Modalitäten besprechen wir dann."

In meinem Kopf drehte sich alles. Dieser abscheuliche Mann wollte in mein Zuhause kommen? Das durfte nicht passieren. Wie konnte ich Aidan von diesem Vorhaben abbringen, ohne ihm von den schlimmen Ereignissen zu erzählen?

„Gut Mister Moore", Aidan stand auf, „wir wollen ihre kostbare Zeit nicht weiter in Anspruch nehmen."

Moore reichte ihm die Hand.

„Auf gute Zusammenarbeit Mister Black", dann wendete er sich an mich und streckte mir die Hand entgegen. Ich bezwang meinen Ekel und erwiderte seinen Händedruck, den er länger ausdehnte, als nötig. Moore begleitete uns zur Tür. Ich versuchte ruhig zu bleiben. Wir hatten es beinahe geschafft.

Moore holte zum Gegenschlag aus:

„Sagen sie Miss Durham, kennen wir uns nicht irgendwo her."

„Nicht, dass ich wüsste", unmerklich zitterte meine Stimme, „vielleicht in einem anderen Leben", wollte ich mit einem Scherz ablenken.

Seine Antwort, die er mit einem strahlenden Lächeln untermalte, jagte mir eine Gänsehaut über den Rücken:

„Ein anderes Leben vielleicht, aber sie wissen, man trifft sich immer zweimal."

Ich zuckte gleichgültig mit den Schultern.

„Von solchen philosophischen Ansätzen halte ich nichts. Ich kann mit Esoterik nichts anfangen."

Aidan beobachtete mich aufmerksam. Was sollte ich tun? Ich wollte endlich das Büro verlassen.

„Aidan wir sind spät dran, die anderen warten auf uns."

Wortlos folgte Aidan mir ins Foyer. Hinter uns

fiel die Tür von Moores Büro ins Schloss. Ohne mich umzudrehen, rannte ich an Heather vorbei.

„Bye bye", rief ich ihr zu.

Vor dem Haus blieb ich zitternd stehen. Das Blut sackte aus meinem Kopf irgendwo in meine unteren Extremitäten. Aidan trat neben mich und sah mich besorgt an.

„Was ist los?"

„Frag mich nicht. Bitte lass Moore nicht in unser Haus."

„Tut mir leid, dass du Moore unsympathisch findest, er ist schon ein bisschen eigenartig. Aber er ist ein erfolgreicher Eventmanager und eine Empfehlung von Julia. Ich vertraue ihr", Aidan legte beruhigend eine Hand auf meine Schulter, „er soll nicht bei uns einziehen nur unsere Kasse füllen."

„Es gibt andere Eventmanager. London ist groß", versuchte ich es erneut.

„Wir brauchen das Geld so schnell wie möglich. Die Heizung wird bald keinen Brennstoff mehr haben und ein Badezimmer mit warmem Wasser ist ein bisschen wenig für vier Leute."

Ich wünschte die Erde täte sich auf, mich zu verschlingen. Warum nach so langer Zeit?! Ich beging viele Dummheiten in meinem relativ kurzen Leben, doch wieso brachte mich das Schicksal mit dem schrecklichsten Mann Londons ein zweites Mal zusammen?

„Ich mache dir einen Vorschlag", Aidan nahm mein Gesicht in seine Hände und zwang mich ihn anzusehen, „wir versuchen es mit ihm, wenn du danach noch etwas dagegen hast, dann suchen wir uns einen anderen Partner."

Ich nickte. Ein Mal? Nachdem was Moore zwischen den Zeilen andeutete, war das schon zu viel. Ich beschloss auf seinen Besuch vorbereitet zu sein. Moore sollte mich nicht auf dem falschen Fuß erwischen. Aidan winkte ein Taxi heran.

„Wir treffen uns mit den beiden anderen beim Chinesen", erklärte er und schob mich in den Wagen.

Ich liebte chinesisches Essen, aber der Appetit war mir vergangen. Ich wollte nur nach Hause und mich in meinem Zimmer verbarrikadieren.

**Vergangenheit**

„Da seit ihr endlich!", erregt rannte ich im Zimmer auf und ab, als Sir Robert auftauchte, „wenn ihr wüsstet, was heute passiert ist!"

„Es muss sehr beeindruckend gewesen sein, wenn du so außer dir bist."

Sir Robert ließ sich in einem Sessel nieder und sah mich aufmerksam an.

„Ich stehe mit einem Bein im Abgrund, und das hat ausnahmsweise nichts mit den Vorkommnissen in diesem Haus zu tun."

Ich holte Luft und wartete auf eine Reaktion. Sir Robert sah mich konzentriert an und schwieg.

„Zu erst ging ich ins Theater. Ich war mit Aidan hinter der Bühne und alles war so, so außergewöhnlich und dann", stotterte ich herum, „dann kam diese Julia und hat sich über mich lustig gemacht. Ihr hättet den Blick sehen sollen und Aidan hat mich zu seiner Cousine degradiert, und er will, dass wir morgen Abend ins Theater kommen, aber ich kann da nicht hingehen, wegen IHR!

Später besuchten wir diese Agentur. Der Kerl, dem sie gehört, Mister Moore, ist ein gemeines Schwein. Erst dachte ich, er hätte mich nicht erkannt, hat er aber doch. Morgen kommt er her! Das wird eine Katastrophe.

Dann haben wir uns mit Eve und Simon getroffen. Eve hat sich an Aidan ran geschmissen. Er hat nur sie angesehen und mich kaum noch beachtet. Simon ist ein falscher Fünfziger. Der hat gesagt, er studiere die Stammbäume mit Aidans Erlaubnis. Als ich das Thema zur Sprache brachte, hat Aidan behauptet er wüsste es nicht. Wenn Simon herausfindet, dass ihr hier seid, tötet er euch."

Atemlos, mit hochrotem Gesicht, die Hände zu Fäusten geballt stand ich da und sah Sir Robert an. Innerlich zitterte ich wie Espenlaub. Meine Kehle schnürte sich zu und Tränen rollten mir über die Wangen. Sir Robert erhob sich, legte den Arm um mich und führte mich zum Kamin.

„Ach meine Liebe, wegen Simon brauchst du dir den Kopf nicht zu zerbrechen. Wie soll er uns töten? Wir sind schon tot."

Sir Robert lachte wehmütig.

„Vielleicht wird er sie bannen oder vertreiben oder was weiß ich, was er mit Geistern anstellt?"

„Das mag sein. Aber er kennt die englischen Geister nicht. Wir existieren auf dieser Insel seit Jahrtausenden und sind sehr widerstandsfähig. – Mister Moore bereitet mir mehr Sorgen. Was hat er dir angetan, dass du solche Angst hast."

„Das wollt ihr lieber nicht wissen, Sir Robert", schluchzte ich und fühlte mich erbärmlich.

„Irgendwem musst du es erzählen, vielleicht kann ich helfen."

„Dann wäre es gut, wenn er für immer verschwinden würde."

Sir Robert sah mich aufmunternd an. Zögernd erzählte ich ihm, was sich damals zu trug.

„Ich war ungefähr vierzehn und lebte schon einige Jahre im Kinderheim. Die Zustände wurden immer schlimmer. Das Essen war schlecht, die Zimmer alt und dreckig, wir bekamen selten Neues zum Anziehen. Wenn wir widerspenstig waren, wie sie es nannten, bekamen wir Prügel.

Einen Erzieher nannten wir Beißer, wie diesen Typ aus dem James Bond Film, weil er Goldzähne hatte und genauso schrecklich aussah. Er schlug mit allem, was er kriegen konnte. Stöcke, Baseballschläger, Stühle und so weiter. Glauben sie mir Sir Robert, es war grauenvoll.

Eve hatte das Heim zu der Zeit schon verlassen, weil sie volljährig war. Eines Tages besuchte sie mich, um zu sehen, wie es mir ging. Beißer hatte mich ein paar Tage vorher in der Mangel gehabt, weil ich mich weigerte seinen Dreck zu beseitigen. Ich sah furchtbar aus. Das Gesicht verquollen, blaue Flecken und Prellungen überall. Eve war fassungslos und wollte mich auf der Stelle mitnehmen. Sie sagte, auf der Straße zu leben wäre besser, als in dem Rattenloch. Tiefer konnte man kaum sinken.

Ich packte meinen Rucksack und wir schlichen aus dem Haus. Fast glückte uns die Flucht. Irgendwer, der sich vermutlich einen Bonus erhoffte, verriet uns und Beißer fing uns ab. Er sperrte uns in den Laderaum des Heimbuses und brachte uns zu einem schäbigen Hotel. Dort erwartete uns Mister Moore."

Ich brach ab. Die Erinnerung schwappte unerwartet heftig an die Oberfläche und die Übelkeit war wieder da. Sir Robert nahm meine Hand und wartete, bis ich mich fasste. Stockend fuhr ich fort:

„Beißer hatte einen Handel mit Moore abgeschlossen: Für eine stattliche Summe konnte Moore mit uns tun, was ihm beliebte. Beißer würde alle Spuren beseitigen. Was das bedeutet, könnt ihr euch vorstellen?"

Er nickte. Die dunklen Augen funkelten zornig.

„Er sagte, die Kleine ist Jungfrau und jeden Cent wert. Die, er deutete auf Eve, ist eine Zugabe. Macht, was ihr wollt, den Rest erledige ich. Nach den beiden Schlampen fragt sowieso keiner. – Nie wieder habe ich solche Angst gehabt – bis heute Nachmittag."

„Das verstehe ich meine Liebe. Aber hier bist du in Sicherheit. Es ist dein Haus", er lächelte geheimnisvoll.

„Moore hatte einige „Werkzeuge" bereitgelegt. Sie können mir glauben, wenn ich sage, dass es Folterinstrumente waren. Der widerliche Kerl ist ein Sadist. Er quält andere zum Vergnügen.

Moore fesselte Eve ans Bett und mich an einen Stuhl. Ich sollte zusehen, was er mit Eve tun wollte. Ich schrie wie am Spieß. Er gab mir eine Ohrfeige und stopfte mir einen Knebel in den Mund. Panik stieg in mir auf. Ich dachte, ich müsste ersticken. Beißer lachte und Moore entkleidete die wehrlose Eve. Ich fiel in eine barmherzige Ohnmacht. Als ich erwachte, schlug Moore Eve mit einer Peitsche. Feuerrote Striemen zeichneten sich auf ihrem Körper ab, sie zuckte unter seinen Schlägen zusammen.

Meine Ohnmacht hatte die beiden Schänder unvorsichtig gemacht. Sie hatten mich auf den Boden gelegt und die Fesseln gelockert. Ich streifte sie ab und löste den Knebel. Beißer schien nicht im Raum zu sein. Zumindest konnte ich ihn nicht entdecken.

Moores Folterbesteck enthielt Messer. Ich rutschte geräuschlos näher an das Bett. Moore war so in Rage, dass er nicht bemerkte, dass ich es an mich nahm. Ich sprang auf und stieß ihm die Klinge mit der ganzen Kraft meiner Wut in den Rücken. Ein gellender Schrei, Moore sackte zusammen. Er keuchte und stöhnte. Dieses grässliche Geräusch verfolgt mich bis heute.

Hastig zerschnitt ich Eves Fesseln, griff ihre Kleider. Im letzten Moment sah ich die Schlüssel vom Van auf dem Nachttisch und nahm sie. Ich zerrte Eve zum Fahrstuhl. Wie, weiß ich nicht mehr. Die Angst trieb mich vorwärts."

„Was war mit diesem Beißer?"

„Es war wie in einem Actionfilm", ich lachte bitter, „der eine Aufzug kam, wir stiegen ein, während der andere anhielt, der Mistkerl ausstieg und zurück zum Zimmer ging. Wie gelähmt standen wir in der Kabine, ohne uns zu rühren oder zu atmen. Ich betete, dass er sich nicht umdrehen möge. Die Tür schwebte langsam zu. Wir waren frei. Als wir nach draußen kamen, schrie Beißer aus dem Fenster hinter uns her, dann verschwand er. Er wollte uns wieder einfangen. Wir sprangen in den Van und Eve fuhr los."

„Du bist eine mutige Lady und machst dem Namen der Familie Aldenham alle Ehre."

„Danke Sir Robert. Aber das tröstet mich nicht. Ehrlich gesagt hoffte ich, Moore nie wieder zu sehen. Vor allem bin ich überrascht, dass er mich wieder erkannt hat. Damals war ich ein schmächtiges Kind mit raspelkurzem Haar und mein Gesicht entstellt von Beißers Schlägen."

Sir Robert lächelte verschmitzt.

„Es sind die grünen Augen!"

Erstaunt sah ich ihn an. Machte er Scherze? Das war nicht der richtige Zeitpunkt.

„Wer einmal deine Smaragdaugen gesehen hat, der vergisst sie nie mehr."

„Das ist schlecht", rutschte es mir heraus.

„Wieso?"

„Das ist ein anderes Kapitel."

Sir Robert wäre sicher nicht erfreut, wenn er wüsste, dass ich Männer in die Falle gelockt und beklaut hatte.

„Was soll ich tun Sir Robert? Morgen kommt der Verbrecher in mein Haus. Ich bin sicher, dass er an mir Rache nehmen wird. Wenn er Eve sieht, an ihr gleich mit."

„Beruhige dich Serafine. Lass ihn kommen. Ich bin immer in deiner Nähe. Niemand wird dir etwas tun, bei meiner Ehre als Ahnherr des Hauses Aldenham."

„Ich verlasse mich auf euch!"

„Das kannst du. Aber du weißt auch, dass Aidan und Simon alles tun würden, um dich zu beschützen?"

Ich zuckte mit den Schultern. Simon würde sicher sein Buschmesser zücken, um Moore von einem Verbrechen an zwei jungen Frauen zurückzuhalten. Aber Aidan? Ich versuchte mir einzureden, er würde keinen Finger krümmen, aber die kleine beharrliche Stimme in meinem Herzen sagte, dass er mehr tun würde, als das.

„Komm Serafine. Du musst dich ausruhen. Morgen steht dir ein langer Tag bevor. Wir finden heraus, was Moore vorhat. Und du wirst ins Theater gehen!"

Sir Robert führte mich zum Bett und deckte mich zu.

„Ich gehe nicht hin!", protestierte ich, „Julias hochnäsigen, gemeinen Charakter ertrage ich nicht."

„Du wirst gehen. Keine Widerrede! Eine Lady Aldenham gibt nicht klein bei, nur weil ein dahergelaufenes Weib meint, sich über uns lustig machen zu müssen. Verstanden!"

Die Erschöpfung drückte mir die Augen zu.

„Ja – bitte gehen sie nicht, bleiben sie einen Moment", flüsterte ich und griff nach Sir Roberts kalter Hand.

„Hab keine Furcht. Ich bin bei dir", flüsterte es von fern. Um mich herum wurde es schwarz.


**Ein aufregender Fund**

Es war gerade acht Uhr durch, als ich ein Geräusch aus der Bibliothek hörte. Ein ungutes Gefühl beschlich mich. Ich entschied, Lady Elisabeths Tagebücher für einen Moment ruhen zu lassen.

Ja, ich hatte sie tatsächlich gefunden! Die Tagebücher der ersten Lady Aldenham. Sie lagen ganz unten in der Kiste, die Jonathan mir in mein Zimmer gestellt hatte.

Gegen fünf Uhr erwachte ich aus schrecklichen Träumen. Ich konnte mir die Bilder nicht mehr ins Gedächtnis rufen, aber das eisige Gefühl in meinem Körper wollte einfach nicht weichen. Auf leisen Sohlen huschte ich in die Küche, brühte mir eine Kanne Kaffee und widmete mich dem Inhalt der Kiste. Je eher ich herausfand, was in diesem Haus vor sich ging, desto besser.

Der letzte Lord Aldenham hatte alle möglichen Dokumente zusammengetragen. Es gab Inventarlisten, Einkaufslisten, ich fand ein Kontobuch, in dem alle Ausgaben und Einnahmen verzeichnet waren. Ich sichtete Gedichte, Liebesbriefe, Geschäftsbriefe, Reiseberichte, Tagebücher, und was mich überraschte und freute, einen handgeschriebenen Roman mit dem Titel „Geliebte Claire". Außer den Schriften fand ich ein altes Kinderspielzeug, getrocknete Blumen, ein abgewetztes, handgearbeitetes Stofftier, eine Pfauenfeder, einen Seidenschal bestickt mit Blüten und Schmetterlingen.

Nachdem ich mich zum Grund der Kiste durchgearbeitet hatte und dachte, dass ich nicht finden würde, wonach ich suchte, fiel mir ein Bündel Papier in die Hände. Es steckte geschützt in einem dünnen unscheinbaren Lederumschlag mit dem Wappen der Aldenhams dem Phönix, rechts und links in den oberen Ecken sah man die Sonnenscheibe und den Mond.

Vorsichtig nahm ich den Umschlag aus der Kiste und legte ihn vor mich auf den Schreibtisch.

Behutsam öffnete ich den Überschlag und zog die Blätter heraus. Die Aufzeichnungen hatten sehr gelitten. Die einzelnen Pergamente waren laienhaft mit einem Bindfaden zusammengenäht, um das Auseinanderfallen zu verhindern. Das Vorsatzblatt, mit verblichenen Ornamenten verziert, musste von einem außergewöhnlichen Künstler hergestellt worden sein. Teilweise konnte ich den dünnen Goldauftrag auf dem Papier erkennen.

Das Brevier wies in der Mitte eine Verdickung auf. Etwas schien zwischen die Blätter gerutscht zu sein. Aufgeregt blätterte ich die erste Seite auf. Gebannt starrte ich auf den kostbaren Gegenstand. Der Raum drehte sich um mich. Vor mir lag ein Amulett an einem Lederband. Die Jahrhunderte hatten das Papier geschädigt, aber dem Anhänger konnten sie nichts anhaben. Er erstrahlte in feinstem Glanz. Die Zeit war auf magische Weise an ihm vorübergegangen.

Auf einer massiven Silberscheibe schlängelten sich zwei Schlangen um einen Stab, der am oberen Ende einen Kreis beschrieb, darin war ein Rubin eingelegt. Der Rubin wurde von Flügeln flankiert. Links neben dem Stab lag eine Mondsichel und Rechts die Sonnenscheibe. In die Mondsichel hatte man einen Mondstein gefasst und in den Sonnenkreis einen Aventurin.

Ehrfürchtig nahm ich das Amulett in die Hand. Ich ließ meine Finger über das kühle Metall gleiten, hielt es unter meine Schreibtischlampe und ergötze mich an dem Funkeln der Edelsteine. Noch nie besaß ich so ein kostbares, prächtiges Schmuckstück.

Mein Schmuckstück? Es lag in der Kassette, die mein Urahn vorbereitet hatte, dadurch ging es aber nicht automatisch in meinen Besitz über. Aidans Anspruch darauf war ebenso groß. Für einen flüchtigen Moment überlegte ich, es zurückzulegen. Andererseits, warum lag es in diesem Umschlag? Das konnte kein Zufall sein. Sollte ich die Hüterin des Amuletts sein? Ich legte mir den Talisman um den Hals. Solange ihn niemand beanspruchte, gehörte er mir.

Ich wollte mich gerade wieder dem Manuskript zuwenden, da hörte ich das Geräusch. Hastig legte ich das Papier in den Umschlag zurück, packte es in die Kiste und versteckte sie ganz hinten in der Anrichte.

Ich schnappte mir die Taschenlampe, die ich von Simon geliehen hatte, und ging hinüber zur Bibliothek. Ich hörte ein dumpfes Klacken. Das Regal war zu gefallen. Mein Herz raste. Ich ging zum Shakespeare Regal. Die Bücher waren verschoben. Sollte ich Simon oder Aidan wecken? Ich verwarf den Gedanken. In dieser Sache vertraute ich ihnen nicht.

Ich drückte den Finger in die Vertiefung. Das Regal schwang zur Seite, ich trat einen Schritt vor, auf die oberste Treppenstufe und wartete, bis sich das Regal schloss.

**Erwischt**

Völlige Dunkelheit hüllte mich ein. Ich sah gerade noch, wie ein schwacher Lichtschein hinter der Biegung des Gangs verschwand. Behutsam tastete ich mich die Treppe hinunter. Ich zählte zwanzig Stufen. Meine Lampe schaltete ich nicht an. Ich sah den Eindringling lieber, bevor er mich bemerkte.

Die große Stablampe hielt ich wie einen Schlagstock, bereit sie zu benutzen. Manchmal war es von Vorteil, wenn Männer es größer und besser wollten, als die Konkurrenz. Um meiner Beute einen kleinen Vorsprung zu gewähren, wartete ich einen Augenblick, bevor ich die Krypta betrat. In einem der Tunnel sah ich den schwankenden Widerschein einer Lampe. Ich hörte leises Knarzen, das Klappen einer Tür. Der Schein verlosch. Der Unbekannte hatte einen der verborgenen Räume des Kellers betreten. Was suchte er und vor allem, woher wusste er, was sich dort befand?

Ich verharrte eine Weile und lauschte in die Finsternis. In mir breitete sich das beklemmende Gefühl des Bösen aus, dass ich schon beim ersten Mal verspürte. Nicht so ausgeprägt, aber zweifelsfrei präsent. Aus dem Gang drangen schwache Geräusche. Erst dachte ich, dass es Sir Robert ein könnte, aber er brauchte nicht durch eine Geheimtür zu gehen. Für ihn war es leicht Wände jeder Art zu überwinden, ohne den Finger zu krümmen. Ich bezweifelte, dass er eine Lampe benötigte, um sich im Haus zu recht zu finden.

Je näher ich mich an den Raum heran pirschte, umso stärker wurde die Finsternis, die mein Herz in einer stählernen Faust zusammenpresste. Für den Bruchteil einer Sekunde dachte ich an Rückzug, aber mein Wille gehorchte mir nicht mehr. Unaufhaltsam steuerte ich auf den Raum zu. Lichtschein floss unter der Tür hervor. Jeder Muskel war angespannt, um mich im Notfall auf einen Angreifer zu stürzen. Adrenalin rauschte durch meine Adern. Ich legte die Hand auf die Klinke, drückte sie herunter, warf mich mit aller Kraft gegen die schwere Eichentür. Mit Schwung schlug sie auf und – verblüfft ließ ich die erhobene Taschenlampe sinken. Die Anspannung verpuffte in meiner Verwirrung.

„Aidan!" keuchte ich, „was machst du hier?"

Er fuhr herum und sah mich entgeistert an.

„Dasselbe könnte ich dich fragen. Du dürftest nicht hier sein."

Mit seinem Körper verdeckte er ein Buch, das auf einem Stehpult lag. Er kam ein paar Schritte auf mich zu. Instinktiv wich ich zurück. Aidan sah mich mit beschwörendem Blick an. Zu gerne hätte ich ihm vertraut. Eine rätselhafte Beunruhigung hielt mich zurück.

„Du zuerst", antwortete ich geistesgegenwärtig.

Er zögerte einen Moment.

„Eigentlich wollte ich mir nur einen der Shakespeare Bände aus der Bibliothek holen, als ich die Vertiefung entdeckte und den Geheimgang."

Aidan war ein guter Schauspieler, aber ein schlechter Lügner.

„Und du hattest ganz zufällig eine Taschenlampe dabei?" Ich deutete auf die Lampe, die auf einer Art Labortisch lag. Ich sah mich flüchtig um. „Was ist das hier eigentlich? Ein alchemistisches Laboratorium?"

Es sollte ein Scherz sein, doch während ich es sagte und Aidans Blick sah, wusste ich, dass ich ins Schwarze getroffen hatte.

„Sieht so aus", sagte er ausweichend.

„Das sieht nicht nur so aus. Das ist ein alchemistisches Labor. Es riecht auch so", ich schüttelte mich. Der Geruch rief Ekel in mir hervor, „so etwas habe ich auf mittelalterlichen Holzschnitten gesehen. Der kreisrunde Ofen mit Blasebalg, zum Schmelzen von Metallen. Die Retorte zur Züchtung der Homunculi und anderer künstlicher Wesen, Mörser, Stößel, Destillierkolben, die Gefäße mit toten Tieren und Organen, die verschiedensten Phiolen und Gefäße mit alchemistischen Tinkturen und Metallen."

Aidan schien mein Wissen zu beeindrucken.

„Woher weißt du das? Warst du in einem früheren Leben Alchimist?", eine Spur Unsicherheit lag in seiner Stimme, die er durch Spott zu überdecken suchte, „du glaubst doch diesen esoterischen Quatsch nicht etwa?"

„Was ich glaube oder nicht, dürfte dich nicht interessieren lieber Cousin", ich versuchte ebenso herablassend zu sein, „Ich lese. Und du weißt ja, lesen bildet. Zum Beispiel wird einiges von dem hier in Somerset Maughams „Der Magier" beschrieben. Außerdem habe ich für eine Geschichte eine Recherche zu dem Thema gemacht. Sehr inspirierend und erhellend. Solltest du auch versuchen."

Während ich sprach, bekam ich eine Erleuchtung der besonderen Art. Ich wusste wieder, wo ich das komische Zeichen aus dem Wappen gesehen hatte. Es war während dieser Recherche. Die Alchemisten verwendeten für ihre Elemente bestimmte Zeichen. Sobald ich hier heraus war, musste ich meine Unterlagen durchsehen.

„Ok, da wir nun beide einigermaßen erleuchtet sind, können wir wieder hinaufgehen."

Aidan nahm mich am Arm und zog mich zur Tür von dem Pult weg. Er wollte nicht, dass ich in das Buch hinein sah. War es ein geheimes Buch oder ein alchemistisches, geheimes Buch?

„Was steht denn Aufregendes in dem Buch, das ich nicht sehen soll?"

Ich drängte mich an Aidan vorbei, um wenigstens einen Blick darauf zu werfen.

„Ich glaube nicht, dass du es lesen kannst", erwiderte Aidan ungeduldig.

Ohne mich um seine Missbilligung zu kümmern, sah ich es mir an. Ob ich es lesen konnte oder nicht, sollte er mir überlassen. Behutsam klappte ich das Buch zu und schaute mir den Einband an. Ich kannte das Buch. Es war das Opus Magnum, das große Werk der mittelalterlichen Alchemie, in dem es um die Transmutation von unedlen Stoffen in Gold ging und im Weiteren auf die Erzeugung des Steins der Weisen hinauslief. Lesen konnte ich es nicht. Es war in Latein geschrieben. Was mich wunderte war, dass Aidan es lesen konnte. Denn so sah es aus, als ich ihn erwischte.

„Und kannst du es lesen?", fragte Aidan triumphierend.

„Nein. Aber ich weiß, was es ist."

Aidan stand dicht hinter mir und blies mir seinen warmen Atem in den Nacken. Das löste eine sofortige Reaktion meines Körpers und des Amuletts aus. Ich war wie paralysiert. Das Amulett wurde heiß,

Gefühle überfluteten mich. Bilder, die ich nicht festhalten oder deuten konnte, strömten durch meinen Kopf. Ich wusste, Aidan löste diese Erschütterung aus. Ich wollte es ihm sagen. Kein Wort löste sich von meiner Zunge. Ich spürte Todesangst, zugleich eine unbändige Lust, die mich in seine Hände zwang.

Aidans Fingerspitzen strichen über meinen Hals. Er streifte mir die Jacke von den Schultern. Während er sanft meine Arme streichelte, küsste er meine Schultern den Hals hinauf. Willenlos lehnte ich mich an ihn und bog den Kopf nach hinten. Immer weiter ließ Aidan seine Hände an meinem Körper entlang gleiten. Ich erzitterte unter seinen Liebkosungen. Jäh hörte er auf. Abrupt erwachte ich aus meiner Trance. Wachsam sah er sich um. Ich sah ein gefährliches Funkeln in seinen Augen, sein Griff wurde hart.

„Wir müssen gehen", Aidan hängte mir die Jacke über die Schultern, „wir sind viel zu lange hier."

Energisch schob er mich aus dem Labor und schloss die Tür. Als wir auf den Gang traten, spürte ich es wieder. Das grenzenlos Böse.

„Aidan", flüsterte ich, „wir müssen uns beeilen."

Wir legten den Weg zur Bibliothek im Laufschritt zurück. Aidan kannte den Mechanismus, der die Tür von der Kellerseite öffnete. Wir sprangen aus der zurückweichenden Geheimtür in die Bibliothek. Sie schwenkte lautlos zu.

„Was war das?", fragte ich bestürzt.

„Keine Ahnung", sagte Aidan kühl.

„Ich glaube dir nicht."

„Das kannst du halten, wie du willst!"

Atemlos versuchte ich meine Fassung wieder zu gewinnen. Eingeschüchtert von seiner abweisenden Antwort versuchte ich zu ergründen, was in Aidan vorging. Der erbarmungslose Blick aus seinen grauen Augen erinnerte mich an ein wildes Tier. In meiner Zeit auf der Straße hatte ich einige kennengelernt, animalische und menschliche. Die humane Rasse war erschreckender. Aidans sinnliche Lippen zitterten nicht vor Angst, sondern vor Wut. Jeder seiner trainierten Muskeln war angespannt. Er ballte die Fäuste mit solcher Kraft, dass die Knöchel weiß hervor traten.

„Wir sollten es niemandem sagen", brach ich das betretene Schweigen.

Aidan nickte. Langsam wich die Anspannung aus seinem Gesicht. Er war genauso verlegen, wie ich.

„Du und was da vorhin war", begann er stockend.

Gleich würde er eine abgenutzte Rechtfertigung für sein Verhalten vorbringen. Ich unterbrach ihn hastig.

„Reden wir nicht davon", ich ging zur Tür, „ein Ausrutscher. Wir sehen uns nachher."

Bevor Aidan etwas erklären konnte, schlüpfte ich in die große Halle. Ohne mich umzudrehen, rannte ich in mein Zimmer und schlug die Tür hinter mir zu. Tränen liefen unaufhörlich über meine Wangen. Was für ein grausamer, unheilvoller Scherz. Nie hätte ich ihn so nah an mich heranlassen dürfen. Ich liebte Aidan. Die Erkenntnis erwischte mich eiskalt. Mein Herz stand kurz vor dem Kollaps. Das war es! Die Anspannung, das wilde, ungestüme Gefühl, das meinen Körper durchströmte, das Begehren von ihm berührt und der Wunsch von ihm beachtet zu werden, war Liebe. Eine verhängnisvolle, wahnsinnige Liebe. Aidan war das Rätselhafte, Finstere, Schicksalhafte, wie die dunkle Seite des Mondes.

Intuitiv griff ich nach dem Talisman. Das Metall war warm, ein sanftes Glühen ging von ihm aus. Ich drückte ihn gegen meine Stirn. Unvermittelt rieselte eine sanfte Ruhe auf mich herunter, löste das hoffnungslose Gefühl in einer nebligen Wolke auf, die sich immer weiter entfernte.


**Ein unangenehmer Besucher**

Ich erwachte aus dem Dämmerzustand, als die Haustür zuschlug. Wie von Furien gehetzt sprang ich auf, raste zur Tür und riss sie auf. Ich sah die Rücklichter von Aidans Wagen. Er war gegangen. Ich stand da wie angenagelt und fühlte mich völlig verloren. Warum war er nicht zu mir gekommen, hatte mit mir gesprochen, mich in seine Arme geschlossen und geküsst, bis ich den Verstand verlor? Das Ganze war also tatsächlich nur ein Ausrutscher für ihn. In der Dämmerung des geheimnisvollen Kellers leistete er sich die kleine Extravaganz sein naives Cousinchen zu bezirzen. Eine Episode, die er bei Gelegenheit in einer Herrenrunde zur Belustigung vortragen konnte.

„Und wie sie sich an mich geschmiegt hat", würde er sagen, „ich hätte alles von ihr haben können, das kleine naive Gör."

Ich wollte wütend auf ihn sein. So sehr, dass es

mir nichts ausmachte, wenn er mich nicht beachtenswert fand. Es gelang mir nicht. Ich war nur unendlich traurig. Ich verlor meinen Verstand und mein Herz.

„Serafine was machst du da?", hörte ich Simon, „du hast kaum was an. Du holst dir den Tod."

„Ich komme", murmelte ich und schloss die Tür.

„Aidan sagte, der Eventmanager kommt um Eins, das Haus ansehen."

Das Stichwort riss mich aus meiner Apathie. Oh Himmel, den hatte ich völlig vergessen. Ich hätte Aidan alles über Moore erzählen müssen, egal was er von mir dachte. Jetzt war es zu spät. Ich sah auf die Standuhr in der Halle. Es war beinahe zwölf.

„Hat Aidan sonst noch etwas gesagt?"

„Nicht, dass ich wüsste. – Ach ja, Mister Moore bespricht alles Weitere mit ihm."

„Simon darf ich dich um etwas bitten?"

„Raus damit, was immer es ist. Ich tue, was ich kann", er sah mich besorgt an.

„Mister Moore ist kein guter Mensch. Ich kenne ihn von früher und weiß, wovon ich spreche. Würdest du in meiner Nähe bleiben, wenn er hier ist."

Er grinste. Ich ahnte warum. Endlich passierte Aufregenderes, als Teetrinken und alte Wälzer auf ungewöhnliche Ereignisse zu durchforsten. Simon konnte nicht wissen, dass das wirklich Aufregende in meinem Zimmer in der Anrichte lag.

„Soll ich mich bewaffnen?", fragte er begeistert.

„Wäre nicht verkehrt. Ich traue dem Typen nicht einen Millimeter über den Weg. – Ist Eve im Haus?"

„Nein, die ist mit Aidan weggefahren. Sie hat eine Verabredung und trifft sich heute Abend mit uns im Theater."

„Das ist gut."

Ich atmete auf. Eve würde dem fiesen Schwein nicht begegnen.

„Wir zeigen ihm nur die Zimmer, die wir für das Event freigeben. Er muss nicht wissen, in welchen Zimmern wir wohnen."

„Einzusehen. Wir sollten uns einen Wachhund zulegen. Das wäre nicht schlecht in dem großen Haus. – Ich geh die Messer wetzen", er lachte.

Es war gar nicht mehr so unangenehm, ihn in meiner Nähe zu wissen. Ein kampferprobter Mann im Haus, der mit Waffen umgehen konnte und sein Gegenüber nicht nur mit Worten durchbohrte.

„Ich mache mich landfein."

Ich eilte in mein Zimmer, um mir ein paar warme Sachen zusammenzusuchen. Ich brauchte dringend eine heiße Dusche, die mich auf die Beine brachte.

Punkt Eins hallte das Poltern des eisernen Türklopfers durch die Eingangshalle. Ich saß gerade mit Simon in der Küche und versuchte mich mit einem heißen Tee und Keksen von der bevorstehenden Tour de Force abzulenken. Simon zeigte mir das scharfe Messer, dass er an einem Wadenhalfter trug. Außerdem steckte hinten im Hosenbund eine Pistole unter seinem Hemd. Mehr als die Waffen beruhigte mich, dass Simon keine Angst vor dem Schmerz hatte, den ein Kampf mit sich brachte. Davon gab er uns am gestrigen Abend, beim Chinesen einige Episoden zum Besten.

Alarmiert sah ich Simon an. Er lächelte aufmunternd.

„Keine Panik, ich bin bei dir! Er wird sich hüten dich anzurühren."

Ich hoffte, dass Simons martialische Uniform eine einschüchternde Wirkung auf Mister Moore haben würde. Er trug Tarnanzug und einen Ledergürtel mit dem militärischen Emblem seines Army-Zuges, den er als Offizier im Irakkrieg befehligt hatte.

Tatsächlich entgleisten Mister Moore sämtliche hämischen Gesichtszüge, als Simon ihm die Tür öffnete. Die falsche Schlange nahm an, dass ich allein zu Hause weilte. Falsch gedacht, Mistkerl!

„Guten Tag Miss Durham", begrüßte er mich kriecherisch mit unsicherem Seitenblick auf Simon, der ihn um etwa anderthalb Köpfe überragte, von seinem athletischen Körperbau ganz zu schweigen. Gegen Simon wirkte Moore unbeweglich, obwohl er der schlanke, sportliche Typ war.

„Guten Tag", sagte ich kühl, „kommen sie herein."

Der Abscheu schüttelte mich. Ich versuchte, mir nichts anmerken zu lassen. Wäre er ein Vampir, könnte ich die Einladung zurücknehmen, er verschwände sofort. Dazu ein bisschen Sonnenlicht und das Problem war gelöst. So die Theorie. Die ist bekanntlich grau. Immerhin gab es echte Geister, sogar Simon glaubte daran. Wer konnte wissen, was die echten Vampire drauf hatten?

Simon führte Mister Moore in die freien Zimmer. Ich folgte wortlos, erleichtert nicht mit ihm reden zu müssen. Moore in meinem Haus so nah zu sein war eine Zumutung. Einzig Simons Anwesenheit und der Gedanke an Sir Roberts Versprechen auf mich zu achten, hielt mich davon ab, die Flucht zu ergreifen.

„Nun Miss Durham, ich werde die Verträge aufsetzen. Ihr erstes Event kann am Wochenende stattfinden."

Sein schleimiges Lächeln bereitete mir Übelkeit.

„Gut. Ich nehme an, sie werden die Modalitäten mit Mister Black besprechen", erwiderte ich stoisch.

„Ja. Aber es gibt noch einige Dinge zu erledigen, bevor die Party stattfinden kann."

„Darüber sind wir uns im Klaren. Mister Black wird alles zu ihrer Zufriedenheit regeln."

„Natürlich. Da bin ich sicher", seine wässrigen Augen hatten einen tückischen Ausdruck. Mit einem arroganten Ton, der keinen Zweifel daran ließ, was er wirklich meinte, sagte er: „Wir sehen uns am Samstag. Ich freu mich schon sehr darauf. – Auf Wiedersehen Miss Durham."

Als er sich umdrehte und zur Tür ging, sah ich, wie sich sein Gesicht zu einer boshaften Fratze verzog. Es war nicht vorbei. Moore stellte seine Falle auf. Die Tür fiel ins Schloss.

„Simon", flüsterte ich entsetzt, „er wird nicht aufgeben, bis er hat, was er will."

„Und was will er?"

„Mich."

Das Blut sackte aus meinem Kopf. Als ich fiel, fing Simon mich auf. Er trug mich in mein Zimmer. Ich schlang meine Arme um seinen Hals. Seine Wärme und Kraft hüllte mich ein. Es war ganz einfach. Simon legte mich auf das Bett.

„Ruh dich aus Kleines", sagte er sanft und sah mich mit seinen dunklen Bernsteinaugen an, „der Kerl muss dir fürchterlich mit gespielt haben. Willst du es mir erzählen."

Ich sah ihn erschrocken an. Simon setzte sich neben mich, nahm meine Hand in seine und streichelte mit der anderen zärtlich über meine Wange.

„Ich verspreche dir hoch und heilig, dass ich Aidan nichts erzähle."

„Besorgst du einen Wachhund?", fragte ich.

Simon lachte und küsste meine Hand.

„Ein ganzes Rudel, wenn es dir hilft dich sicherer zu fühlen."

„Wann?"
„Morgen."
„Darf ich dich begleiten?"
„Jederzeit."

Ich sah Simon prüfend an. Mein Misstrauen legte sich. In seiner Gegenwart fühlte ich mich sicher. Ich mochte seine unbekümmerte Art. Simon war ein Jäger, der seine Beute unerbittlich verfolgte. Töten war keine Frage der Moral, sondern des Überlebens. Das machte ihn zu einem gefährlichen Gegner.

Wie sich das anfühlte, hatte ich erlebt, als ich Moore das Messer in den Rücken jagte. Aber ich befand mich in einer Notlage. Simon jagte ebenso aus Spaß an der Jagd. Ich hoffte inständig, dass er keine effektiven Waffen für Geister besaß, sonst würde es Sir Robert an den Kragen gehen.

„Nun?"

Simon sah mich aufmunternd an und zog mich in seine Arme. In seiner Wärme löste sich meine Betäubung. Ich schmiegte mich an ihn. Mein Herz blieb ruhig, schlug weiter in seinem Takt, ohne die Atemlosigkeit, die ich in Aidans Nähe verspürte. Simon war ein Freund. Ich schluckte meine Empfindlichkeiten herunter und erzählte Simon, was ich am Abend zuvor Sir Robert berichtete.

Nachdem ich meinen Bericht beendete, schwieg Simon. Das bereitete mir Unbehagen. Wie konnte Simon die Ereignisse verstehen? Er atmete tief durch und sagte mit rauer Stimme:

„Scheißkerl! Schade, dass du ihn nicht von vorne erwischt hast. Die Möglichkeit, dass er das überlebte, wäre um einiges geringer gewesen."

„Ich war ein Kind und wollte Eve und mich befreien. – Wenn sie davon erfährt, dann ist der Teufel los."

„Sollten wir es ihr nicht sagen?"

„Doch. Aber irgendwie - schonend."

„Für solche Desaster gibt's keine barmherzige Mitteilungsmöglichkeit", stellte Simon lapidar fest.

„Du hast recht", ich seufzte, „aber vielleicht können wir bis nach dem Theater warten?"

„Gut. Ein paar Stunden ändern nichts."

„Und morgen gehen wir einen Hund kaufen?"

„Morgen", Simon lächelte liebevoll auf mich herunter, „schlaf ein bisschen, damit du nachher fit bist. Ich passe auf dich auf."

Für den Moment war die Gefahr gebannt. Morgen war auch noch Zeit, sich darüber Gedanken zu machen.


**Vorhang auf!**

Ich schritt in einem aufsehenerregenden Abendkleid an Simons Arm die große Treppe des Theaters hinauf und hatte den Eindruck alle Augen richteten sich auf mich. Männer drehten die Köpfe, Frauen tuschelten und Simon konnte den Blick nicht von mir abwenden.

„Simon du machst mich ganz verlegen", flüsterte ich ihm zu und errötete.

„Ich gehe mit der schönsten Frau des Abends aus und darf sie nicht anschauen", er lachte leise, „sorry, das kannst du nicht von mir verlangen. - Ich habe Angst, dass du um Mitternacht verschwindest und nur deinen gläsernen Schuh zurücklässt."

Ich klammerte mich fester an seinen Arm. Das große Interesse machte mich nervös. Nicht in meinen kühnsten Träumen hätte ich gedacht, so eine atemberaubende Robe zu tragen. Sie bestand aus grün changierendem Taft, mit einem schwarzen Spitzenüberkleid und war mit kunstvoller Paillettenstickerei verziert. Der ungewöhnliche Farbton passte perfekt zu meinen Augen und der fließende Stoff betonte meinen Körper an den richtigen Stellen. Als wäre es für mich geschneidert. Das behauptete jedenfalls Sir Robert, als ich vor meinem Bett stand und auf das Kleid starrte, das aus dem Nichts aufgetaucht war. Nicht ganz aus dem Nichts, aber nachdem ich mich in Aidans Bad frisch gemacht hatte, lag es einfach da. Sir Robert lächelte und sagte:

„Du bist eine Lady, gewöhn dich daran. Du repräsentierst unser Haus und die Familie. - Außerdem soll sich diese Julia grün ärgern vor Neid."

Er beugte sich zu mir herab und drückte mir

einen kühlen Kuss auf die Stirn.

„Kopf hoch! Ich, als Mann, der viele Frauen kommen und gehen sah, sage dir, du bist wunderschön und brauchst keine Konkurrenz zu fürchten."

„Aber warum ..."

„Psst", Sir Robert schüttelte den Kopf, „frag nicht warum. Alles hat seine Zeit. Zieh dich an, genieß den Abend. Und trag dein Haar offen."

Anfangs fühlte ich mich in der auffallenden Robe befangen. Vorne war es hochgeschlossen mit einem sündhaften Rückenausschnitt. Simon versicherte mir mit verzücktem Blick, ich sähe umwerfend aus. Hoffentlich sah Aidan das auch so. Eve blieb die Spucke weg, als ich an Simons Arm die Loge betrat.

„Donnerwetter Liebes, mir fehlen die Worte. Du bist ja ein Mädchen!", sie lachte.

„Da kannst du sehen, was unter alten Jeans alles steckt."

Ich wusste, dass Eve mir den großen Auftritt gönnte.

„Simon kann kaum den Blick von dir wenden. Sogar die Herren aus den anderen Logen renken sich die Hälse nach dir aus." Eve zwinkerte mir verschwörerisch zu, „fühlt sich gut an oder?"

„Sehr", sagte ich verlegen.

Aidan sollte mich genauso begehrlich ansehen. Ich trug meine Haare offen. Im Licht der Kristallleuchter glänzte es wie flüssiges Gold. Ich sah mein Bild in einem der großen Barockspiegel und erkannte mich nicht wieder. Das Straßenkind, die Diebin und Betrügerin, war eine Lady.

Was, wenn dies nur eine Verwechslung und ich die falsche Serafine war? Wie konnte dieser kleine, dicke Anwalt sicher sein, dass ich von Lady Aldenham abstammte? Vielleicht war ich immer noch eine Betrügerin und nahm einer anderen jungen Frau die Chance ihr Leben zu verbessern. Eine Lady, die in einem verwunschenen Schloss lebte. Ich legte die Hand auf den Talisman, durch den feinen Stoff fühlte ich seine Umrisse. Mit jeder Faser meines Herzens wünschte ich mir, dass ich die war, für die man mich hielt.

„Heute Abend wird jede Frau neidisch auf dich und deine goldenen Haare sein. Wie bei Cinderella, die mit dem Prinzen tanzt", flüsterte Eve.

Die Glocke erinnerte die Besucher an den Beginn des Stücks und enthob mich einer Antwort. Unsere Loge lag im ersten Rang. Die geschnitzten Brüstungen waren mit Blattgold verziert und die Sitze mit dunkelrotem Samt bezogen. Das Ambiente wirkte überladen und kitschig. Trotzdem konnte ich mein Glück nicht fassen und sog alle Eindrücke in mir auf, wie ein ausgetrockneter Schwamm. Die Gäste strömten eilig durch die geöffneten Flügeltüren in den Saal unter uns und begaben sich auf ihre Plätze. Die Türen schlossen sich. Die glitzernden Kronleuchter wurden langsam heruntergedimmt, bis sie verloschen. Es wurde still. Das Publikum hielt einen Augenblick den Atem an.

Mein Herz schlug wie ein Vorschlaghammer gegen meine Rippen. Ich saß in der Loge eines erstklassigen Theaters und würde Aidan auf der Bühne erleben, als Oberon in einem meiner Lieblingsstücke „Ein Sommernachtstraum".

Der purpurne Samtvorhang zog sich nach oben und zu den Seiten zurück. Die Bühne erhellte ein warmes Licht. Es zeigte das erste Szenenbild. Theseus und Hippolytha in einem Saal des Herrscherpalastes. Verzaubert verfolgte ich jedes Wort. Alles andere versank in der Bedeutungslosigkeit. Es gab nur mich und das Stück auf der Bühne.

In der dritten Szene betrat Aidan die Bühne. Atemlos beobachtete ich jede seiner Bewegungen. Aidan nahm den Raum völlig für sich ein. Aufrecht und mit dem Gebaren eines Königs erteilte er Befehle, dann war er der unsichere, in seiner Liebe gekränkte Mann, der um Titania buhlte.

Dort in der Dunkelheit des Theatersaales erhaschte ich einen Blick auf Aidans wahres Ich. Er war all das, was er spielte. Der bestimmende, strenge Mann, der sich unnahbar und kühl gab, um keine Angriffsfläche zu bieten. Gleichzeitig sehnte er sich nach endloser, ausschließlicher Liebe und der Frau, die sein Herz berührte. Er war der Schalk, der sich aus Eifersucht einen bösen Scherz erlaubte und dennoch ein gutes Herz bewies, als es darum ging die jungen Leute glücklich zu machen und ihnen mit der Liebesblume die Augen zu öffnen.

Aidan war alles und noch mehr. Er trug jede dieser Eigenschaften in sich. Auf der Bühne konnte er sie ungehindert zeigen, ohne sich verletzbar zu machen.

Das Stück ging mit tosendem Applause und Standing Ovation zu Ende. Die Schauspieler kehrten einige Male auf die Bühne zurück und verbeugten sich. Mein Herz jubelte und blutete gleichzeitig. Es war das Beste, das ich bis dahin erlebt hatte. Ich wollte mehr. Viel mehr.

**Demetrius**

Wir trafen uns mit Aidan, seinen Kollegen und geladenen Gästen nach dem Theater im „Caravaggio", einem edlen, italienischen Restaurant. Es war extra für das Ensemble reserviert. Als die Schauspieler eintrafen, stand ich mit Simon und Eve an der Bar. Nervös sah ich Aidan entgegen, der mit einer strahlenden Julia am Arm hereinkam. Der Stich in mein Herzen hätte nicht schmerzhafter sein können. Julia zog alle Register und zeigte der anwesenden Gesellschaft, wer zu Aidan gehörte. Sie wich keinen Zentimeter von seiner Seite und konnte ihre Finger nicht von ihm lassen.

„Was ist das für ein aufgedonnertes Püppchen?", fragte Eve stirnrunzelnd.

„Julia", antwortete ich tonlos.

„Himmel, die trägt aber dick auf! Na warte, Lady!"

Ich wusste, was das bedeutete und lächelte. Eves Kampfgeist, wenn es um Männer ging, war legendär. Julia würde wenig Spaß an Aidan haben, aber davon ahnte sie noch nichts. Eve würde sie in Sicherheit wiegen und dann, wenn Julia an nichts Böses dachte, zuschlagen.

„Hey mein Alter, du warst klasse! Hoffe du hast dir die Beine nicht verkühlt."

Simon schlug Aidan grinsend auf die Schulter und erinnerte ihn an sein freizügiges Kostüm. Aidan lachte, begrüßte Eve mit Küsschen, was Julia deutlich missbilligte. Dann wendete er sich mir zu. Er musterte mich von Kopf bis Fuß mit einem reservierten Blick, nickte und sagte:

„Wie ich sehe, trägst du die Haare offen."

Das war alles? Tränen traten mir in die Augen. Keine Begrüßung, kein anerkennendes Lächeln. Ein direkter Schlag in meine Herzgegend. Ich musste Julia nicht ansehen, um zu wissen, dass sie triumphierend lächelte. Simon legte den Arm um meine Taille und küsste mich liebevoll auf die Wange.

„Wenn das alles ist, was dir an Serafine auffällt mein Freund, dann brauchst du eine Brille."

Aidans Lippen zuckten. Bevor er etwas erwidern konnte, kamen zwei junge Frauen und hielten ihm Autogrammkarten hin. Ich drehte mich weg.

„Ich muss kurz wohin", log ich.

„Bleib nicht solange", rief Simon mir hinterher.

Ich flüchtete mich in den hinteren Teil des Lokals und entdeckte eine Tür, die in den Wintergarten führte. Die Vegetation bestand aus Palmen, Zitronen-, Mandarinen- und Olivenbäumen. Dazwischen rankten sich Bougainvillea und Jasmin. In Terrakottakübeln wuchsen Lavendel, Rosen und in einigen gab es Kakteen. Vermutlich wurden bei gutem Wetter die Fenster geöffnet, um den Gästen ein Flair von Süden zu vermittelten. Bis auf ein paar spärliche Strahlen der Gartenbeleuchtung war es dunkel und still. Meine Gedanken drehten sich in einem steten Wirbel.

„Warum sind sie davon gelaufen?", hörte ich eine sanfte Stimme hinter mir.

Erschrocken fuhr ich herum und wich zurück. Angst kroch mir den Nacken hinauf.

„Wer sind sie?"

Der Mann kam näher. Ich erkannte, dass es ein Schauspieler des Ensembles war.

„Demetrius", erleichtert atmete ich auf.

Er lachte melodisch.

„Im Allgemeinen nennt man mich Henry, aber wenn es ihnen lieber ist, schöne Helena, nennt mich Demetrius."

Ganz dicht stand er vor mir und sah mich aus tiefblauen Augen an. Er wirkte jünger, als auf der Bühne. Er hatte etwa mein Alter. Seine freundliche, offene Art war angenehm. Ich fühlte mich wohl.

„Nun schöne Helena sagt, warum lieft ihr fort und nahmt der Gesellschaft den Glanz", er lächelte verschmitzt.

„Mein Herr Demetrius, ihr wisst es, sonst wärt ihr nicht hier", ging ich auf sein Spiel ein.

Er nahm meine Hand, führte sie an seine weichen Lippen.

„Oberon beleidigte euch. Er würdigte eure Schönheit nicht", sagte er missbilligend.

Ich senkte den Blick und schwieg. Warum tat es so weh? Es gab Männer, wie Simon, die mich bemerkten. Hier stand ein fremder, gutaussehender Mann, der meine Hand hielt, und versuchte mich aufzuheitern. Henry sah mich mitfühlend an.

„Nehmt euch Oberons Verhalten nicht zu Herzen. Er ist ein Gott, ein König. Weit entfernt vom Leben der Irdischen."

„Ihr kennt ihn wohl gut den Oberon", fragte ich neugierig und sah Henry an.

Sein Blick lag auf meinen Lippen und strich zärtlich über mein Gesicht, als er antwortete:

„Mehr als gut. Und deswegen bitte ich euch, hängt euer Herz nicht an ihn. Er mag ein Genie sein, aber bisher, und ich kenne ihn einige Jahre, gab es keine Frau, die seine Mauer durchbrechen konnte. Viele haben es versucht, aber früher oder später mussten sie einsehen, dass es keinen Sinn hatte."

„Und ihr werter Demetrius, wie viele Herzen

habt ihr gebrochen?", wechselte ich das Thema.

Jedes Wort von Henry über Aidan war eine Schramme auf meinem Herzen. Wahr oder nicht, änderte nichts.

„Ich?", er lachte, „niemals würde ich Herzen brechen."

„Mein Herr schämt euch. Ihr sollt keine Dame belügen."

Ich wollte ihm die Hand entziehen. Er hielt sie mit sanfter Gewalt fest, dann legte er den Arm um meine Taille.

„Bitte geht nicht. Hört!"

Musik drang zu uns in die Dämmerung.

„Tanzt mit mir. Nur dies eine Mal schöne Helena. Damit ich von euch träumen kann, wenn ich in einsamen Nächten in meinem Bett liege und sich mein Herz nach euch verzehrt."

Henry wirbelte mich durch den Raum. Ich lachte.

„Endlich kommt ein Lachen über eure schönen Lippen."

Henry hielt inne und seine Augen senkten sich in meine. Er beugte den Kopf zu mir herunter und dann – küsste er mich zart. Für einen Moment vergaß ich meinen Kummer.

„Henry", donnerte Aidans Stimme durch den Raum, „lass Serafine auf der Stelle los."

Wir fuhren auseinander. Henry stellte sich schützend vor mich.

„Du hast mir nichts zu befehlen!", erwiderte er kühl.

„Doch hab ich. Wenn wir in alten Zeiten lebten, würde ich dich zum Duell fordern. Und du hast Glück! Ich würde dich töten. Wenn du dich an meine Cousine heranmachst, habe ich sehr wohl das Recht dir zu befehlen."

„Für den Augenblick mag es so sein. Am Ende entscheidet Serafine, mit wem sie geht", Henry küsste meine Hand und sah mich ernst an, „wir sehen uns wieder."

Erhobenen Hauptes ging er hinaus. Die Tür fiel hinter ihm ins Schloss. Furcht stieg in mir auf, als ich Aidans wütenden Blick sah.

„Und? Liebst du diesen Don Juan?", er ließ mich nicht antworten, „glaubst du, weil er ein paar Zeilen Shakespeare zitieren kann, ist er der für den du ihn hältst? Meinst du, das ist Liebe?"

Aidan packte mich, riss mich in seine Arme. Eine Hand griff in meine Haare und zog meinen Kopf nach hinten. Hart presste er seine Lippen auf meinen tränensalzigen Mund. Das Amulett wurde von Hitze durchflutet und ein Blitz schlug durch meinen Körper. Aidans Küsse wurden immer fordernder, doch fehlte ihnen die erste Härte. Erregung stieg in mir auf und erfüllte mich mit einer Lust, die jeden Widerstand wegwischte. Meine Gegenwehr oder was ich dafür hielt, machte er mit seiner Leidenschaft zunichte. Ich konnte ihm nicht standhalten, wie Zauber, der mich in seinem Bann hielt.

War Aidan weit genug entfernt, redete ich mir ein, ich könnte ohne ihn sein. Sobald er in meine

Nähe kam, gab es nur ihn. Aidans Lippen waren überall. Plötzlich hörten wir ein Geräusch. Aidan ließ mich abrupt los. Ich klammerte mich Halt suchend an seinen Arm.

„Aidan bist du hier?", Eve näherte sich uns, „ich habe dich überall gesucht. – Schätzchen komm zurück zur Party. Jetzt wird's erst lustig."

Eve zog Aidan am Arm hinter sich her. Er warf mir einen düsteren Blick zu, der mich zu tiefst erschütterte. Aidan würde mich nicht lieben. Es gab in den Schatten der Vergangenheit etwas Verborgenes, das ihn nicht losließ. Ich verließ den Wintergarten und suchte Simon.

„Simon ich fühle mich nicht wohl. Ich möchte nach Hause, rufst du mir ein Taxi?"

„Ich begleite dich", sagte er sofort und erhob sich.

„Das ist lieb von dir, aber du solltest bei der Party bleiben. Ich will dir den Abend nicht verderben."

„Kommt nicht infrage. Ich lasse dich nicht alleine in das große Haus zurück."

Er lächelte aufmunternd, reichte mir den Arm und begleitet mich hinaus. Im Taxi lehnte ich mich erschöpft an Simons Schulter und schloss die Augen. Schützend legte er einen Arm um mich. Ich war dankbar, dass er nicht fragte und nichts sagte.

**Der Fluch**

Vor mir auf dem Schreibtisch lag Lady Elisabeth Aldenhams Brevier. Ihre zierliche Handschrift bedeckte die Papiere über und über mit Buchstaben. Manchmal konnte ich nicht erkennen, wo ein Absatz anfing oder aufhörte. Sie hatte jede kostbare Ecke gefüllt. Ich rieb mir die Augen. Seit zwei Stunden übertrug ich ihre Gedanken in Reinschrift in mein Notizbuch. Ein leises Jaulen schreckte mich auf.

„Don Juan", ich lachte, bückte mich zu dem Westhighland Terrier hinunter und kraulte ihn zwischen den Ohren, „daran muss ich mich erst noch gewöhnen."

Ich stand auf und ließ ihn in den Garten hinaus. Eine bleiche Novembersonne beschien den Park und ließ nicht alles so trüb aussehen, wie ich es zurzeit empfand.

„Hey Donni", hörte ich Simon rufen, „komm, lauf ein bisschen mit uns!"

Ich steckte meinen Kopf zur Tür hinaus. Simon bog gerade um die Ecke, im Schlepptau eines agilen Beauceron, der auf den Namen Ares hörte. Von dieser Hunderasse hatte ich noch nie gehört, aber Simon überzeugte mich, dass es keine besseren Wachhunde gäbe.

„Nimmst du Don Juan mit auf deinen Spaziergang?"

„Das arme Tier wird nach einer Meile wunde Füße haben", machte sich Simon über meinen

Minihund lustig.

„Na gut, dann lass ihn bitte wieder ins Haus, bevor du gehst. Ich mache mir schnell einen Kaffee."

„OK, bis nachher!"

Ich schloss die Terrassentür und holte mir einen frischen Kaffee und ein Käsebrot aus der Küche. Wenn ich recherchierte und schrieb, vergaß ich alles andere. Es bewahrte mich davor ständig an Aidan zu denken, der in der Nacht nicht nach Hause gekommen war. Ich war gespannt, wie er auf die Hunde reagierte.

Simon und ich machten uns keine Gedanken darüber, als wir am Morgen aufbrachen, um einen Wachhund zu kaufen. Dass wir zwei Hunden nach Hause kamen, war meine Schuld. Die nette Züchterin, bei der wir Ares erstanden, fragte, ob wir einen weiteren Hund beherbergen könnten. Don Juan war der Weihnachtsfehlkauf einer ihr bekannten Familie und niemand wollte ihn. Ich verliebte mich auf Anhieb in den kleinen Hund und Simon schenkt ihn mir.

Auf dem Rückweg in mein Zimmer öffnete sich die Eingangstür, Aidan kam herein, dicht gefolgt von Don Juan. Der erste Kontakt schien erfolgreich hergestellt worden zu sein. Falls Aidan ärgerlich war, ließ er sich nichts anmerken. Er blieb stehen und sah mich schweigend an. Don Juan lief begeistert zwischen uns hin und her.

„Hallo."

Ich wollte an Aidan vorbei gehen.

„Bitte Serafine, Henry ist ein Don Juan."

Don Juan spitze die Ohren, als er seinen Namen hörte, und setzte sich dicht neben Aidan.

„Und ich bin ein dummes Gör, das du herumkommandieren kannst?"

Meine Wut wurde von Traurigkeit gebremst.

„Nein, bist du nicht."

Er brach ab. Ich wartete. Nur Don Juans Hecheln und das Ticken der Standuhr waren zu hören. Ich ging weiter.

„Ich würde dir gerne so vieles erklären." Ich drehte mich um und sah Aidan fragend an. „Aber ich kann nicht."

Er zuckte hilflos mit den Schultern. Da war wieder dieser Blick von gestern. Ein dumpfes Gefühl erfasste mich.

„Du weißt, wo du mich findest."

Don Juan überlegte einen Moment, wohin er gehen sollte. Er entschied sich für mich und stürzte an mir vorbei ins Zimmer.

Ich konzentrierte mich wieder ganz auf Lady Aldenhams Aufzeichnungen. Sollte Aidan denken, was er wollte. Nach einem Absatz stutzte ich. Ich las noch einmal. Da war er, der Fluch. Unglaublich! Im ersten Eintrag stand:

*„Vater machte deutlich, was mir und den ungeborenen Kindern widerfahren wird, wenn ich bei Robert bleibe und nicht nach Hause komme. Und wenn ich mein Leben dafür geben muss. Ich liebe Robert zu sehr, als dass ich ihn verlassen könnte. Robert glaubt nicht daran, dass Vater seine Drohung wahr macht,*

*aber ich weiß, wozu er fähig ist."*

Einige Seiten weiter der nächste Eintrag:

*„Die Hebamme sagt, den Kindern gehe es prächtig. Robert ist außer sich vor Glück. Zwei Kinder, vielleicht zwei Söhne? Ich wünsche, dass seine Hoffnungen sich erfüllen."*

Nächste Notiz:

*„Vater hat es wahr gemacht. Er hat einen Hexenmeister ausfindig gemacht, der den Fluch der Wölfe auf die Kinder gelegt hat. Mein Herz ist schwer und jeden Tag, den die Geburt näher rückt, mache ich mir mehr Sorgen. Robert hat zwei Talismane von seinem Alchemisten Alwin von Lohenfels anfertigen lassen. Er ist ein merkwürdiger Mann, dem ich nicht besonders zugetan bin. Obwohl Robert es sich nicht anmerken lässt, spüre ich die Anspannung zwischen uns. Ich bete zu Gott, dass den Kindern nichts geschieht."*

Danach brachen die Notizen ab. Wie Sir Robert mir erzählte, war Lady Elisabeth bei der Geburt verstorben, die Kinder überlebten. Waren sie dem mysteriösen Fluch der Wölfe erlegen? Unter Umständen Werwölfe? Ich hatte mich mit Geistern angefreundet, aber das war eine Spur zu verrückt.

Das Gerede von dem Bann musste eine Legende sein. Es gibt eine Krankheit, die sich Hypertrichose nennt, eine ungewöhnlich starke Körperbehaarung. Ich konnte mir vorstellen, wie entsetzt Sir Robert gewesen wäre, hätten seine Kinder diese Krankheit aufgewiesen. Vielleicht war in Lady Aldenhams Familie so ein Fall aufgetreten und der angebliche Hexer nutzte den Aberglauben, um die Familie in Angst und Schrecken zu versetzen. Es herrschten finstere Zeiten zwischen der Inquisition und den alten Göttern. Immerhin wusste ich nun, woher der Talisman stammte. Aus der Alchimistenküche unter Aldenham Park. Das seltsame Zeichen auf dem Wappen war ebenfalls ein alchemistisches Symbol.

Von meinem Amulett ging ein Hitzefluss aus, im selben Moment klopfte es. Hastig legte ich mein Notizbuch über die alten Aufzeichnungen und rief:

„Herein."

Es war Aidan. Ungewöhnlich leger gekleidet, in Jeans und halb geöffnetem Hemd. Don Juan sprang auf und begrüßte ihn wie einen alten Freund. Was war mit dem Hund los? Ich stand eilig auf und ging Aidan entgegen. Er sollte nicht sehen, was ich gefunden hatte.

„Du bist fleißig, wie ich sehe."

„Ja bin ich. Was kann ich für dich tun?"

„Ich wollte sagen, dass morgen früh die Handwerker auftauchen und das Wasser in den Bädern und die kaputten Heizkörper zum Laufen bringen. Die Möbelpacker bringen überflüssige Möbel in die oberen Stockwerke."

„Wann steigt die Party?"

„Samstagabend. Ab 20 Uhr geht's los. Der Catering Service fällt allerdings schon am Vormittag ein und die Band macht eine Probe."

„Gut. – Wie war es mit Moore?", fragte ich nebenbei.

„Alles gut soweit. Mister Smith hat die Verträge geprüft, die sind wasserdicht.", Aidan sah mich aufmerksam an. „Ein merkwürdiger Typ ist Moore schon. Er fragte, ob du eine Freundin hast, die Eve heißt."

„Was hast du gesagt", mir wurde schwindelig.

„Dass ich dich nicht lange genug kenne, um mit jeder deiner Freundinnen bekannt zu sein. Was immer ihr getan habt, ich verrate dich nicht."

„Danke", flüsterte ich.

Plötzlich legte Aidan den Arm um meine Schulter und zog mich in seine Arme. Das Amulett begann zu pulsen. Mein Herzschlag beschleunigte sich. Um mich herum, begann sich alles zu drehen. Aidans Nähe berauschte meine Sinne. Ich konnte die Erregung kaum unterdrücken. Er legte eine Hand unter mein Kinn und zwang mich ihm in die Augen zu sehen.

„Ist mit dir wirklich alles in Ordnung?"

Ich nickte zu hastig und erntete einen ungläubigen Blick. Unter Aidans Hemd bemerkte ich die Umrisse eines Anhängers. Mich erfasste eine Vorahnung.

„Trägst du einen Talisman?"

Ich tastete nach dem Band, ihn mir anzusehen. Aidan griff nach meiner Hand und presste sie gegen seine nackte Brust. Ich konnte die runde, massive Scheibe in meiner Handfläche fühlen. Sie war kühl im Gegensatz zu seiner warmen Haut. Die Versuchung meine Hand weiter über seine Brust gleiten lassen war groß. Wortlos sahen wir uns an. Unser beider Atem ging schneller. Ich fühlte, wie Aidans Brustkorb sich ungestüm hob und senkte.

„Darf ich es ansehen?", flüsterte ich.

„Ja."

Seine raue Stimme reizte mein empfindliches Herz und entfachte die Glut zur Flamme. Ich würde nie mehr von ihm loskommen. Lady Elisabeth Worte fielen mir ein: und wenn ich mein Leben dafür geben muss. War das mein Schicksal? Ich versuchte den Gedanken zu verdrängen, die Zeiten änderten sich.

Meine Finger zitterten, als ich den Anhänger anhob und ihn betrachtete. Er war das Zwillingsstück zu meinem Talisman. Eigentlich hätte sich das Metall auf Aidans Haut erwärmen müssen, aber es war ungewöhnlich kalt. Interessant, mein Amulett glühte und seins kühlte. Oder vielleicht beruhigte es ihn und meins brachte mehr Energie?

„Gefällt es dir?", fragte Aidan.

„Es ist sehr schön. Bestimmt wertvoll."

„Das Besondere liegt im Alter und dem ideellen Wert."

„Wer hat es dir gegeben?"

„Mein Vater."

Aidan fing meinen skeptischen Blick auf und beeilte sich zu erklären:

„Es wird immer weiter vererbt. Vom Vater auf den Sohn."

Ich war nicht weniger misstrauisch als vorher. Das Haus hatte uns unser Uronkel vererbt, nicht Aidans Vater. Wir gehörten nicht dem direkten Zweig der Familie an. Sein Amulett hätte in der Kiste sein müssen oder im Besitz des letzten Lords. Etwas stimmte nicht. Ich ließ das Amulett los. Aidan knöpfte sein Hemd zu. Ich wollte ihm meinen Talisman zeigen, aber nach seiner Schwindelei ließ ich es.

„Ich glaube, ich werde einen Spaziergang machen. Don Juan muss sich die Beine vertreten."

„Gute Idee."

Aidan erhob sich. Mit einem letzten prüfenden Blick auf mich ging er hinaus.


**Der Alchimist**

Es tat gut, die frische Luft auf der Haut zu spüren. Ich ging die Eichenallee von Aldenham Park hinunter, hielt mich links, ging an der alten Friedhofsmauer entlang und bog dann auf den Hauptweg des Friedhofs ein. Don Juan lief neben mir her, schnüffelte hier und da, erfreute sich an einem dicken, schwerfälligen Käfer, der noch nicht begriffen hatte, dass es an der Zeit war ein Winterquartier zu suchen.

Ich ging gemächlich zwischen den Gräbern entlang, sah mir die Steine an, las die Namen und Todestage. Der Friedhof hatte eine lange Geschichte. Manche Grabsteine waren so alt und verwittert, dass sie sich in Einzelteile auflösten und die Namen nicht mehr zu erkennen waren.

Dann stand ich vor der Grabstätte der Herren von Aldenham Park. Ich betrachtete das eiserne Gitter mit dem Wappen. Unter dem Wappen lag noch ein Spruchband, das ich beim ersten Mal übersehen hatte: „amor est clavem et mortis". Das erste Wort bedeutete Liebe, das letzte Tod. Ich erkannte es: Liebe ist der Schlüssel und der Tod. Dieser Leitsatz tauchte immer wieder auf. Ich musste herausfinden, welche Bedeutung das alchimistische Symbol hatte. Mit klopfendem Herzen betrat ich die Gruft, um mir die Grabsteine genauer anzuschauen. Ich wusste nicht, wonach ich suchte. Möglicherweise erkannte ich es, wenn ich es sah.

In der Mitte der Grabstätte stand ein Sarkophag aus weißem Marmor mit der Statue einer Frau. Der Schriftzug an der Seite wies sie als Elisabeth Mary Serafine Gibbs, geborene Durham, Baronin Aldenham aus. Es freute mich, dass meine Urahnin und ich denselben Namen teilten. Es gefiel mir, dass mich etwas mit ihr verband. Ich stellte mich auf das Podest, um sie besser betrachten zu können. Ihre Gesichtszüge waren fein und ebenmäßig. Zu Lebzeiten musste sie eine außergewöhnliche Schönheit gewesen sein.

Aufmerksam prüfte ich die Grabtafeln an den Wänden. Neben Sir Roberts Grabplatte sah ich viele Steine mit den Namen verstorbener Gibbs, aber die beiden Söhne von Sir Robert waren nicht dabei. Was war mit ihnen geschehen? Hatte man sie wegen des Fluchs aus der Familie ausgestoßen und bei ihrem Tod irgendwo verscharrt? Im Mittelalter herrschten raue Sitten. Alles Fremde wurde schneller verbrannt als Zunder.

Plötzlich knurrte Don Juan. Er stand vor Sir Roberts Grabplatte und fixierte sie argwöhnisch. Jeder Muskel seines kleinen Hundekörpers war auf Angriff ausgerichtet. Mein Puls beschleunigte sich. Nervös sah ich mich nach einem Gegenstand um, den ich als Waffe benutzen konnte. Doch es gab nichts dergleichen. Angestrengt starrte ich auf den Gewölbeausstieg. Nichts geschah. Vermutlich falscher Alarm.

Ich entspannte mich gerade wieder, als die Tür zur Seite glitt und eine Person oder besser ein Wesen, aus dem Gang heraustieg. Es sah grotesk und unappetitlich aus. Ein Gefühl von Unbehagen erfasste mich. Ohne auf mich oder den Hund zu achten, strebte es dem Ausgang zu.

„Was hattest du dort unten zu suchen!", rief ich es an.

Da erst schien es mich zu bemerken. Statt zu antworten, ergriff es die Flucht. Don Juan sah seine Zeit gekommen. Er stürzte sich mit ganzer Energie auf die Erscheinung, zerrte heftig an seiner Kleidung und brachte das ungelenke Ding tatsächlich zu Fall. Ein jammervoller Schrei hallte durch die Grabstätte. Das war kein Geist. Dieses Ding war stofflicher Art.

„Dummes Weib! Ruft diese Bestie zurück", heulte das Wesen.

Ich ging um den Sarkophag herum. Da lag es. Mumienartig verschrumpelt, mit dunkelbraun verfärbter Haut, dünnen Extremitäten und noch dünnerem Körper, an dem die Kleidung herabbaumelte, wie bei einer Vogelscheuche. Im Vergleich zu seinem Körper war sein Kopf riesig. Ein Büschel Haare, das wohl einmal einen Bart darstellten sollte, hing an seinem Kinn. Und als ob es mit seiner traurigen Gestalt nicht genug gestraft wäre, wurde es zu allem Überfluss von einem widerwärtigen, metallisch-chemischen Geruch eingehüllt, als sei es in einen Behälter aus Chemieabfällen gestürzt. Möglicherweise ein Grund, weswegen er so aussah. Meine Abneigung gegen diese bizarre Erscheinung manifestierte sich körperlich. Energisch unterdrückte ich den Brechreiz. Um die giftigen Dämpfe nicht einatmen zu müssen, atmete ich so flach wie möglich. Wackelig kam das Geschöpf auf die Beine. Don Juan knurrte, um dem Gegner klar zu machen, dass er nur keine Mätzchen versuchen sollte.

„Wer sind sie und was haben sie dort unten

verloren", aufgebracht deutete ich auf Sir Roberts Grabplatte, „wie können sie es wagen, in meinem Haus herumzugeistern."

Verächtlich schnaufend sah er mich an.

„Ich bin Alwin von Lohenfels, Alchemist seiner Lordschaft Baron Aldenham, ich betreibe das hauseigene Labor."

Für den Bruchteil einer Sekunde herrschte absolute Stille, dann brach ich in schallendes Gelächter aus. Das war Sir Roberts Alchemist? Das war über vierhundert Jahre her. Der Kerl konnte unmöglich noch am Leben sein! Ich hatte einiges gesehen, dass ich nie für möglich hielt, aber das war ein Ding oder besser ein Unding! Diese verschrumpelte Kreatur sollte ein Alchemist aus dem Mittelalter sein? Niemals!

„Sie wollen mich wohl für dumm verkaufen! Nie und nimmer können sie 450 Jahre alt sein und lebend vor mir stehen."

Seine schwarzen Augen stierten mich boshaft an und seine hässliche Grimasse verzog sich vor Wut noch stärker.

„583 Jahre, um genau zu sein", er machte eine abwertende Geste, „aber was rede ich, sie sind eine Ungläubige! Ich muss mich nicht mit Minderwertigen abgeben, das ist unter meiner Würde!"

Er wollte sich umdrehen und in den Keller verschwinden. Ich hielt ihn widerwillig an seiner zerfallenden Kleidung fest.

„Halt Freundchen, nicht so schnell! Ich bin eine

Aldenham. Sie werden mir einiges Erklären bevor sie sich aus dem Staub machen!"

„Sie sind nur eine Verwandte aus der mütterlichen Linie. Ein widerlicher Abkömmling des alten Durham. Das macht sie nicht zu einer Aldenham! Niemals!", keifte Alwin hysterisch und sein übelriechender Atem schwängerte die Luft. Mein Magen rebellierte.

„Im Bewusstsein, dass ich hier an Lady Aldenhams Grab stehe, ignoriere ich diese Beleidigung", versuchte ich meine Empörung im Zaum zu halten. „ich lebe hier und Lady Aldenham ist eine Urahnin von mir, also reden wir Tacheles!"

„Wir reden was?", fragte er unsicher.

„Ich sehe, sie nicht up to date, unmodern, nicht auf dem Laufenden?", ich weidete mich an seinem verständnislosen Blick, „aber wir werden das auf die Reihe kriegen."

Er kniff seine Augen zusammen und sah mich misstrauisch an. Immer stärker spürte ich die kalte, seelenlose Aura, die von ihm ausging und mir Gänsehaut verursachte.

„Sie wollen mir also erzählen, dass sie Alwin von Lohenfels sind? Der Alchemist des ersten Lord Aldenham?"

Er nickte widerwillig.

„Sie haben die Amulette gefertigt?"

Ich traf mit meiner Vermutung ins Schwarze. Alwin stand kurz vor einem Nervenzusammenbruch. Mich hätte sein Aussehen eher dazu getrieben, aber man musste Prioritäten setzen.

„Woher wissen sie das? Hat ER etwa geredet?"

„Lord Aldenham?" fragte ich, „nein, das habe ich allein herausgefunden! In unserem Jahrhundert können Frauen lesen. Wenn sie so wollen, hat es mir Lady Aldenham verraten."

„Dieses furchtbare Weibsbild! Bringt das Verderben über dieses Haus, sogar noch nach ihrem Tod!", knurrte Alwin.

Der Alchemist schien kein Freund von Lady Elisabeth zu sein. Das beruhte auf Gegenseitigkeit. Also versuchte ich es auf der anderen Schiene. Ich holte mein Ass aus dem Ärmel.

„Aber Sir Robert hat mir von dem Fluch der Wölfe erzählt. Und jetzt zu dir du Giftmischer", ich ging drohend auf ihn zu, was mich eine unglaubliche Überwindung kostete, „du erzählst mir jetzt, was dieser Fluch genau ist und was damals passierte!"

„Ich sage nichts! Als Alchimist bin ich zu Stillschweigen verpflichtet."

„Unsinn! Du bist Chemiker und kein Arzt, also los keine Spielereien. Oder willst du, dass ich Don Juan auf dich loslasse? Diesmal gibt's kein Pardon!"

Sofort knurrte der kleine Terrier kampflustig.

„Na gut, was wollt ihr wissen?", ängstlich legte er genügend Abstand zwischen sich und den Hund.

„Was ist der Fluch?"

„Es ist der Fluch der Wandlung. Aus Mensch wird Wolf und umgekehrt. Die Nacht bringt es ans Licht."

Ich horchte auf.

„Du willst mir weiß machen, so wahr ich hier stehe und meinen Hund auf dich hetzen könnte, dass sich ein Mensch in einen Wolf verwandelt! Werwolf?"

Alwin nickte eifrig.

„Deswegen fertigte ich die Amulette für die Söhne von Lord Aldenham an. Ihre Grundsubstanz ist Antimon und Silber, sie sind das ausgleichende Element. Wer sie trägt, ist Herr über die Wandlung. Die zweifache Schlange bedeutet Heilung und die Flügel die Nähe zum Licht. Die Sonne ist die Hoffnung und der Mond die Neuschaffung."

„Und was bedeutet das alchemistische Symbol im Wappen der Aldenhams?"

„Es bedeutet eines der sieben alchemistischen Metalle: den Antimon. Wir bezeichnen es auch als „Wolf der Metalle", weil es Gold aus Metallmischungen herauslöst. Es symbolisiert die animalische Natur des Menschen und wird durch den Wolf dargestellt."

Sagte Alwin die Wahrheit? Alles hatte eine Bedeutung und gleichwohl sich einige Rätsel lösten, konnte ich nicht ergründen, wohin mich das führte. Ich steckte mitten drin. Am liebsten hätte ich mich umgedreht und alles vergessen. Aber der Fluch übte eine magische Anziehung auf mich aus. Alles hing mit diesem Haus, dieser Familie, meiner Familie, zusammen. Ich dachte an Sir Roberts Verzweiflung, als er von seiner Frau und der Geburt der Kinder sprach. Mehr als alles andere sehnte ich mich nach einer Familie. Nun durfte ich mich nicht abwenden. Ich war es allen Ahnen schuldig das Rätsel zu lösen.

Alwin sah mich abwartend an. Er fühlte sich unbehaglich in Gesellschaft einer Durham und eines Hundes. Vermutlich dachte er, wenn er aufsässig genug wäre, ließe ich ihn in Ruhe. Pech. Hindernisse stachelten mich an.

„Warum ist das eine Amulett kühl und das andere warm?", herrschte ich ihn an und er zuckte zusammen.

Ich zog an dem Lederband und zeigte es ihm. Für einen Augenblick fürchtete ich, er könnte tot umfallen. Die Farbe seines Gesichts verwandelte sich in dunkles Grau. Er hechelte als hätte er einen asthmatischen Anfall.

„Woher, woher ...", stotterte er, „warum habt ihr es?"

„Der letzte Lord hat es zusammen mit Lady Aldenhams Briefen in einer Kiste verwahrt."

„Ihr dürft es nicht tragen!", zischte er erbost.

„Du bist ein unverschämtes Bürschchen. Wenn jemand das Recht hat das Amulett zu tragen, dann eine Verwandte von Lady Elisabeth."

Alwin machte einen Schritt nach vorne und wollte nach der Kette greifen. Ich machte rechtzeitig einen Schritt zur Seite. Er stolperte gegen Lady Elisabeth Sarg. Don Juan sprang bellend um ihn herum.

„Versuch das nie wieder! Du ziehst den Kürzeren", warnte ich ihn, „Don Juan würde dir liebend gerne in deinen nichtexistenten Allerwertesten beißen."

Alwin blickte mich gereizt an. Er presste bockig die ausgetrockneten Lippen zusammen, als hätte er in eine Zitrone gebissen. Ich erwartete, dass er sich auf Schweigen verlegte, doch ich gab nicht auf.

„Beantworte mir die Frage: Warum ist das eine kühl und das andere warm?"

Stur blickte er gerade aus.

„Wenn du mir nicht sagst, was ich wissen will, setze ich den Hund ein."

Don Juan sah mich mit einem wilden Blick an, jederzeit bereit sich für mich ins Getümmel zu stürzen.

„Der Talisman gleicht die Gegensätze in der Natur des Trägers aus. Er reinigt und eint die Seele. Sonst kann der Mensch den Fluch der Wandlung nicht kontrollieren", murmelte er unwillig.

„Hebt der Talisman die Wandlung auf?"

„Nein. Es hilft dem Träger die Wandlung, solange es seine Kräfte zulassen, zu verhindern."

„Die Söhne des alten Lord sind längst verstorben. Warum hörst du nicht auf zu forschen."

„Es ist niemals vorbei", fauchte er aufgebracht und wendete sich dem Ausgang der Gruft zu, „ich gehe jetzt und wehe ihr hetzt den Hund auf mich! Dann werde ich es IHM sagen."

„Wir sind noch nicht fertig!", rief ich, „und deine Frechheiten werde ich IHM erzählen!"

Kopfschüttelnd sah ich hinter ihm her. Dieses Haus steckte voller Überraschungen. Wusste Aidan, was der Talisman bewirkte? Er trug ihn bestimmt schon länger als ich. Wenn er erführe, dass ein steinalter Alchemist unter unserem Haus sein Unwesen trieb und nach einem Zaubermittel gegen den Fluch der Wölfe suchte, würde ihn das bestimmt amüsieren.

Wolf – Mond – Wandlung – Phönix – Neuschaffung/Auferstehung – Rubin/Leidenschaft – Mondstein/Liebe – Sonnenstein/Schutz – Antimon/Ausgleich. Alles hing miteinander zusammen in einem verwobenen Netz, in dessen feinen Maschen ich mich immer mehr verfing. Ich musste den Koten finden. Das, um was es wirklich ging. Die Zeichen zu entschlüsseln war eine Sache. Zu erkennen, was dahinter steckte, eine andere. Je mehr Indizien ich zusammentrug, umso verwirrter wurde ich. Ich sollte mich wieder der Familiengeschichte zuwenden. Vielleicht konnte mir Simon helfen. Er hatte sich die Stammbäume schon angesehen. Als Experte hatte er eventuell etwas Ungewöhnliches entdeckt.


**Stammbäume und Listen**

Ich klopfte an die Tür zu den Dienstbotenräumen. Nichts rührte sich. Ich öffnete die Tür ein Stück und steckte meinen Kopf durch den Spalt.

„Simon!"

Keine Antwort. Ich trat ein und sah mich um. Sämtliche Ablageflächen waren mit Manuskripten bedeckt. Es handelte sich um Geburtsregister, Listen, Haushalts - und Verwaltungsbücher. Neugierig blätterte ich in dem Kirchenregister, in dem die Geburts - und Todestage aufgezeichnet waren.

„Serafine. Was für ein Glanz in meiner Hütte."

Ich fuhr herum und hielt den Atem an. Simon stand vor mir, nur mit einer Jeans bekleidet. Er rubbelte sein nasses Haar trocken. Die wilden Locken umrahmten sein markantes Gesicht und sein Lachen machte ihn unglaublich attraktiv. Ohne Scheu kam er näher.

„Du hast geduscht."

Am liebsten hätte ich mich auf die Zunge gebissen. Wie blöd war das denn? Natürlich hatte er geduscht. Ich benahm mich wie ein Teenager.

„Ja habe ich."

Meine Verwirrung schien ihm zugefallen, denn er lächelte mich verführerisch an. Verlegen wendete ich mich wieder den Aufzeichnungen zu.

„Hier unten?"

Es schüttelte mich, als ich an das kalte Wasser dachte.

„Ich habe am Amazonas gelebt. Da war das Wasser auch nicht vorgewärmt. Hier muss man wenigstens nicht auf Schlangen oder Piranhas achten, wenn man den Hahn aufdreht."

Simon stand ganz dicht neben mir und sah mir über die Schulter.

„Hast du etwas Aufschlussreiches gefunden?", fragte er.

„Deswegen bin ich hier."

Ich versuchte meinen beschleunigten Herzschlag unter Kontrolle zu halten. Simon kam noch einen Schritt näher. Sein nackter Oberkörper drückte gegen meinen Rücken. Er griff mit einem Arm um mich herum und blätterte das Buch weiter, den anderen Arm legte er um meine Taille. Ich konnte mich keinen Zentimeter bewegen. Sein warmer Atem streifte meinen Nacken.

„Weißt du eigentlich, dass der erste Lord Aldenham Vater von Zwillingen wurde?", Simon sprach leise in mein Ohr.

Seine tiefe Stimme löste eine erregende Vibration in mir aus. Ich war froh, dass Simon nicht sehen konnte, dass meine Brustknospen steif wurden und sich unter meinem Shirt abzeichneten.

„So?"

„Er muss seine Frau sehr geliebt haben."

Mir war klar, dass Simon mir mit diesem Satz etwas anderes mitteilen wollte.

„Wie kommst du darauf?"

„Sie starb sehr jung, aber er vermählte sich nie wieder, obwohl er noch eine Reihe von Jahren lebte."

Sein Mund kam meiner Wange immer näher.

„Das ist doch hübsch romantisch."

„Das ist es Serafine."

Simon ließ seine Lippen sacht über meine Wange gleiten, hinab zum Kinn, bis zu der empfindlichen Stelle hinter dem Ohr. Meine Knie wurden weich. Simon drückte mich fester an sich. Seine Hand lag auf meinem Bauch, die andere Hand wanderte langsam über meine Hüfte.

„Simon", hauchte ich, „was tust du?"

„Was lange niemand mehr getan hat, - deinen schönen Körper entdecken. Deine Haut liebkosen, deine Lippen kosten."

Während er redete, hauchte er winzige Küsse auf meinen Hals.

„Ich bin nicht schön und ...", ich wollte sagen: und all das, was du gesagt hast, hat noch nie jemand getan. Aber das ging Simon nichts an.

„Was redest du für einen Unsinn", er drehte mich zu sich herum, legte die Hand unter mein Kinn und zwang mich, ihn anzusehen, „oder sagst du das, um ein Kompliment von mir zu hören?"

Ich schüttelte den Kopf. Tränen traten mir in die Augen.

„Was willst du von mir Simon? Ich versteh nichts von diesen taktischen Spielchen."

Simon sah mich aufmerksam an. Ein Ausdruck des Verstehens huschte über sein Gesicht. Sanft zog er mich an sich.

„Du bist wundervoll", er küsste mich auf die Stirn, „deine klare, helle Haut, von der jeder

Mann ahnt, wie erregend sie sich unter seinen Fingern anfühlen würde. Das goldene Haar, weich wie Seide", er drehte eine meiner Haarsträhnen um seinen Finger, „deine weiblichen Rundungen und deine ungekünstelte Natürlichkeit. – Glaub mir, ich habe sie beobachte. Viele Augen waren im Theater auf dich gerichtet. Die weiblichen voll Neid und die männlichen, dazu muss ich nichts sagen. Die Einzige, die nichts bemerkte, bist du."

Ungläubig hörte ich Simon zu. Seine Worte trieben mir die Röte auf die Wangen. Langsam senkte er den Kopf. Ich schloss die Augen.

„Simon."

Die Tür ging auf. Aidan stand im Raum. Simon ließ mich los und drehte sich um. Ich war wie paralysiert.

„Was kann ich für dich tun?", fragte Simon lässig.

Aidan sah von einem zum anderen, während Don Juan um seine Beine strich und freudig jaulte, als hätte er ihn seid Jahren nicht gesehen.

„Ich wollte mir nur das Kirchenregister ausleihen", stammelte ich und schnappte mir das Buch, „komm Don Juan."

Ohne Simon noch einmal anzusehen, rannte ich an Aidan vorbei. Don Juan dicht auf den Fersen. In meinem Zimmer schlug ich dir Tür hinter mir zu und lehnte mich erschöpft dagegen.

Aidans Blick jagte mir Angst ein. Seine ruhigen, grauen Augen nahmen einen metallisch silbrigen Glanz an und die Pupillen waren groß und schwarz, wie Onyx. Ich konnte die ungezügelte Wut in ihnen sehen. Sein Körper war gespannt wie eine Bogensehne, die darauf wartete, losgelassen zu werden. Er war drauf und dran Simon an den Hals zu gehen. Ich hätte nicht darauf gewettet, dass Simon aus dieser Konfrontation als Sieger hervorgegangen wäre.

Es dauerte eine Weile, bis sich meine Aufruhr legte. Mit zitternden Knien ging ich zu meinem Schreibtisch und setzte mich. Simon hatte mich voll erwischt. Er war so sanft und betörend, dass ich mich in seinen Worten und Zärtlichkeiten verlor. Ganz anders Aidan, der mich letzte Nacht mit seiner rohen, unbezähmbaren Leidenschaft total aus der Bahn warf. Wenn ich nicht aufpasste und meinen Gedanken nachhing, spürte ich Aidans Lippen und seine Zunge, die mich in Brand setzten.

Während ich versuchte mein Gleichgewicht wieder zu gewinnen, lauschte ich auf die Geräusche, die zu mir herein drangen. Nichts war zu hören, alles blieb still. Das konnte ein gutes oder schlechtes Zeichen sein. Entweder brachte Aidan Simon lautlos um die Ecke oder er riss sich zusammen.

Ich verdrängte meine Überlegung und schlug das Kirchenregister auf. Sir Roberts Geburts - und Todestag stand am Anfang des Buches. Danach das Geburtsdatum der Zwillinge 30.11.1598. Ein inflationärer Geburtstag in der Familie. Der

Ältere wurde auf den Namen James Richard Hamish getauft. So hieß auch der Uronkel, der Aidan und mir Aldenham Park vererbte. Nicht ungewöhnlich. Es kam in adeligen Familien häufig vor, dass Namen von Vorfahren auf die Kinder vererbt wurden. Der jüngere Zwilling hatte den Taufnamen Robert Aidan George. Beide Jungen zeugten keine Nachkommen. Es gab einige Gibbs im Register, die stammten von Sir Roberts Brüdern ab. Von ihnen gab es Geburts- und Todestage. Wo waren die Zwillinge abgeblieben! Ich sollte mir den renitenten Alwin noch einmal vorknöpfen. Sir Robert war in dieser Sache sehr zugeknöpft und als Geist in der Lage schnell das Weite zu suchen, falls unangenehme Fragen auf ihn zu kamen. Mit Don Juan konnte ich ihm nicht drohen. Seine Lordschaft tauchte nur auf, wenn es ihm gefiel. Bei unserem nächsten Treffen würde ich ihn fragen, wie ich ihn herbeirufen konnte.

Erschöpft von meinen Empfindungen und Erkenntnissen verkroch ich mich in mein Bett. Das Letzte, was ich sah, waren Aidans Augen, die in meiner Seele brannten.

**Orsino**

Ich saß an meinem Schreibtisch, trank Kaffee und sah in den nebeligen Park hinaus. Das Wetter passte zu meiner Stimmung. Trüb und undurchsichtig. Nachdenklich spielte ich mit dem Amulett herum. Der Phönix verbrannte zu Asche. Nach drei Tagen erstand er zu neuem Leben. Was hatte das mit dem Wolf zu tun? Der Schlüssel ist Liebe und Tod. Das Amulett hatte etwas mit Reinigung und Ausgleich zutun. Feuer reinigte.

In Alwins Forschung ging es darum, den Wolf zu töten und den Menschen zu erhalten, dass schien ihm in den Hunderten Jahren nicht gelungen zu sein. Konnte man einen Fluch mit alchemistischer Forschung ausrotten? Ich zweifelte nicht, dass er ausgesprochen wurde, nur dass sich ein paar böse Worte an zwei unschuldige Kinder hefteten und sie zu Wölfen werden ließ. Alwin beschäftigte das Problem so sehr, dass es ihn Hunderte Jahre am Leben erhielt. Das und eine gehöriges Quantum Chemie.

Ich versuchte meine Theorie in ihrem ganzen Ausmaß zusehen und die Bedeutung zu erfassen. Das war Irrsinn! Meine Gedanken drehten sich im Kreis, vermischt mit Fetzen von Empfindungen an Aidan und Simon. Unerwartet glühte das Amulett in meiner Hand auf. Es klopfte. Die Tür ging auf, Aidan kam herein. Hastig ließ ich den Anhänger in meinem Pyjamahemd verschwinden.

„Guten Morgen Serafine."

Seinem strahlendes Lächeln nährte den Verdacht in mir, dass er etwas im Schilde führte.

„Was kann ich für dich tun?"

„Wir spielen in Kürze ein neues Stück „Was ihr wollt". Kannst du mir beim Text lernen helfen?"

„Meinetwegen."

Ich unterdrückte meine Freude. Unter anderen Umständen hätte ich mir nichts sehnlicher gewünscht, aber in diesem Moment war mir seltsam zumute.

„Dann komm!"

Aidan streckte die Hand nach mir aus. Unsicher legte ich meine Hand in seine. Mit leichtem Druck umfasste er meine Finger. Es war so still im Raum, ich hörte das Rauschen meines Blutes. Das Amulett glühte so heiß, dass ich es kaum aushielt. Aidan verzog keine Miene. Entweder wirkte das Amulett nicht wie bei mir oder er hatte sich an die Kälte gewöhnt.

„Du siehst hübsch aus im Pyjama."

Ich warf ihm einen skeptischen Blick zu. Aidans Mundwinkel zuckten verdächtig. Seine Gegenwart schleuderte mich in einen Wirbelsturm aus Gefühlen. Oben war unten, rechts war links. Ich wollte ihn, obwohl er nur spielte. Mein gesunder Menschenverstand war wirkungslos, wenn Aidan sich in meiner Nähe aufhielt.

„Hier ist der Text", er drückte mir mehrere Seiten Dialog in die Hand, „dein Part ist Viola/Cesario."

Das dachte ich mir schon. Orsino hatte den meisten Text mit Viola/Cesario. Ich verkniff mir einen Kommentar.

„Du fängst dort an: - *Ich danke euch. Hier kommt der Graf.* – Es ist die erste Szene in der Viola und Orsino gemeinsam auftreten. Orsino will Cesario zu Olivia senden, er soll der geliebten Frau seine Werbung überbringen. – Fragen?"

„Nein", ich schüttelte den Kopf. „Was ihr wollt" hatte ich so oft gelesen, dass ich es beinahe auswendig kannte.

„Dann bitte – los geht `s."

**Viola:** *Ich danke euch. Hier kommt der Graf.*
**Orsino:** *Wer sah Cesario?*
**Viola:** *Hier, gnäd`ger Herr zu eurem Dienst.*
**Orsino:** *Steht ihr indes beiseit.*

Aidan wandte sich an einen imaginären Hofstaat. Er drehte sich zu mir und forderte mich mit einer Geste auf, ihm zu folgen.

**O:** *Cesario, du weißt nun alles:*
*Die geheimsten Blätter schlug ich dir auf*
*Im Buche meines Herzens.*
*Drum, guter Jüngling, mach dich zu ihr auf,*

Aidan legte mir den Arm um die Schulter und sah ernst, ja geradezu verzweifelt, zu mir herunter.

> *Nimm kein Verleugnen an; steh vor der Tür*
> *Und sprich, es solle fest dein Fuß da wurzeln,*
> *Bis du Gehör erlangt.*

**V:** *Doch, mein Gebieter,*
 (Ich versuchte unterwürfig zu klingen.)
  *Ist sie so ganz dem Grame hingegeben,*
  *Wie man erzählt,*
  *Lässt sie mich nimmer vor.*
**O:** *Sei laut!*
 (Aidan sprach mit gereizter Stimme.)
  *Und brich durch alle Sitte lieber,*
  *Eh du den Auftrag unverrichtet lässt.*

Ich tastete mich vorsichtig an den erregten Orsino heran, um seinen Zorn nicht zu erregen.

**V:** *Gesetzt nun Herr,*
  (Winzige Bedenkpause)
  *Ich spreche sie: was dann?*
**O:** *O dann entfalt ihr meiner Liebe Macht,*
 (Aidans Stimme vibrierte vor Leidenschaft.)
  *Lass sie erstaunen über meine Treu:*
  *Es wird dir wohl stehen,*
  *Meinen Schmerz zu klagen;*
 (Vertraulich beugte er sich zu mir herunter.)
  *Sie wird geneigter deiner Jugend horchen,*
  *Als einem Boten ernstern Angesichts.*

Ich zierte mich und antwortete zögernd, um den Fürst nicht zu verärgern.

**V:** *Das denk ich nicht, mein Fürst.*
**O:** *Glaub`s, lieber Junge!*

Aidan, sehr energisch, zog mich dicht zu sich

heran, senkte den Blick eindringlich in meinen. Sein Atem strich über mein Gesicht. Ich war kurz davor den Faden zu verlieren.

*Denn der verleumdet deine frohen Jahre,*
*Wer sagt, du seist ein Mann: Dianas Lippen*
*sind weicher nicht und purpurner;*

Aidan strich mit den Fingerspitzen über meine Lippen. Ich wagte nicht zu atmen. Er beugte sich zu meinem Ohr hinab.

*Dein Stimmchen ist wie des Mädchens Kehle*
*hell und klar.*

Immer fester drückte er mich ans sich, bis sich unsere Körper frontal berührten. Ich roch seinen betörenden Duft, fühlte seine muskulöse Brust gegen meinen Busen gepresst und sein Amulett durch den dünnen Stoff meines Pyjamas. Es war tatsächlich eiskalt und schmerzte ihn vermutlich genauso, wie mich die Hitze. Aidan legte mir die Hand unter das Kinn, hob mein Gesicht empor, sein Mund war nur Millimeter von meinem entfernt. Er flüsterte verschwörerisch.

*Und alles ist an dir nach Weibes Art.*

Seine Lippen streiften meine halb geöffneten, sehnsüchtig wartenden. Ich schloss die Augen, gab mich seiner Nähe und seiner verhexten

Stimme hin, die mich gebannt hielt und mich an ihn fesselte. Ich konnte mich nicht rühren.

> *Ich weiß, dass dein Gestirn zu dieser Sendung*
> *sehr günstig ist. Vier oder fünf von euch,*
> *Begleitet ihn; geht alle, wenn ihr wollt.*
> *Mir ist am wohlsten, wenn am wenigsten*
> *Gesellschaft um mich ist.*
> *Vollbring dies glücklich,*
> *Und du sollst frei wie dein Gebieter leben,*
> *Und alles mit ihm teilen.*

Ich musste mich zusammenreißen, um Aidan zu antworten.

**V:** *Ich will tun,*
*Was ich vermag, eu`r Fräulein zu gewinnen.*
*Doch wo ich immer werbe, Müh` voll Pein!*
*Ich selber möchte seine Gattin sein.*

„Wärst du das gerne?", fragte Aidan.
„Ja. - Was? Wie meinst du das?", antwortete ich verwirrt.
Ich sah Aidan an. Was wollte er von mir?
„Schon gut."
Er ließ mich los, ging ein paar Schritte auf und ab, blätterte unkonzentriert in den Textseiten herum.
„Wir machen hier weiter." Aidan nahm mir die Blätter aus der Hand. Sortierte sie, gab sie mir zurück. „das ist die Szene, in der der Narr ein Lied zum Besten gibt, und Viola verschlüsselt

von ihrer Liebe zu Orsino spricht."
Ich warf einen kurzen Blick auf das Papier.

**O:** *Komm näher Junge. –*

Aidan streckte einladend den Arm aus. Ich ging zu ihm. Er legte den Arm um meine Schultern, wir blickten auf eine imaginäre Szenerie.

*Wenn du jemals liebst,*
*Gedenke meiner in den süßen Qualen.*
*Denn so wie ich sind alle Liebenden,*
*Unstet und launenhaft in jeder Regung,*
*Das stete Bild des Wesens ausgenommen,*
*Das ganz geliebt wird. –*

Aidan machte eine Pause, beugte sich vor und fragte:
*Magst du diese Weise?*

Ich antwortete wehmütig:

**V:** *Sie gibt ein rechtes Echo jenem Sitz,*
*Wo Liebe thront.*

Übermütig drehte Aidan mich zu sich.

**O:** *Du redest meisterhaft.*
*Mein Leben wett ich drauf, jung wie du bist,*
*Hat schon dein Aug` um werte Gunst gebuhlt. Nicht Kleiner?*
**V:** *(Scheu) Ja, mit eurer Gunst ein wenig.*

**O:** *Was für ein Mädchen ist`s?*

Ich betrachte ihn zärtlich. Fuhr mit meinen Augen die Linien seines Mundes, seiner Nase, seiner Brauen nach. Meine Kehle verengte sich, um die Rührung zurückzudrängen, die mir aus der Brust hochstieg. Ich flüsterte nur noch, als ich weiter sprach.

**V:** *Von eurer Farbe.*
**O:** *So ist sie dein nicht wert.*
*Von welchem Alter?*
**V:** *Von eurem etwa, gnäd`ger Herr.*
**O:** (Ungläubig) *Zu alt, beim Himmel!*
*Wähle sich das Weib doch einen Älteren stets!*
*So fügt sie sich ihm an.*
  (Aidans Stimme wurde eine Nuance tiefer.)
*So herrscht sie dauernd in des Gatten Brust.*
*Denn, Knabe, wie wir uns auch preisen mögen, sind unsere Neigungen wankelmüt`ger,*
*Unsichrer, schwanker, leichter her und hin*
*Als die der Fraun.*
**V:** (Seufzend) *Ich glaub es, gnäd`ger Herr.*
**O:** *So wähl dir eine jüngere Geliebte,*
*Sonst hält unmöglich deine Liebe stand.*
*Denn Mädchen sind wie Rosen:*
*Kaum entfaltet, ist ihre holde Blüte schon veraltet.*
**V:** *So sind sie auch: ach! Muss ihr Los so sein, zu sterben grad im herrlichsten Gedeihn?*

Wir standen still da, spürten unseren Worten

nach. Am liebsten hätte ich mich an Aidans breite Brust geworfen und hemmungslos geweint, ohne zu wissen warum. Shakespeare ließ mich nie kalt. Bei Romeo und Julia heulte ich, als gäbe es kein Morgen und die ausweglose Situation Violas rührte mein Mitgefühl. Welche Frau könnte es ertragen, den Mann, den sie so heiß und innig begehrt, höchst selbst an eine andere Frau zu verschachern. Da hatte sich William was Tolles ausgedacht! An Violas Stelle wäre ich von der Klippe gesprungen.

„Kannst du noch?", brach Aidan das Schweigen.

„Geht schon", ich musste schlucken. Mein Hals tat weh, von der Anspannung, „das nimmt mich schon beim Lesen mit, und jetzt um so mehr."

Ich hatte den Eindruck Aidan sezierte mich mit Blicken, um sich zu vergewissern, dass meine Worte der Wahrheit entsprachen. Plötzlich fühlte ich mich total underdressed, in meinem rosa karierten Flanellpyjama und den dicken Wollsocken. Mir wurde schlagartig bewusst, dass ich keine Unterwäsche trug. Aidan hatte das mit Sicherheit gemerkt, so eng, wie er mich an sich presste. Mein Gott, wie peinlich! Hitze stieg in mir auf und Aidans spöttisches Lächeln trieb mir Schamesröte ins Gesicht.

„Warum lachst du?", fragte ich streng.

„Darf ich nicht fröhlich sein?", fragte er aufreizend liebenswürdig.

„Doch, aber du hättest Bescheid sagen können,

dass du heute Morgen hier auftauchst. Ich hätte mir etwas Vernünftiges angezogen."

Aidan grinste unverschämt. In schwarzer Jeans und Shirt, dessen geöffnete Knopfleiste einen Blick auf seine athletische Brust freigab, und schicken Lederschuhen, sah er unglaublich sexy aus und er war sich seiner Wirkung durchaus bewusst. Aidan bewegte sich geschmeidig, ein Raubtier auf der Jagd. Schnippte er mit dem Finger, fielen die Frauen reihenweise um. Dazu eine gute Prise Interesse und gepflegtes Desinteresse und die Beute ging ins Netz.

„Wieso? Das ist wirklich nicht nötig. Das" Aidan machte eine effektvolle Pause und eine Sanduhrhandbewegung, „reicht mir vollkommen. Es dürfte auch ein bisschen mehr sein, aber man nimmt, was man kriegen kann."

Das hungrige Glitzern in seinen grauen Augen sagte mehr als 1000 Worte. Er wusste es und amüsierte sich köstlich.

„Du würdest eine liebliche Viola abgeben. Orsino wäre begeistert, wenn er Viola so in seinem Schlafzimmer begegnen würde. Nur ein paar Knöpfe öffnen ..."

„Reden wir noch von Shakespeare", unterbrach ich ihn kühl.

„Natürlich", Aidan ging ein Mal um mich herum, als wolle er meinen Wert abschätzen, „wirklich ganz entzückend."

„Können wir jetzt weiter machen? Ich habe noch anderes zu tun?", ich blickte auf meine Zettel, „hier, du bist dran! Als Viola nochmals zu Orsino gehen soll - fang an."

Aidan lachte.

„Ich schätze zielstrebige Frauen ...", und ohne Vorwarnung packte er meinen Arm, zog mich dicht zu sich heran und flehte mich/Viola an:

**O:** *Einmal noch Cesario,*
*Begib dich zu der schönen Grausamkeit:*
*Sag, meine Liebe, höher als die Welt,*
*Fragt nicht nach weiten Strecken staub`gen Landes;*
*Die Gaben, die das Glück ihr zugeteilt,*
*Sag ihr, sie wiegen leicht mir, wie das Glück*
*Das Kleinod ist`s, der Wunderschmuck worein Natur sie fasste, was mich an sie zieht.*

Ich verzweifelt, Aidan zugewandt, sah plötzlich seinen gequälten Blick und Tränen traten mir in die Augen. Es kam mir vor, als wäre seine Empfindung ein Verstärker. Der Auslöser für eine Spirale von Sinnesreizen, denen ich mich nicht entziehen konnte und die mich, je länger ich ihr ausgesetzt war, stärker an ihn band. Was war echt, was nur Illusion?

**V:** *Doch, Herr*

Ich nahm seine Hand in meine und sagte sanft:

*Wenn sie euch nun nicht lieben kann?*
**O:** (Bitter) *Die Antwort nehm ich nicht!*

**V:** (Leise) *Ihr müsst ja doch.*
*Denkt euch ein Mädchen,*
*wie`s vielleicht eins gibt*
*Fühl` ebensolche Herzenspein um euch,*
*als um Olivien ihr;*
*(Ich senkte kummervoll den Blick.)*
*Ihr liebt sie nicht, Ihr sagt`s ihr:*
*muss sie nicht die Antwort nehmen?*

Aidan umfasste mein Handgelenk mit hartem Griff. Seine Augen funkelten gefährlich. Mein Amulett stieß Hitzeimpulse aus, als er enttäuscht weitersprach.

**O:** *Nein, keines Weibes Brust*
*Erträgt der Liebe Andrang, wie sie klopft*
*In meinem Herzen; keines Weibes Herz*
*Umfasst so viel; sie können nicht beharren.*
*Ach, deren Liebe kann Gelüst nur heißen*
*Nicht Regung ihres Herzens,*
*nur des Gaumens,*
*Die Sattheit, Ekel, Überdruss erleiden*

Er steigerte sich immer mehr in seine Bitternis, packte mich am anderen Handgelenk und wirbelte mich herum. Das Gefühl, das es um viel mehr ging, als um dieses Theaterstück, verfestigte sich.

*Doch meine ist so hungrig wie die See,*
*Und kann gleich viel verdaun;*
*vergleiche nimmer die Liebe,*

*so ein Weib zu mir kann hegen,*
*Mit meiner zu Olivia.*

Seine rohe Behandlung versetzte mich in Rage. Ich gab mit gleicher Münze zurück.

**V:** *Ja, doch ich weiß –*
**O:** (Gebieterisch) *Was weißt du? Sag mir an!*
**V:** *Zu gut nur, was ein Weib für Liebe hegen kann.*

Aidan hielt inne. Ich stand Auge in Auge mit ihm.

*Fürwahr, sie sind so treue Sinns wie wir.*
*Mein Vater hatte eine Tochter, welche liebte,*
*wie ich vielleicht, wär` ich ein Weib,*
*mein Fürst, Euch lieben würde.*
**O:** (Sanfter)*Was war ihr Lebenslauf?*
**V:** *Ein leeres Blatt,*
*Mein Fürst. Sie sagte ihre Liebe nie*
*Und ließ Verheimlichung, wie in der Knospe*
*Den Wurm, an ihrer Purpurwange nagen.*
*Sich härmend, in bleicher, welke Schwermut*
*Saß sie wie die Geduld auf einer Gruft,*
*Dem Grame lächelnd.* (Kunstpause)
*Sagt, war DAS nicht Liebe?*
*Ihr Männer mögt leicht mehr sprechen, schwören,*
*doch der Verheißung steht der Wille nach:*
*Ihr seid in Schwüren stark, doch in der Liebe schwach.*

Aidan verzog fragend die Augenbrauen, weil ich den Text meinem Gefühl angepasst hatte.

**O:** *Starb deine Schwester dann an ihrer Liebe?*
**V:** *„Ja."*

Meine Stimme versagte mir beinahe den Dienst, weil mich die Erkenntnis überrumpelte.
„Sie starb aus Liebe, bei der Geburt ihrer Kinder."
Es herrschte Totenstille.
„Was soll das heißen?"
„Lady Elisabeth. Sie starb bei der Geburt der Kinder. Sie nahm den Tod auf sich, weil sie Sir Robert so sehr liebte, dass sie ihn nicht verlassen konnte."
Ich hatte den Schlüssel gefunden. Aus Liebe zu sterben war das stärkste Mittel das Böse zu besiegen. Das war es immer. „Liebe ist der Schlüssel und der Tod" – „amor est clavem et mortis". Alle Legenden, Märchen und Geschichten erzählten davon. Das war die große Sehnsucht des modernen Menschen, die er verzweifelt suchte und selten fand. Liebe stärker als der Tod. Lady Elisabeth besaß diese Stärke. Sie liebte ihren Mann, gleichgültig, was andere dachten oder ihr Vater forderte, und sah dem Tod ins Angesicht.
„Solche Liebe gibt es nicht mehr!", stellte Aidan bitter fest, „es geht nur um Besitz und Äußerlichkeiten."

„Nein", beharrte ich, „das ist nicht wahr. – Warum spielst du Shakespeare, wenn du nicht hoffen würdest, dass es Liebe gibt, die alle Schranken, jedes Hindernis überwindet?"

Aidan, der mich immer noch festhielt, nahm mich in seine Arme. Ich sah zu ihm auf.

„Glaubst du daran, Serafine?", fragte Aidan.

„Und ich, bereit, mit frohem, will`gen Sinn,
gäb` euch zum Trost, mich tausend Toden hin", antwortete ich.

„Das sagte Viola zu Orsino", Aidan lächelte.

„Und? Bin nicht ich Viola, seid nicht ihr Orsino, mein Fürst?"

Als seine Lippen meine berührten, schoss ein Strom aus Feuer und Lust durch meinen Körper. Sein Atem verschmolz mit meinem. Mein Herz schlug wie entfesselt gegen meine Rippen. Seine starken Arme pressten meinen Körper gegen seinen, bis kein Haar mehr zwischen uns passte. Aidan öffnete mir die Lippen mit der Zunge und löste eine Flut von Reaktionen aus. Wie eine Ertrinkende hing ich an seinem Mund. Unerwartet hörten wir ein ungestümes Zischen und Knacken, als würde Eis aufbrechen und heißes Metall von Wasser gelöscht. Die Amulette hatten sich berührt. Eine Welle von Schmerz brauste durch meinen Körper. Aidan ging es ebenso. Sein schönes Gesicht verzerrte sich vor Qual.

„Was war das?", keuchte er.

Schuldbewusst zog ich mein Amulett hervor. Überrascht sah Aidan mich an.

„Woher hast du das?"

„Ich habe es in einer Kiste auf dem Dachboden gefunden", wich ich aus.

Bedrückende Stille trat ein. Es klopfte. Eve steckte den Kopf zur Tür herein.

„Ach da seit ihr! – Die Handwerker sind da. Sie haben nach dir gefragt, Aidan."

„Ich muss gehen."

Ohne mich noch einmal anzusehen, ging Aidan hinaus.

„Was ist denn mit dem los?", fragte Eve neugierig.

„Keine Ahnung?"

„Du siehst auch so trübsinnig drein", Eve schüttelte den Kopf, „das geht gar nicht! Dauernd hängst du über deinen Büchern. Was hältst du davon, wir fahren in die City. Kaffee trinken, ein bisschen bummeln."

„Kann ich auch in die Bibliothek?", fragte ich.

Eve lachte schallend.

„Du bist wirklich leicht zufriedenzustellen. – Wie lange brauchst du, um dich anzuziehen?"

„Eine halbe Stunde", schätzte ich.

„Du hast fünfundvierzig Minuten, dann steht das Taxi vor der Tür. Die Männer kommen mit den Handwerkern alleine klar", sie zwinkerte mir zu und schloss die Tür.

Hastig suchte ich ein paar Sachen zusammen, schloss mich in Aidans Bad ein und machte mich stadtfein. Eve hatte Recht, ich brauchte dringend einen kleinen Tapetenwechsel.

**Tapetenwechsel**

Eve sah mich zufrieden an und nippte an ihrem Sekt.

„Und du willst wirklich keine Promibrause?"

„Nein danke!", ich lachte. „Aber ich bin froh, dass du mich überredet hast mit zu kommen."

„Zur Not hätte ich dir eine Keule über den Schädel geschlagen", sie schüttelte den Kopf, „es ist toll, dass du dich für deine Schreiberei begeisterst, aber du musst mal unter Menschen."

Ich wärmte die Finger an der Kaffeetasse und sah aus dem Fenster. Ich musste Sir Robert aus seinem Versteck treiben. Er war mir einige Erklärungen schuldig, besonders über Aidan und die ablehnende Haltung gegen ihn. Sir Robert wusste mehr, als er zugeben wollte.

„Ich sehe, du hast richtig viel Spaß", sagte Eve spöttisch, „woran denkst du?"

„Entschuldige, ich bin im Moment unausstehlich, aber ich mache mir Gedanken, wie wir das Haus finanzieren sollen. Ich kann mir kaum vorstellen, dass diese Events wirklich was bringen."

Es wäre der beste Moment Eve reinen Wein einzuschenken und ihr die Sache mit Moore zu erzählen. Ich zögerte. Warum sollte ich sie mit unangenehmen Dingen behelligen?

„Und ich dachte, du denkst an diesen gut aussehenden Typen, diesen Schauspieler, du weißt schon. Wie heißt er noch gleich, Mister Black?", grinste Eve anzüglich.

Ich lief rot an. Ich log meine beste Freundin an. Ich konnte mir denken, dass sie mich durchschaute.

„Ja auch. Ich verstehe ihn einfach nicht!"

Eve lachte schallend. Die anderen Gäste des „L`Orange" sahen sich nach uns um. Ich zog vorsichtshalber den Kopf ein.

„Ach Schätzchen, du bist so ahnungslos. Männer verstehen", sie verdrehte die Augen, „Männer muss man nicht verstehen. Nur so viel: Männer sind Augenmenschen. Willst du das ein Kerl dich will, dann gibt ihm was zum Ansehen und zum Ausziehen." Sie zwinkerte mir verschwörerisch zu, beugte sich vor und sagte leise, „und dann, im richtigen Moment, pack ihn an seinem besten Stück. Ich sage dir, er frisst dir aus der Hand."

Ich rutschte immer weiter in meinem Stuhl nach unten.

„Oh Gott Eve", flüsterte ich, „wie kannst du so was sagen."

„Liebes, du solltest schnellstens kapieren, wie das läuft. Dann bist du nicht enttäuscht, weil die Kerle nicht warten wollen, bis du sie näher kennengelernt hast, sondern dir die Kleider am liebsten in der ersten Viertelstunde vom Leib reißen wollen."

„Ich will aber einen Mann mit dem ich mich unterhalten, von dem ich lernen kann. Der mir zuhört. Einen der, also ...", verzweifelt suchte ich nach Worten, die meinen Wunsch nach einer alles verzehrenden Leidenschaft beschrieben. „Also wie es Viola in „Twelfth Night" sagt: „Ich folg ihm nach, dem ich mich ganz ergeben, der mehr mir ist als Augenlicht, als Leben"."

Eves Gesichtsausdruck zeigte deutlich, wie sich das anhörte: Kitsch as Kitsch can. Ich sprach eben nicht mit Aidan. Ich war sicher, er hätte meinen Gedanken verstanden.

„Himmel, Serafine, komm wieder runter! Du hast eine hoffnungslos romantische Ader. Das Leben ist nicht wie in deinen Geschichten."

Eve schüttelte verständnislos den Kopf. Ich sah sie unsicher an. Sie hatte mehr Erfahrungen mit Männern, bei mir haperte es damit.

„Aber Eve meinst du nicht, dass es die echte erfüllende Liebe gibt?"

„Sei nicht böse. Ich raube dir ungerne die Illusionen. Glaubst du allen Ernstes daran? – Ich habe sie noch nicht erlebt und kann mich über mangelndes Testpersonal nicht beklagen."

Trotzig zuckte ich mit den Schultern. Ich dachte an Lady Elisabeth. Sie glaubte daran. Sie liebte Sir Robert, schenkte ihm ihr Leben. Ich wollte dasselbe.

„Sag mal Serafine", Eves Stimme wurde sanfter, „hast du seit damals überhaupt einen Mann wirklich an dich herangelassen? Du weißt schon, richtigen Sex gehabt."

„Nein", erwiderte ich abweisend.

„Das tut mir sehr leid Süße. Es ist schrecklich, wenn einem jungen Mädchen so etwas passiert.

Aber", sie legte eine Hand auf meinen Arm, „nicht alle Männer sind so."

„Was denn nun? Sind sie so? Oder nicht?"

Eve immer mit ihren wirren Erklärungen. Seit vielen Jahren wollte ich nicht mehr herausfinden, wie Männer tickten. Ich dachte, an den Mann, der mir Liebe vorheuchelte und mich dann missbrauchen wollte. Zum Äußersten war es nicht gekommen. Ich hatte Glück in dieser Nacht. Er zerrte mich in eine einsame Gasse und riss mir die Kleider vom Leib. Ich wehrte mich, wie eine Furie. Das stachelte ihn noch mehr an. Er verhöhnte mich, sagte mir, was für ein dreckiges Miststück ich sei, erst anbieten und dann zieren. Er wollte mich lehren zu gehorchen. Meine Kräfte erlahmten, er zwang mich auf die Knie, zog seinen Reißverschluss auf und holte seinen Penis heraus. Mir wurde Übel und ich würgte. Er riss mir den Kopf an den Haaren nach hinten und schrie:

„Los blass mir einen! Mach es gut, sonst kannst du was erleben."

In mir krampfte sich alles zusammen. Plötzlich sprang ein Tier aus den Schatten. Es griff sofort an und stürzte sich auf meinen Peiniger. Eine riesige Kreatur mit langen Fangzähnen. Ich raffte mich auf und rannte. Hinter mir hörte ich ihn schreien. Ich sah mich nicht um. Das Schreien erstarb, ich rannte weiter. Dann wurde mir schwarz vor Augen.

Ich erwachte in einem weichen Bett. Eve neben

mir, die meine Hand hielt. Sie erzählte mir mit Tränen in den Augen, dass mich ein Mann auf der Straße gefunden und ins Krankenhaus gebracht hatte. Niemand konnte sich genau an ihn erinnern. Es war kurz vor meinem siebzehnten Geburtstag. Seit dieser Zeit hatte ich Kontakt zu Männern gehabt, aber mein Misstrauen und meine Berührungsängste verhinderten engere Kontakte. Keine Liebe, keine Probleme.

Bis jetzt. Ich dachte an Aidans graue, funkelnde Augen, die sich in meine Gedanken brannten. Trotz seines ungezügelten Temperaments hatte ich keine Angst vor ihm. Ich wollte, dass er mich mochte. Mehr als das. Allerdings hatte ich auch bei Simon keine Berührungsängste. Oder mit Henry im Wintergarten. Seit ich in Aldenham Park lebte, veränderte ich mich. Ich legte meine Hand auf die Stelle, wo das Amulett unter meinem Hemd eine beruhigende Wärme verströmte. Alwin sagte, es wäre das ausgleichende Element. Es reinigte und einte die Seele. Ein Gefühl von Unbeschwertheit breitete sich in meinem Brustkorb aus.

„Liebes, du weißt was ich meine", riss Eve mich aus meinen Gedanken, „Männer lieben schöne Frauen, aber das heißt noch nicht, dass sie ihnen Gewalt antun. Das sind Perverse, die so was machen. Im Allgemeinen erobern Männer gerne. Das ist es, was ich meine. – Leider gibt es Mister Perfect nicht", Eve seufzte.

„Vielleicht gibt es Mister Perfect nicht. Aber

Mister Right gibt es, davon bin ich überzeugt. Der Eine, der zu mir passt. Perfektion erwartete ich gar nicht, aber echte Liebe. Eine Frage: Gesetzt den Fall du würdest Mister Right treffen, was dann?"

„Dann werde ich alles tun, um ihn zu kriegen und ihn nie wieder gehen lassen", grinste Eve.

„So verschieden sind wir also doch nicht", lächelte ich.

„Da hast du wohl recht. Ich bin nur nicht bereit auf guten Sex zu verzichten, bis ich Mister Right gefunden habe. – Du solltest dir das Vergnügen zwischendurch gönnen. Wir leben in einem Haus mit zwei heißen Junggesellen und übrigens", sie sah mich mit einem spöttischen Lächeln an, „der kleine Demetrius war eine echte Sahneschnitte. Mit ihm könntest du viel Spaß haben."

Ich sah Eve mit großen Augen an.

„Er sah nicht aus, wie einer der eine Frau unbefriedigt zurücklässt", fuhr sie fort und leerte ihr Glas, „im Gegenteil. Der hatte einen tollen Hintern in der Hose."

Ich dachte an Henrys schöne Hände und spürte unerwartet ein Kribbeln im Bauch.

„Komm gib's zu. Du hast daran gedacht. Vielleicht nur ein bisschen, aber du hast daran gedacht."

„Er hat mir ein Angebot gemacht."

Eve war wie elektrisiert.

„Und? Triffst du dich mit ihm?"

„Welcher Teufel reitet dich denn? Nachdem

Aidan ihm fast den Kopf abgerissen hat. Nein!"

„Aidan, Aidan! Ist er dein Vormund? Du bist in London. Aidan ist weit weg und der Kerl war zuckersüß und willig."

„Ich weiß Eve. Ehrlich, du rätst mir allen Ernstes mich mit Henry zu treffen und den ersten Sex meines Lebens mit ihm zu haben? Sollte Aidan je Wind davon bekommen, tötet er ihn oder mich, glaub mir, das ist kein Witz."

„Hör endlich auf Aidan vorzuschieben. Du bist ein großes Mädchen. Meinst du nicht, dass Aidan auch seinen Spaß hat. Diese Julia hat ihn fast aufgefressen. Leider warst du schon weg, sonst hättest du es selbst gesehen?", Eves Augen funkelten abenteuerlustig, „sag mir einen guten Grund, warum du Henry nicht willst? So eine Offerte bekommt man nicht alle Tage!"

„Abgesehen davon, dass ich Henry nur einmal gesehen habe, wie du ja weißt, glaube ich nicht, dass mehr draus wird. Aidan denkt, Henry ist ein Casanova."

„Du redest, als kämest du aus einem anderen Jahrhundert. Ein Casanova? Umso besser! Ein Mann sollte Erfahrungen haben, damit es beim ersten Mal kein Reinfall wird. - Stürz dich ins Leben oder lass zu, dass das Leben sich auf dich stürzt. - Wenn ein Kerl so heiß ist wie Henry, dann frage ich mich, auf was du wartest? Oder", sie grinste, „willst du es lieber Simon überlassen, deine Weiblichkeit zum Leben zu erwecken."

Ich war platt.

„Über was reden wir hier eigentlich? Wer der bessere Mann ist, um meiner Jungfräulichkeit den Todesstoß zu versetzen?"

„Poetisch gesagt. Erinnert ein bisschen an Shakespeare, wenn es nicht so frivol wäre", Eve amüsierte sich königlich, „warum eigentlich nicht? So wie ich das sehe, bitte verbessere mich, wenn ich mich irre: du verzehrst dich in heißer Leidenschaft nach Aidan, dem Shakespeare Mimen, der sich in den Worten deines Lieblingsdichters ausdrückt und dir auf eine merkwürdig, chaotische, ich will nicht kranke Weise sagen, den Kopf verdreht, dich aber abblitzen lässt und dir sagt, welcher Mann richtig oder falsch für dich ist?"

Eve sah mich mit an, als spräche sie mit Forrest Gump.

„Also mein Lieblingsdichter ist eigentlich Oskar Wilde. Shakespeare ist mein Lieblingsstückeschreiber – ich schätze im Großen und Ganzen hast du es getroffen."

„Darf ich dir was sagen? Bitte versteh das nicht falsch. Aidan ist ein Mann, der dich mit Haut und Haaren frisst, wenn er dich in die Finger bekommt. Der lässt nur verbrannte Erde zurück. Du sollest dir für das erste Mal einen Nice Guy suchen. Henry wäre bestimmt liebend gerne bereit dein Lehrmeister zu sein, ohne dir die Flügel zu brechen. Das Spiel mit dem Tiger überlass lieber den großen Mädchen."

„Du glaubst, du kannst Aidan bändigen?", ich

versuchte meine Eifersucht zu unterdrücken.

„Ich glaube es nicht nur. Ich weiß es."

Eve schloss genießerisch die Augen. Ich fragte mich beunruhigt, woran sie dachte. Ich brauchte frische Luft und stand auf.

„Ich habe deine dezenten Hinweise verstanden. Ich will noch schnell in die Bibliothek. Fahren wir nachher zusammen nach Hause?"

„Wir treffen uns bei den Charlton House Terrassen. Gegen sechs?"

„Ich bin da", ich gab ihr einen Kuss auf die Wange, „hab dich lieb und lass dich nicht fressen."

„Keine Angst. Ich passe auf mich auf."

Ich wunderte mich über ihr verschmitztes Lächeln. Hoffentlich heckte sie nichts aus.

**Begegnung der dritten Art**

Ich ging den St. James Square hinunter und genoss die goldenen Sonnenstrahlen des frühen Nachmittags. Erfreulicherweise hatte die Sonne den Nebel vertrieben. Die Bäume im St. James Square Garden hatten den Großteil ihrer Blätter verloren, die sich in mystischen goldenen Kreisen, um ihre Stämme legten.

In meine Betrachtungen versunken, bemerkte ich die Gruppe Männer, die sich in meiner Nähe unterhielten, erst als ich sie erreichte. Ich schaute auf. Kalte Augen sahen mich an. Moore. Ausgerechnet jetzt. Weg hier! Ich rannte los. Einmal drehte ich mich um, sah, wie er den Männern die Hände schüttelte. Ich lief schneller. Wenn ich ungesehen in die Bibliothek gelangen könnte! Ich bog um die Ecke. Hoffentlich hatte ich ihn abgehängt. Hastig stieß ich eine der schweren Eichentüren zur London Library auf. Beinahe stieß ich sie einer jungen Frau vor den Kopf. Atemlos entschuldigte ich mich bei ihr, sprintete die Stufen zum Foyer hoch, lief an dem langen Ausleihtresen vorbei und verschwand in der Lesehalle. Ich betete darum, dass Moore mich nicht beim Betreten der Bibliothek gesehen hatte. Angespannt wartete ich eine Weile, den Blick auf die Tür geheftet, jederzeit bereit die Flucht anzutreten. Moore tauchte nicht auf. Ich beruhigte mich. Er hatte mich aus den Augen verloren. Ich ging in den Anbau, der die topografische und historische Abteilung beherbergte. Mit dem Lift fuhr ich in die zweite Etage. Ich hoffte, etwas über die Historie von Aldenham Park zu finden. Eher unwahrscheinlich, aber ich wollte alle Möglichkeiten ausschöpfen. Außerdem befand sich in diesem Flügel die wissenschaftliche Abteilung. Ein berühmter Alchemist, wie Alwin von Lohenfels, hätte dort bestimmt Erwähnung gefunden. Ich setzte mich an einen der Informationscomputer und gab das Stichwort: Alchemie, ein. Das war zu spezifisch. Der Computer spuckte eine lange Liste von Büchern aus. Um alle nach Alwin zu durchforschen, bräuchte ich Wochen. Was konnte ich eingeben, um die Suche einzukreisen?

„Da bist du ja, kleines Miststück", zischte eine Stimme hinter mir. Moore. Ich sprang hoch, der Stuhl fiel um.

„Was wollen sie?"

Ich versuchte die Angst zu unterdrücken, aber innerlich zitterte ich.

„Das weißt du genau!", mit den Augen zerrten er mir die Kleider vom Leib, „du gibst es mir freiwillig oder ich hole es mir."

„Niemals", stieß ich hervor, „niemals!"

„Das kannst du haben!"

Bevor ich reagieren konnte, stieß Moore mich zu Boden und presste mir seine feuchte Hand auf den Mund. Der Ekel steigerte sich zur Übelkeit. Ich biss zu, so fest ich konnte. Er schrie auf, war für einen Moment unaufmerksam. Ich schubste ihn, sprang auf. Er griff nach meiner Jacke, abrupt drehte ich mich um, schlug ihn ins Gesicht.

„Miststück!", keuchte er.

Ich sprintete los. Nur weg. Ich hörte seine polternden Schritte. Im Zickzack rannte ich zwischen den Regalen hindurch. Er holte auf. Ich konnte seinen rasselnden Atem hören. Das Treppenhaus! Ich riss die Tür auf, sprang mehrere Stufen auf einmal hinunter. Moore gab nicht auf. Endlich im Erdgeschoss! Eine harte Hand, die mich am Kragen packte. Zurückriss. Der Ruck zog mich von den Füßen, ich stolperte, konnte mich gerade noch am Türgriff festhalten.

„Jetzt hab ich dich!", er spukte es mir geradezu in den Nacken.

„Niemals!"

Ich trat um mich, traf sein Schienbein. Moore stieß einen Schmerzensschrei aus, ließ mich los.

„Ich kriege dich, du Schlampe! Früher oder später bist du dran!", brüllte er.

Ich stürzte nach vorne, drückte die Tür zum Lesesaal auf, hastete zwischen den Tischen hindurch auf den Ausgang zu, drückte die Tür zum Foyer auf, bog um die Ecke und prallte mit einem Mann zusammen. Ich wollte mich losreißen. Der Mann hielt mich fest.

„Serafine. Ich bin`s Henry", sagte eine beruhigende Stimme, „was ist los?"

Ich sah in Henrys besorgtes Gesicht.

„Henry lass uns gehen. Sofort!", flehte ich.

„Natürlich! Komm", Henry legte seinen Arm um mich und brachte mich nach draußen.

„Wir müssen weg, schnell", bat ich, „frag nicht."

Henry nahm mich an der Hand, führte mich über die Straße, schloss sein Auto auf und hielt mir die Tür auf. Ich stieg ein. Als er den Motor startete, schloss ich erschöpft die Augen. Ich war in Sicherheit!

**Verführungen**

Henry hielt mir die Hand hin und half mir beim Aussteigen. Er wohnte in Hampstead Heath, einem Randbezirk Londons, der eher einer Parklandschaft als einer Peripherie glich. Dort logierten Leute mit etwas mehr Kleingeld in der Tasche. Am Anfang des Vale of Health befand sich Henrys Wohnsitz. Das graue Backsteineckhaus mit roten Fensterstürzen war auf einer Seite mit Efeu überwuchert und von einem gepflegten Garten umgeben. Die Schmalseite des Hauses mit der Eingangstreppe lag zur Straße hin, während die lange Seite weit in das Grundstück hinein ragte. Vom Garten aus hatte man Zugang zu einem smaragdgrünen See, der von alten Bäumen umgeben war.

Ohne zu fragen, folgte ich Henry ins Haus. Als die Tür ins Schloss fiel, drehte sich Henry zu mir um. Er sah mich forschend an und meine Selbstbeherrschung brach zusammen. Henry zog mich in seine Arme. Ich drückte mein Gesicht an seine Brust.

„Du zitterst. Ist dir kalt?", fragte er besorgt.

„Henry", flüsterte ich.

„Psst."

Zärtlich strichen seine Finger durch meine Haare. Wir standen eng aneinander geschmiegt da. Ich schloss die Augen. Ich wollte nur seine Wärme fühlen und mich in seine Geborgenheit fallen lassen.

„Möchtest du etwas trinken?", fragte Henry nach einer endlosen Weile, „ein Glas Wein vielleicht?"

„Lieber Wasser."

Wein hätte mich umgehauen. Henrys Wärme und sein Herzschlag berauschten mich genug. Ich folgte ihm in eine wunderschöne, weiße Landhausküche. Henry goss mir ein Glas Mineralwasser ein und sich ein Glas Weißwein.

„Wie kommt es, dass du in der Bibliothek warst?"

„Ich hatte Hilfe", er lachte und reichte mir das Glas,

„Eve hat mich angerufen."

„Eve? Das ist ja ein Ding."

Henry grinste.

„Nicht böse sein! Ich gab Eve meine Karte und bat sie mich anzurufen, wenn du in der Stadt bist. – Ich habe tausend Mal an dich gedacht und bin froh, dass du hier bist."

Er kam zu mir herüber. Sein Blick sagte mir, was er nicht sagen wollte. Am liebsten hätte ich Eve sofort den Kopf gewaschen! Mich heimlich zu verkuppeln, das sah ihr ähnlich. Andererseits musste ich ihr dankbar sein, Henry war zur richtigen Zeit aufgetaucht.

„Hast du keine Angst vor Aidan?"

Henry sah mich erstaunt an.

„Nein. Aidan ist ein genialer Schauspieler, aber ein Mann, der nicht lieben kann."

Als er meinen erschrockenen Gesichtsausdruck

sah, zog er mich sanft in seine Arme.

„Tut mir leid, Serafine. Ich habe viele Frauen kommen und gehen sehen. Nie ist mehr daraus geworden, als eine kurze Affäre. Die Einzige, die es länger in seiner Nähe ausgehalten hat, ist Julia. Sie kann einfach nicht aufgeben. Armes Mädchen."

„Armes Mädchen? Die Frau ist eine Furie. Wenn Blicke töten könnten, dann wären alle weiblichen Wesen, die sich Aidan nähern, dem Tod geweiht."

Unwillig schüttelte ich den Kopf. Ich wollte kein Mitleid mit Julia haben. Henry lachte und warf den Kopf zurück.

„Stimmt. Ein armes Mädchen ist sie wirklich nicht, aber so eine hoffnungslose Verliebtheit sollte dein kaltes Herz doch ein wenig rühren."

Ich ignorierte seinen Spott und fragte:

„Hatten sie mal was zusammen?"

Henry zuckte mit den Schultern.

„Das musst du Aidan fragen. Julia behauptet ja. Aber ich bin mir nicht sicher. Vielleicht sagt sie es, um anderen Frauen kundzutun, dass sie ihre Finger von Aidan lassen sollen."

„Ist schon ein komisches Ding mit der Liebe", seufzte ich.

„Nein", flüsterte Henry mit rauer Stimme, „es ist einfach. Man sieht einen Menschen, verliebt sich, küsst sich."

Henry hob mein Kinn empor, sah mich mit begehrlichem Blick an und küsste mich sanft. Ich erwiderte seinen Kuss nicht, aber Henry war so zärtlich und erfahren, dass es ihm gelang meinen Widerstand zu brechen. Seine Fingerspitzen auf meiner Haut, seine weichen Lippen, seine Zunge, die sich meines Mundes bemächtigte, weckten ein sinnliches Gefühl in mir, dem ich mich nicht entziehen konnte. Ohne Eile öffnet er die Knöpfe meiner Bluse, küsste mein Gesicht, meinen Hals. Hauchte Küsse auf meine Schultern, wagte sich langsam zu den Ansätzen meiner Brüste hinab.

Mein Körper verriet mich. Meine Brustknospen wurden hart unter seinen Lippen, ein lustvolles Ziehen zog sich über meinen Bauch, bis zu meinen Schultern hinauf. Ich sehnte mich so sehr nach Zärtlichkeit, nach Lust. Henry war da und gab mir all das. Längst hatte ich die Augen geschlossen. Ich gab mich der Illusion hin, dass es Aidan war, der mich wollte, der meinen Körper mit Liebkosungen überschüttete und diese erregenden Empfindungen bis zur Ekstase trieb. Henry presste seine Lenden gegen mein Becken und ich spürte seine Erektion. Er hob mich hoch und setzte mich auf die Arbeitsplatte.

„Bitte sieh mich an", flüsterte er, „du bist schön, so wundervoll. Ich will deine Augen sehn. Ich will, dass du mich ebenso begehrst, wie ich dich."

Für einen Moment zögerte ich. Henrys Stimme hatte mich aus meiner Trance gerissen. Öffnete ich die Augen, konnte ich die Illusion nicht länger aufrechterhalten.

„Bitte", sagt er eindringlich.

Ich schlug die Augen auf und sah Henry an, diesen schönen, reizvollen Mann, der die Herzen vieler Mädchen in Wallung brachte, das war sicher. Nur mein Herz nicht. Er vermochte es Lust in mir wach zu rufen, aber mein Herz war für ihn verschlossen. Traurig sah er mich an. Das Funkeln war aus seinem Blick verschwunden.

„Es ist also wahr. Er hat dein Herz gestohlen. Sag mir, wie er das macht? Er hat dich verhext."

„Ich weiß es nicht?"

Was konnte ich sagen? Dass es der Ausdruck in seinen Augen war, wenn er sich in seine Rolle versenkte. Seine Stimme, die im Rhythmus meines Herzens schlug und meinen Körper in Vibrationen versetzte, als hätte er einen Gong geschlagen und Gefühle in mir wach rief, die ich nicht bezwingen konnte. Henry war verletzt und ich konnte ihn nicht trösten.

„Ich fürchte, du bist verloren kleine Serafine", in Henrys Stimme lag Kummer und Zärtlichkeit. Ich spürte einen wilden Schmerz in meiner Brust. „Verloren für mich und meine Liebe."

Und für mich, dachte ich und mein Brustkorb presste sich qualvoll zusammen, als hätte man mir ein zu enges Korsett angezogen, das mir die Luft zum Atmen nahm. Henry half mir, das Hemd wieder anzuziehen. Zärtlich strich er über mein Haar, fuhr die Linien meines Gesichts nach. Seine Augen waren dunkel und sein schöner Mund zuckte, als müsste er Tränen zurückhalten.

Das war unmöglich! Wie konnte er mich so sehr lieben, dass es ihm das Herz brach. Ich schlang meine Arme um seinen Nacken und zog seinen Kopf an meine Schulter. Sanft fuhr ich durch seine dunklen Locken und vergrub mein Gesicht in seinem Haar.

„Verzeih mir", flüsterte ich, „ich hätte das nicht tun dürfen. Verzeih."

Ich fühlte tiefen Schmerz. Es war sein Schmerz und meiner. Hoffnungslos. Zwei Menschen, die liebten und deren Liebe sich nicht erfüllen würde. In unserem Kummer klammerten wir uns aneinander, um nicht in unserer Schwermut unterzugehen.

Henry hob mich hoch, trug mich in sein Schlafzimmer und legte mich aufs Bett. Ich sah ihn mit großen Augen an. Er zögerte einen Moment, dann legte er sich neben mich. Wir schmiegten uns eng aneinander, küssten uns, bis uns der Atem ausging.

„Lass mich dich lieben, nur einmal", beschwor er mich.

„Henry ich kann nicht. Es tut mir leid. Wenn ich über die Grenze gehe, habe ich das Gefühl, ihn zu betrügen."

„Aber Aidan hat dir nichts versprochen? Dir nie gesagt, dass er dich liebt? – Du bist frei."

„Frei? Ja ich bin frei, aber nicht in meinem Herzen."

„Der ahnungslose Glückliche", seufzte Henry, „ich bedaure unsere armen Seelen."

Ich bezweifelte, dass Aidan glücklich war. Erschöpft lehnte ich meinen Kopf gegen Henrys Schulter und schlief kurz darauf ein.


**Wortgefecht**

Ich erwachte nach Mitternacht. Vorsichtig, um Henry nicht zu wecken, stahl ich mich aus seinem Bett. Ich warf noch einen letzten Blick auf sein schönes Gesicht, das unter den zerstreuten Mondstrahlen verletzlich und traurig aussah. Ich fühlte mich elend.

Mein eigener Kummer verblasste vor dem Schmerz, den ich ihm zugefügte. Es war vermessen zu denken, er wollte mich verführen, um seiner Sammlung ein Stück hinzuzufügen. Henry hatte sich in mich verliebt, so wie ich mich in Aidan. Er war unglücklich, so wie ich. Die ganze verfahrene Situation hatte etwas Possenhaftes, wenn ich bedachte, dass wir uns durch den Sommernachtstraum kennenlernten. Für uns gab es keine Blume, die mit ihrem Saft unsere Augen und Herzen in die ersehnte Richtung lenkte.

Zart küsste ich seine Wange, strich durch sein Haar und fühlte ein seltsames Bedauern, als ich die Tür hinter mir schloss und ins Taxi stieg. Aber ich gehörte nicht hier her. Ich musste zurück nach Aldenham Park, um meinem Schicksal zu begegnen.

Behutsam schloss ich die schwere Eingangstür, um nicht ausversehen jemanden aufzustören. Das hätte ich mir sparen können. Don Juan empfing mich mit Schwanzwedeln und Gejaule.

„Ist ja gut Donni. Tut mir leid, dass ich so spät bin, ich habe die Zeit verschlafen", versuchte ich ihn zu beruhigen.

„So! Die Zeit verschlafen! Wie darf man das verstehen?", hörte ich Aidans Stimme, wie Donnerhall durch den dunklen Raum dröhnen.

Ich suchte die Halle mit den Augen ab. Aidan schien unsichtbar zu sein. Mondlicht fiel in die Mitte der Halle, ließ die weißen Fliesen des Mosaiks aufleuchten, aber verstärkte die Finsternis dort, wohin die Strahlen nicht hinreichten.

„Du machst mir keine Angst! Zeig dich", rief ich, aber ich konnte das Zittern in meiner Stimme nicht unterdrücken.

Plötzlich spürte ich seinen warmen Atem in meinem Nacken und fuhr herum. Aidan stand direkt vor mir. Sein Gesicht konnte ich nicht erkennen. Schatten fiel darauf. Ich spürte, dass mit ihm etwas nicht stimmte. Mein Amulett pulste heiß und ungleichmäßig.

„Hat Henry dir gezeigt, was er unter Liebe versteht?"

Ein Peitschenhieb hätte mich nicht härter treffen können. Ich presste die Lippen zusammen. Sollte er denken, was er wollte. Er war es, der sich jedes Mal zurückzog, wenn wir uns näher kamen.

„Warum antwortest du nicht? Hast du Angst um deinen Liebhaber?" Er atmete schwer. Ein ungutes Gefühl stieg in mir auf, „das solltest du, ich könnte ihn mit einem Schlag vernichten."

„Aidan! Bist du verrückt? Henry hat mir überhaupt nichts getan. – Jedenfalls nicht das, was du denkst!"

Aidan machte einen Schritt nach vorn, packte mich brutal an den Handgelenken und zog mich mit einem Ruck an sich. Für den Bruchteil einer Sekunde konnte ich sein Gesicht sehen und zuckte entsetzt zusammen.

„So? Was denke ich denn?"

„Dass wir zusammen geschlafen haben. Auch wenn ich gewollt hätte. Ich konnte es nicht", presste ich die Worte aus mir heraus.

Aidan schwieg. Er lockerte den harten Griff.

„Was hat dich gehindert?", seine Stimme verlor die Schärfe.

„Du!"

Ich drehte mich um, rannte in mein Zimmer und schlug die Tür hinter mir zu.

### Antworten

Ich hatte Aidans Gesicht gesehen. Er war es und war es doch nicht. Seine Augen glühten und funkelten unnatürlich, als das Mondlicht sie traf.

Hinter seinen sinnlichen Lippen hatte ich Fangzähne gesehen. Seine Züge hatten etwas Gefährliches, Erbarmungsloses an sich. Ich rieb mir die Handgelenke. Aidan schien keine Kontrolle über seine Kräfte zu haben. Ich spürte immer noch, wie seine Finger meine Knochen zusammenpressten.

Gab es diesen Fluch wirklich? Trug Aidan ihn in sich? War das der Grund, weswegen dieser mysteriöse Alchemist seit Jahrhunderten im Keller hauste und versuchte das Geheimnis zu entschlüsseln!? Der Fluch war nicht mit den Zwillingen gestorben. Er bestand weiter. Ich wollte Antworten. Sofort! Behutsam drückte ich die Klinke herunter und spähte durch den Türspalt. In der Halle war es still. Niemand zu sehen. Auf leisen Sohlen schlich ich die Treppe hinauf, ging den Gang hinunter und betrat das gewundene Treppenhaus, das zu den Dienstbotenzimmern führte.

Hoffentlich konnte ich Mary oder Jonathan aufspüren, damit sie mich zu Sir Robert brachten oder ihn holten. Eigentlich hieß es: Die Geister, die ich rief, werde ich nicht mehr los. Aber ich konnte mich nicht in die große Halle stellen und nach Sir Robert schreien. Das hätte eventuell Simon auf den Plan gerufen.

Ich trat in den dunklen Flur der zweiten Etage und suchte vergebens einen Lichtschalter. Kein Wunder. Zu der Zeit, als dort lebenden Diener ein und ausgingen, gab es kein elektrisches Licht, nun benötigten sie keins mehr. Davon abgesehen, dass Sir Robert opulente Beleuchtung liebte. Selbst Geister schienen ungern auf liebgewordene Angewohnheiten zu verzichten.

„Jonathan", flüsterte ich. Blödsinn! Hier oben hörte mich kein Mensch. „Jonathan!"

Es hallte über den leeren Flur. Ich wartete. Entweder ließ er sich absichtlich Zeit oder das „Geisterrufen" funktionierte nicht so einfach. Was sollte ich tun? Drei Mal im Kreis laufen?

„Jonathan, bitte komm heraus."

Ich hielt den Atem an und horchte. Nichts. Gerade wollte ich den Rückweg antreten, als ein zerstreutes Fluoreszieren um mich herum schwebte. Es dauerte einen Moment, bis es sich zu einer erkennbaren Form verdichtete.

„Was kann ich für euch tun, Lady Serafine", Jonathan räusperte sich, „solltet ihr nicht längst im Bett sein?"

Warum sorgten sich alle darum, was ich tat und was nicht?

„Jonathan, es ist wichtig! Unglaublich wichtig! Ich muss dringend mit Sir Robert über Mister Aidan sprechen. Es gehen schlimme Dinge vor."

Jonathan ließ ein künstliches Lachen hören.

„Schlimme Dinge?! Seit ich diesem Haushalt vorstehe, gehen schlimme Dinge vor sich, glauben sie mir, Lady Serafine, das ist nichts Neues."

„Das glaube ich dir, aber", ich wurde ungeduldig, „wie du schon sagtest, eigentlich sollte ich ins Bett gehen, aber ich muss mit Sir Robert über

Mister Aidan sprechen. – Jetzt! – Bitte!"

„Na gut", ließ er sich gnädig herab, „ich will sehen, was ich für euch tun kann!"

In der nächsten Sekunde war er verschwunden. Ich stand da, lauerte auf ein Geräusch, das seine Rückkehr ankündigte. Nichts geschah. Sir Robert schien keinen Bedarf an Gesprächen zu haben. Enttäuscht wollte ich gehen, als Jonathan direkt vor mir auftauchte.

„Meine Güte hast du mich erschreckt!"

„Ja", sagte er keck, „das machen wir Geister manchmal."

„Was hat Sir Richard gesagt?"

„Sie möchten in das Zimmer des jungen Herrn kommen."

„Was meinst du mit dem Zimmer des jungen Herrn?"

„Die Suite von Mister Aidan", erklärte er geduldig, als wäre ich ein geistig zurückgebliebenes Kind.

„Warum hast du das nicht gleich gesagt", ich schüttelte den Kopf, „danke für deine Mühe."

Er war dabei sich aufzulösen, als ich hörte, wie er murmelte:

„Natürlich Mylady, ich bin hier schließlich nur der Butler. Mit mir kann man es ja machen."

Es war nicht zu übersehen, Jonathan hatte handfeste Autoritätsprobleme.

Zaghaft klopfte ich an Aidans Zimmertür. Warum bestellte mich Sir Robert ausgerechnet dorthin? Ich befürchtete, dass Jonathan sich einen üblen Scherz erlaubte. Aidan wollte ich nicht begegnen.

„Herein!", hörte ich Sir Roberts Stimme.

Erleichtert trat ich ein. Das Kaminfeuer und einige Kerzen brannten und gaben dem Zimmer eine behagliche Atmosphäre.

„Guten Abend, Sir Robert", sagte ich erfreut, als ich plötzlich eine Bewegung in den Schatten wahrnahm und herumwirbelte.

„Aidan", fragte ich ängstlich, „bist du da."

Ich machte einen Schritt nach vorne.

„Bleib, wo du bist! Komm nicht näher", befahl er.

Ich stand still. Jeder Zentimeter meines Körpers war angespannt und mein Herz schlug so laut, dass ich dachte, er müsste es hören. Gleichzeitig pulsierte das Amulett so stark, dass man das Leuchten durch meine Bluse sehen konnte.

„Stell dich nicht so an, mein Junge, irgendwann wird sie es sowieso sehen!", hörte ich Sir Robert seufzen.

„Nein nicht so, nicht jetzt", widersprach Aidan bestimmt.

„Verdammt! Ich kann selbst entscheiden, was ich aushalten kann und was nicht", ich konnte meinen Zorn nicht mehr unterdrücken, „ich will wissen, was hier los ist! Spielt endlich mit offenen Karten. Ich stecke bis zum Hals im Schlamassel." Es herrschte einen Augenblick Stille. „Und wieso nennen sie Aidan mein Junge?"

„Ich bin Robert Aidan George Gibbs, Baron Aldenham, der zweite und der letzte lebende Erbe dieses Hauses und des Fluchs."

Aidans Stimme drückte Selbstbewusstsein und gleichzeitig Resignation aus. Er trat aus den Schatten. Ich hielt den Atem an. Er stand aufrecht, mit erhobenem Haupt und ließ meinen Blick auf sich ruhen. Sein Ausdruck hatte etwas unverkennbar Wölfisches angenommen. Die Gesichtszüge waren härter und in gewisser Weise verschoben. Ich konnte die Fangzähne erkennen, ein unruhiges Flirren beherrschte seine Augen. Sein Körper schien muskulöser zu sein, auch behaarter, wie ich unter seinem geöffnetem Hemd sehen konnte.

„Jetzt siehst du, was ich bin! Ein Monster!"

„Junge! Bitte sei nicht so theatralisch", warf Sir Robert entnervt ein.

Ich überging seine taktlose Äußerung geflissentlich.

„Du bist kein Monster. Ich kenne dich. Es kommt nicht darauf, an was du bist, sondern wer du bist! Du bist ein guter Mensch, ein genialer Schauspieler. – Gut, dass mit dem Fluch ist suboptimal, aber ich bin sicher, es gibt eine Möglichkeit den Fluch zu brechen. – Die gibt es immer!"

„Immer die Optimistin", ein winziges Lächeln huschte über Aidans Gesicht. In seinen Augen flimmerte ein gelber Funke.

„Wozu hockt denn dieser komische Alwin im Keller, wenn er zu nichts taugt?"

„Als Wärter des Biests", Aidan ließ ein höhnisches Lachen hören, „du bist wirklich gut informiert. Was weißt du sonst noch alles."

„Ich verbiete dir, so mit Serafine zu sprechen. Dein Bruder hat einiges auf sich genommen, sie zu finden."

„Was soll das heißen?"

„Der Mann, der gestorben ist und euch beiden seinen Besitz vermacht hat, war mein ältester Sohn: James Richard Hamish Gibbs, der Erbe des Titels. Alwin erkannte bei seinen Studien, dass der Fluch nur gebrochen werden kann, wenn beide Teile der Familie zusammenkommen. Wenn Sonne und Mond sich vereinen."

Instinktiv legte ich die Hand auf das Amulett.

„Es ist wie Ying und Yang. Zusammen ergeben sie eine Einheit. Das Männliche und Weibliche."

„James hatte Recht. – Du bist klug", Sir Robert lächelte, „jedenfalls setzte er alles daran dich zu finden, eine Nachfahrin meiner geliebten Elisabeth. Du bist die Urenkelin ihrer jüngeren Schwester Victoria", erklärte Sir Robert.

„Warum musste ihr nach mir suchen? Ist die Familie nicht hier in der Nähe geblieben?"

„Elisabeths Vater wusste, dass es möglich war, den Fluch zu lösen und brachte Victoria fort von hier. Als Alwin die Erkenntnis erlangte, hatte sich die Spur Victorias verloren. Es kostete James viel Mühe dich zu finden."

„Aber wieso ist er gestorben? Aidan ist auch am Leben und erfreut sich bester Gesundheit."

„Es ist das Böse in mir, das mich am Leben erhält. Jeden Monat bei Vollmond verwandelt es mich in ein Monster. Das Einzige, das mir hilft ein gewisses Gleichgewicht zu wahren, ist das Amulett, aber wenn der Mond voll ist, dann hilft auch das nicht mehr."

Aidan gab auf. Der Fluch dauerte so viele Jahrhunderte, er war am Ende seiner Kräfte. Mir fiel ein, was Sir Robert sagte: Es ist nichts, wie es scheint, die Nacht bringt es ans Licht.

„James dachte, du bist in der Lage den Fluch zu brechen. Deswegen brachte er dich her und vererbte Aidan den Titel."

Sir Robert sprach sehr leise. Ich spürte deutlich, wie sehr ihn der Verlust seines ältesten Sohnes berührte.

„Lies selbst."

Aidan reichte mir ein Blatt Papier.

*„Lieber Robert,*
*ich habe sie gefunden! Ein Mädchen, in dessen Adern das Blut unserer Familie fließt. Sie ist die Urenkelin von Elisabeths jüngerer Schwester, Victoria. Das Mädchen heißt Serafine, sie hat Mutters goldenes Haar. Wenn du sie siehst, wirst du sie lieben, ich weiß es. Sie ist schön, klug und vor allem hat sie ein Herz. Achte auf sie. Für mich ist es zu spät. Meine Kräfte sind aufgezehrt. Was ich getan habe erfüllt mich mit Abscheu. Verzeih mir, dass ich dich im Stich lasse. Tu alles um den Fluch zu lösen, für mich und für unsere Erben. Ich liebe dich Bruder. Serafine ist mein Geschenk an dich.*

*Denke immer mit Wohlwollen an mich
Dein James"*

„Das heißt, James ist gestorben, um dir und deinen Erben den Titel zu hinterlassen?"

„Er hat sich selbst gerichtet, das ist ein Unterschied", stellte Aidan bitter fest, „um dich zu finden, musste er fortgehen. Es gab niemand, der ihn hinderte sich zu verwandeln."

Aidan brach ab. Er wandte mir den Rücken zu und starrte in die Dunkelheit. Ich dachte an die Zelle, die Ketten, das Blut. Alwin hatte Aidan und James dort eingesperrt. Als James ging, verwandelte er sich zur Zeit des Vollmonds und vermutlich tat er Dinge, von denen ich lieber nichts wissen wollte.

„Und was ist mit den Erben, wo sind sie?"

Sir Robert setzte zu einer Erklärung an, aber Aidan unterbrach ihn kalt.

„Es wird niemals einen Erben geben. Mit meinem Tod wird der Name Aldenham der Vergangenheit angehören."

„Rede nicht so ein dummes Zeug, Sohn!", schalt Sir Robert, „das würde bedeuten, dass dein Bruder sein Opfer umsonst gebracht hat."

„Das ist kein dummes Zeug, Vater! Niemals kann eine Frau einen Mann, wie mich, lieben. – Denk nach", „er drehte sich um, stellte sich direkt in den Schein des Kaminfeuers und breitete die Arme aus, „und schau mich an."

„Aber die Liebe ist der Schlüssel."

„Und der Tod, Vater. Ich bin mir sicher, dass dieser Teil der Voraussage nicht unberücksichtigt bleibt, wenn es dazu kommt. Erinnere dich an die Worte der Wahrsagerin: Das Böse erscheint, wenn Erlösung naht. – Ich habe das Böse gespürt, unten in den Tunneln, du ahnst nicht, wie schrecklich es ist."

„Könntet ihr aufhören zu streiten", ich sah die beiden Männer an, „ich bin mir sicher, dass Liebe der Schlüssel ist. Was soll es sonst sein?"

„Der Tod", Aidan lachte bitter, „es wäre das Beste. Ich sollte James Beispiel folgen, dann hat das Drama endlich ein Ende."

„Du versündigst dich an dem Opfer, dass dein Bruder brachte, um dir die Chance zu ermöglichen ein freier Mann zu werden!", empört zitterte Sir Roberts Geisterkörper.

„Fang nicht wieder davon an, Vater!"

„Wahrscheinlich könntest du längst von diesem unsäglichen Fluch erlöst sein, wenn du dir eine Frau gesucht hättest, die dich liebt. Liebe hält einiges aus! Deine Mutter hat mich auch geliebt, wie ich war!"

„Du machst es dir einfach. Wie immer! Mutter war Mutter!"

Ohne Vorwarnung verschwand Sir Robert. Beide Männer hatten ein leicht entzündliches Temperament. Deswegen machte Sir Robert um das Thema, Aidan, wohl so ein Geheimnis.

„Das macht er immer", Aidan lachte verlegen.

Mein Herz schlug schneller, als ich auf ihn zu

ging. Aidan wich zurück.

„Komm nicht näher!"

„Oh, könnte dein Auge mich erblicken
Wie ich wirklich bin und dennoch
In Liebe zu mir zu entbrennen."

Zitierte ich seine Zeilen. Ich blickte in seine Augen. Was ich sah, machte mir Angst und erfüllte mich gleichzeitig mit einem unbändigen Willen. Ich liebte ihn und würde alles tun, ihn von dem Fluch zu befreien. Gleichgültig, was es mich kostete. Ich streckte meine Hand aus, legte sie auf seine Brust an die Stelle seines Herzens. Es schlug heftig gegen seine Rippen. Atemlose Stille herrschte, nur das Knacken der Holzscheite im Kamin war zu hören.

„Nein, Serafine. - Geh zu Henry. Er liebt dich. Mit ihm könnest du ein Leben haben. Mit mir gibt es nur Tod und Finsternis", die Qual in seiner Stimme war unüberhörbar.

„Wie könnte ich das tun? Liebe ist ausschließlich und kann nicht nach Belieben vergeben werden, nur weil du es dir so vorstellst."

„Du darfst mich nicht lieben! Ich darf dich nicht lieben!", eindringlich sah er mich an.

Ich antwortete nicht. Langsam, ohne ihn aus den Augen zu lassen, knöpfte ich mein Hemd auf. Das Verlangen in seinem Blick war nicht zu übersehen, es strafte seine Worte Lügen. Ich legte die letzten Kleidungsstücke ab und zum Schluss löste ich das Amulett. Einen Atemzug später lag ich in seinen Armen. Mein Herz donnerte, wie eine Dampflok über die Schienen. Ich fühlte die Schwere seines warmen Körper auf meinem, seine festen Hände auf meiner Haut, seinen Mund auf jeder Stelle meines Körpers. Ich war wie Glas. Wo er mich berührte, erklang ein Ton, der sich verstärkte und mich in Schwingungen versetzte. Die Lust überrollte mich und ich bäumte mich unter seinen Liebkosungen auf, presste mein Becken gegen seine Lenden und fühlte, wie erregt er war. Ohne Vorwarnung hielt Aidan inne.

„Was hast du?"

„Ich kann nicht. Verzeih, ich kann dir nicht geben, was du erhoffst. Der Fluch bindet mich. Ich könnte mir niemals verzeihen, dich damit hineinzuziehen."

Seine Ablehnung traf mich mit einer Wucht, die ich nicht für möglich hielt. Ich sah ihn wütend an. Aidan senkte den Blick. Ohne ein Wort stand ich auf, sammelte meine Kleider zusammen und ging zur Tür. Ich drehte mich noch ein Mal um:

„Hättest du mir ein Messer ins Herz gestoßen, es könnte nicht schlimmer sein."

Leise klappte die Tür hinter mir zu. Betäubt ging ich die Treppe hinunter.

„Serafine", Simon kam gerade aus der Küche, „was ist passiert?"

Ich sah ihn an, ohne ihn zu sehen.

„Serafine", Simon berührte meinen Arm.

„Simon", erst jetzt erkannte ich ihn.

„Was ist passiert? Du hast nichts an."

Ich zuckte mit den Schultern, dann wurde mir schwarz vor Augen.

**Ein Geständnis**

Wärme hüllte mich ein. Starke Arme hielten mich. Ich rekelte, streckte mich, presste mich eng an den muskulösen Körper neben mir. Fühlte sanfte Hände, die über meine Haut strichen und ein wohlig, lustvolles Gefühl in mir weckten. Ich suchte seinen Mund, der mich verlangend küsste und mir die Lippen mit sanftem Druck öffnete.

„Aidan", murmelte ich und krallte meine Finger in sein Shirt.

„So sehr liebst du ihn?"

Entsetzt riss ich die Augen auf und sah im Halbdunkel des Zimmers in Simons ernstes Gesicht.

„Simon, - ich - es tut mir leid."

Er rang sich ein Lächeln ab.

„Es muss dir nicht leidtun. Ich ahnte es."

Simon stand auf und ging zur Tür. Ich setzte mich auf und zog die Decke hoch, um meinen Busen zu bedecken.

„Simon, darf ich dich etwas fragen?"

Er drehte sich um. Mit den zerzausten dunklen Locken, dem drei Tagebart um das markante Kinn und seiner aufrechten Haltung war er sehr attraktiv. Warum hatte Eve sich noch nicht auf Simon gestürzt, schoss es mir durch den Kopf. Er war genau ihr Beuteschema.

„Warum bist du wirklich hier?"

„Aidan hat mich eingeladen hier zu wohnen."

Simon zog die Stirn kraus.

„Ich weiß. Aber der wahre Grund! – Ich bin mir ziemlich sicher, dass es einen anderen Anlass gibt. – Du weißt, was Aidan in sich trägt. Ist es das?"

Simon zögerte einen Moment. Meine Angst vor seiner Antwort schnürte mir die Kehle zu.

„Ja, ich weiß es. Als er erfuhr, dass du herkommen würdest, bat er mich um Hilfe."

Er sah das Erstaunen in meinem Gesicht.

„Du hattest Angst, dass ich ihn oder Sir Robert töten wollte, nicht wahr? – Der Grund meiner Anwesenheit ist dein Schutz. Aidan hat mir von dem Fluch und seiner Auswirkung erzählt. Er macht sich Sorgen, dass dir etwas zustößt."

„Dann ist alles ein großes Theater? Ihr habt mich an der Nase herumgeführt."

Simon lachte bitter. Mit ein paar Schritten war er wieder bei mir und zog mich in seine Arme.

„Nein, mein Engel, nichts von allem ist Theater. James ist gestorben, um dich herzubringen. Aidan würde sich lieber ein Messer in die Brust rammen, als zu zulassen, dass dir etwas zustößt. – Und ich würde dasselbe tun."

Erschrocken und verwirrt hing ich an seinem durchdringenden Blick.

„Ich hätte mich niemals in dich verlieben dürfen, aber Liebe fragt nicht nach dem Willen, sie ist einfach."

Simon küsste mich mit einer Intensität, die wehtat, und ich erwiderte seinen Kuss.

„In einer anderen Zeit unter anderen Umständen hättest du mir gehört. Ganz mir. Mit Haut und Haar", flüsterte er und eine Gänsehaut überzog meinen Körper, „ich hätte dir gezeigt, was Leidenschaft sein kann."

Ein triumphierendes Lächeln lag auf seinen Lippen, als er hinausging.

„Guten Morgen, Süße", Eve strahlte mich an, „du siehst erschöpft aus. Wie war die Nacht?"

Sie goss sich Kaffee ein und setzte sich neben mich. Eve meinte die Sache mit Henry, aber das war das Letzte, über das ich reden wollte.

„Anstrengend", sagte ich nur.

„Ist er ein guter Liebhaber?", fragte sie neugierig.

„Ich sollte dir gar nichts erzählen. Du hast ihn heimlich hinter meinem Rücken angerufen", lenkte ich ab.

„Schätzchen, sei nicht eingeschnappt. So wie du aussiehst, hat sich meine Geheimniskrämerei gelohnt. – Also? Ist er oder ist er nicht."

Wenn du wüsstest, dachte ich und sagte:

„Er ist! Glaub mir, er ist."

Was immer Eve sich zusammenreimte, war belanglos. Alles geriet durcheinander. Meine Gefühle und die meiner Mitmenschen. Mein erster Impuls war Flucht. Nach einer Schrecksekunde verwarf ich den Gedanken. Ob es mir gefiel oder nicht, ich war das fehlende Stück in dem Rätsel.

Der Schlüssel ist Liebe und der Tod. Immer wieder kreisen die Gedanken in meinem Kopf. Der Phönix, der zu Asche verbrannte und durch Feuer gereinigt, nach drei Tagen auferstand. Ying und Yang, Sonne und Mond, Hell und Dunkel. Sie konnten ohne einander nicht existieren. Sie mussten zusammenkommen, um eine Einheit zu bilden und die Gegensätze auszugleichen.

„Henry scheint sich wirklich ins Zeug gelegt zu haben", Eve lachte, „dein verklärter Blick sagt alles."

Ich rang mir ein müdes Lächeln ab.

„Was hast du heute vor?"

„Ich fahre mit Simon und Aidan in die Stadt. Simon wollte in die Bücherei oder so was. Und ich habe ein Date", Eve beugte sich vor und ihr verschwörerischer Blick beunruhigte mich, „mit dem Tiger."

Ich konnte es nicht glauben. Aidan hatte Eve um eine Verabredung gebeten. Tapfer versuchte ich die Tränen herunter zu schlucken. Das konnte, das durfte nicht wahr sein. Draußen hörten wir den langgezogenen Ton einer Hupe.

„Bis später, Schätzchen. Ich will den Tiger nicht warten lassen."

Eve sprang auf und verließ die Küche mit einem geradezu beflügelten Hüftschwung.

„Ich lasse dir Ares hier", Simon steckte den Kopf zur Tür herein, „würdest du bitte einen Spaziergang mit ihm machen?"

„Mache ich."

„Danke", er warf mir einen aufmunternden Blick zu, dann war ich allein.


### Der Entschluss

Die beiden Hunde tollten über den Rasen. Don Juan, der zwar nicht so schnell, aber im Hakenschlagen ein Spezialist war, brachte Ares auf Trab. Ich schlug den Kragen meiner Jacke hoch und kuschelte mich tiefer in meinen Schal. Ein kalter Wind stieß dicke Regenwolken vor sich her und riss auch die letzten hartnäckigen Blätter von den Bäumen. Krähen flogen auf, krächzten, riefen ihre Artgenossen. Unerwartet sah ich eine bizarre Gestalt hinter dem Haus verschwinden. Alwin. Ich fasste einen Entschluss.

„Ares, Don Juan, kommt."

Die Hunde hielten inne und rannten hinter mir her. Zurück im Haus, holte ich meine Taschenlampe und ging in die Bibliothek. Ich betätigte den Schalter der Geheimtür und betrat den dunklen Gang, der in den Keller führte.

Die Hunde folgten mir dicht auf den Fersen. Ares und Don Juan knurrten. Je weiter wir in die unterirdischen Gänge vordrangen, desto aufgeregter wurden sie. Es herrschte eisige Kälte und mein Herz wurde von einer imaginären Faust zusammengequetscht. Ich stieß die Tür zum Labor auf. Alwin schoss übelgelaunt herum. Ein Glaskolben fiel zu Boden und zerbrach. Die klebrige Flüssigkeit zischte und dampfte. Die Hunde fletschten die Zähne. Alwin brachte sich hinter einem Tisch in Sicherheit.

„Könnt ihr nicht anklopfen?", keifte er.

„Was muss ich tun?", fragte ich, ohne auf seine Frechheit einzugehen.

Alwin runzelte die Stirn und in seinen schwarzen Augen glomm ein dunkles Feuer. Ein unangenehmes Grinsen lag auf seinem runzeligen Gesicht.

„Wollt ihr das wirklich wissen?"

Er kam wieder näher. Ares gab ein tiefes Knurren von sich.

„Ruhig Ares", sagte ich.

Ares gehorchte, ohne Alwin aus den Augen zu lassen, der in sicherem Abstand stehen blieb und mich prüfend ansah. Ich atmete flach, um seinen Gestank zu ertragen.

„Wäre ich sonst hier?"

Dieser Kerl kostete mich Nerven, die mir momentan nicht zur Verfügung standen.

„Also gut", er rieb sich die Hände, „wenn meine Forschung sich als wahr herausstellt, dann müsst ihr das Blutopfer bringen, morgen Nacht ist Vollmond."

Es war Aidans und mein Geburtsdatum, der 30. November.

„Was bedeutet Blutopfer?", wollte ich wissen. Ich traute dem Alchemisten nicht.

„Ihr gebt mir ein paar Tropfen Blut. Es wird mit den Essenzen der Arkanen angereichert, die ich nach alten Rezepturen des Paracelsus hergestellt habe. Der Master wird das Heilmittel trinken, das Böse wird vom Edlen getrennt und alles wird vorbei sein."

„Hört sich einfach an. Zu einfach."

Alwin schüttelte den Kopf und zischte wie ein Wasserkessel unter Überdruck.

„Ungläubige!", er winkte mich mit einer ungeduldigen Geste heran und zeigte auf ein schlichtes Gefäß, „seht her: dies ist die Asche des Hexenmeisters, der den Fluch aussprach. Ich habe sie all die Jahre in einer Urne, die aus den sieben alchemistischen Metallen gefertigt wurde, aufbewahrt. Sie wird zusammen mit eurem Blut in das heilige Labyrinth gegeben." Er führte mich zu einem verwitterten Stein. In seine Oberfläche waren tiefe Rillen eines Labyrinths eingemeißelt. „Dann werde ich die magischen Rituale der Reinigung des geheimen Feuers durchführen. Der Extrakt aus diesen besonderen Einzelteilen ist das hohe Arkanum, das höchste alchemistische Heilmittel. In ihm wird Seele, Geist und Körper enthalten sein. Der Fluch wird ein Ende finden."

Alwins Anwesenheit erschöpfte mich, als würde er mit seiner Gegenwart meine Energie absaugen. Die Hunde standen dich bei mir. Jederzeit bereit, sich auf Alwin zu stürzen.

„Warum habt ihr mir nichts erzählt, als ich euch fragte?"

„Der Master hat es verboten. Er wollte nicht, dass ihr euch in Gefahr begebt", ein misslungenes Grinsen lag auf seinen mumienhaften Zügen, „aber ich glaube, dass ihr dem Master helfen wollt. Amor est clavem et mortis."

Aus Alwins zahnlosem Mund hörten sich die Worte weder schön noch vielversprechend an.

„Das beunruhigt mich, Alwin!", ich riss mich zusammen, „in meinen Augen bist du kein vertrauenswürdiger Mann. Was bedeutet die Sache mit dem Tod?"

Alwin lachte gackernd. Das machte ihn nicht sympathischer.

„Nichts Mylady, es ist nur eine Metapher für Reinigung. Sterben in dem alten Zustand, Auferstehung in einem Neuen. Ganz einfach."

„Warum ich? Es gab andere Frauen im Leben von Mister Aidan."

„Alle nicht geeignet", knurrte er, „dumme Hühner. Es muss Blut vom Bösen und vom Reinen sein. Lange geforscht, endlich ist das Ende gekommen", brabbelte Alwin vor sich hin und wandte sich seinen Aufzeichnungen zu, „zwei Teile des Ganzen müssen sein, um das Gleichgewicht herzustellen."

Sein unzusammenhängendes Gerede schwirrte mir durch den Kopf. Was hieß das nun wieder?

Im Grunde war es belanglos. Ich musste tun, was erforderlich war. Alwin blätterte in seinen Papieren und schien mich vergessen zu haben.

Ich trat den Rückweg an. Ausgelaugt und entkräftet schleppte ich mich zur Bibliothek. Meine Beine waren schwer wie Blei und in meinem Kopf steckte ein dicker, dämpfender Wattebausch. Kaum, dass ich einen klaren Gedanken fassen konnte. Ich war froh die Hunde bei mir zu haben. Alwin war den beiden aus dem Weg gegangen. Ich beschloss Don Juan morgen Abend mitzunehmen, wenigstens ein bisschen Sicherheit in dunklen Zeiten.


**Worte ohne Worte**

Der Bildschirm meines Computers war die einzige Lichtquelle im Raum. Ich hatte mir Minikopfhörer eingesetzt und hörte „Erasure". Laut! Der melodische Elektropopsound übertönte meine Gedanken. Erst versuchte ich es mit „Classic Guitarre" und „Irish Folk". Es half nichts. Gedanke über Gedanke rauschte durch meinen Kopf. Ich versuchte mein Unterbewusstsein auszutricksen und wählte einen Sound, der das störende Gedankenrauschen unterdrückte. Immerhin reichte es meine Laune soweit zu heben, nicht in eine handfeste Frustration abzugleiten.

Don Juan hatte sich zu meinen Füßen zusammengerollt und sah mich mit abwechselnd hochgezogenen Augenbrauen an. Ares lag neben mir. Ab und an erhob er sich, legte seinen Kopf für eine Weile auf mein Knie und wartete auf eine Streicheleinheit. Danach drehte er sich ein paar Mal im Kreis und legte sich wieder hin.

„Warum?", ich tippte das Wort auf die leere Seite, „Warum? Warum? Ich möchte es hinaus in den Wind schreien! Solange bis es jemand hört und mir Antwort gibt. Ich möchte meinen Kopf gegen eine Wand schlagen, bis die bedrückenden Gedanken endlich Ruhe geben! Ich erkenne mich nicht wieder. Was ist los mit mir? Ich, die immer jeder Liebelei aus dem Weg gegangen ist, stürze mich in Flirts mit jedem gutaussehenden Mann, der mir über den Weg läuft. Wenn es wenigstens Affären wären, stattdessen bin ich jungfräulicher als Mutter Theresa. Eve würde mich für verrückt erklären, wenn sie wüsste, dass ich Henry und Simon abgeschossen habe, für einen Mann, der mich nicht will. Ich würde mich selbst für irre halten, wenn ich nicht ich wäre. Sie hat Aidan als Tiger bezeichnet, wenn sie wüsste, was wirklich in ihm steckt. Ich kann mir kaum vorstellen, dass sie ihn dann noch will. Seine Genialität, die Zerrissenheit. Leidenschaft, die alles verbrennt, was ihr zum Opfer fällt? Eve will einen Mann, bitte mit Sahne ohne Probleme. Er soll gut schmecken, mehr nicht. Das ist nur Liebe light.

Ich will alles. Und in diesem Moment erkenne ich, wie verrückt es ist. Aber mit weniger kann ich mich nicht zufriedengeben. Entweder alles oder nichts. Ich will seine Leidenschaft, seine dunkle und seine helle Seite und - ich glaube es selbst kaum - ich will seinen Körper, seine Erregung, diese atemlose Lust, wenn er mich packt und seinen heißen Atem in mich legt. Wenn er in meiner Nähe ist, vibriert mein Körper. Alles zieht mich zu ihm. Wenn er mich nicht will, dann ist das Leben wertlos für mich.

Vielleicht stimmt es, was Simon sagt. In einer anderen Zeit unter anderen Umständen hätte ich ihm gehört. Nur ist es diese Zeit, dieses Leben. Ich weiß, dass Aidan andere Frauen hatte. Vielleicht waren einige dabei, die er liebte. Das bedeutet mir nichts. Heute ist heute. Ich glaubte nie an Schicksal. Nie daran, dass es den einen Menschen für mich geben könnte. Ich habe es gehofft, aber geglaubt, dass es wahr wird? Nein, diesen Traum verbannte ich ins Reich der Fantasie. Wie findet man unter sechs Milliarden Menschen den, der das Gegenstück zu deiner Seele besitzt? Dessen Herz im selben Takt schlägt, dessen Atem deinen in Brand setzt, der dich berührt und die köstlichsten Gefühle hervor ruft?

Dann kam Aidan und veränderte alles. Vom ersten Moment. Kein Stein meiner hübsch zu recht gezimmerten Überzeugungen steht noch auf dem anderen. Es wird nie wieder so sein.

Ich habe in Simons Zimmer ein Buch gefunden. Darin geht es um Flüche. Ich muss Alwin wohl glauben. Auch wenn sich mein Instinkt sträubt und mir sagt, dass etwas nicht stimmt. Wenn ich den Finger darauf legen könnte. Es ist, wie Aidan sagte. Das Böse ist dort unten. Nicht immer. Aber es schwebt wie eine dunkle Wolke durch die Gänge. Vielleicht ist es eine Art Illusion oder ätherische Erscheinung. Das beklemmende, furchterregende Gefühl lässt sich kaum beschreiben und es jagt mir sogar Schauer über den Rücken, wenn ich nur daran denke.

Ich stelle fest, dass ich keine Ahnung habe. Am meisten irritiert mich, dass Aidan und Sir Robert Alwin vertrauen, obwohl er in den letzten Jahrhunderten keine Glanzleistungen vollbrachte. Er hat die Amulette gefertigt, also ist er nicht so unfähig, wie er aussieht. Ob er sich tatsächlich mit seiner Alchimie am Leben erhält? Bei dem Gedanken schüttelte es mich. Ich möchte nicht wissen, welche Pillen er schluckt oder was er für Tinkturen braut. Zumindest hat es ihn dahin gebracht, wo er jetzt ist. In einem dunklen Keller mit einem vorsintflutlichen Labor, als Aufpasser für zwei Werwölfe. Wenn das Ganze nicht so tragisch wäre, müsste ich lachen."

Ich speicherte den Text unter „Tagebuch" und überlegte, dass ich Aidan einen Brief schreiben sollte. Ich hielt es für möglich, die nächste Nacht nicht zu überleben. Geboren am 30.11. – gestorben am 30.11. Vielleicht gab ich einen guten Geist ab? Ich könnte mit Sir Robert eine Partie Bridge spielen oder Tarock. Er würde es mir beibringen müssen, aber ich würde lernen. Die Ewigkeit stünde mir zur Verfügung. Zeit spielte keine Rolle. Oder ich könnte mit ihm das Tanzbein schwingen. Er war ein guter Tänzer. Ich konnte noch etwas tun, ich konnte Aidan lieben. Für immer.

„Ich bin total irre! Total! Wenn das jemandem erfährt, liefern sie mich ein."

Trotz der trostlosen Lage fühlte ich mich plötzlich ganz leicht. Ich zog den Stecker der Kopfhörer aus dem PC. Erasure erfüllte den Raum, brachte die Luft zum Schwingen. Die Bässe versetzen mein Herz in Schwingung. Andy Bell sang:

„Gerade, als ich dachte es endet, konnte ich dich fühlen ... es ist nur eine Frage der Zeit ... und nur die Zeit wird dich heilen".

Ich schob meinen Stuhl zurück und tanzte durch den Raum. Der Text und der Beat passten 100 Prozent zu meinem überschäumenden Gefühl, ich konnte nicht anders. Meine Synapsen schnappten über. Musik und Liebe waren stärker als Speed. Keine Droge hätte mich so drauf bringen können. Die Musik schoss direkt in mein Blut. Ich betrank mich an ihr. Es fühlte sich so unbeschreiblich gut an, mein Herz stand kurz vor dem Zerspringen.

Die Hunde sahen mich an, als hätte ich den Verstand verloren. Das war eventuell meine letzte Nacht auf Erden. Ich war entschlossen, mich zu amüsieren. Auf Teufel komm raus, auf den konnte ich keine Rücksicht nehmen. Sollte er kommen, ich würde den Schritt vorgeben, er würde folgen, sonst ging ich ihm durch die Lappen.

Ich rannte die Treppe hinauf, nahm mir aus Eves Schrank eine enge schwarze Hose und ein offenherziges Shirt. Ich rief ein Taxi und zog mich um. Die Haare trug ich offen.

Als ich ins Taxi stieg, kam Aidans Wagen gerade die Auffahrt herauf. Ich sah Simon und Eve aussteigen und winkte ihnen lässig zu. Amüsiert über die erstaunten Gesichter lehnte ich mich in die Polster. Ich umschloss das Amulett mit der Hand. Das war mein Arrangement. Leben gegen Tod! Und wenn ich nur diese eine Nacht hatte, dann sollte es so sein.


**Die letzte Nacht**

Der Türsteher sah mich sofort und winkte mich vorbei. Hocherhobenen Hauptes schritt ich an den Wartenden vorbei und betrat den angesagtesten Club der Stadt. Das „Pascha" war für sein Ambiente und die eleganten, reichen Partygäste bekannt.

Ohne mich mit Drinks oder abchecken aufzuhalten, betrat ich die Tanzfläche. Ich schloss die Augen. Die Beats flossen durch meinen Körper, ich ließ mich ergreifen und stand in Flammen. Die Schritte, die Bewegungen kamen herausgeströmt, als wäre ich programmiert. Ich konnte nicht aufhören. Immer weiter folgte ich dem Rhythmus der Songs. Ich machte eine Drehung, jemand griff nach meinem Handgelenk und zog mich mit einer übergangslosen Bewegung an sich. Ich fühlte einen muskulösen Köper, der meinen einnahm.

Aidan! Ich sah das Begehren in seinen Augen. Mein erster Impuls war Flucht. Er ließ mich nicht entkommen. Mühelos nahm er meine Bewegung auf. Mein Herz und mein Bauch vibrierten im Takt der Musik. Jeder Muskel meines Körpers löste sich, erlag den Schwingungen, die mich durchdrangen. Ich war nur noch Gefühl, trieb in Aidans Armen im Strom. Es war so leicht. Bevor mein Verstand wusste, welchen Schritt er machte, ahnte ich ihn, bewegte mich, ohne zu zögern in seine Richtung. Sein Körper lenkte meinen, wie der Arm des Dirigenten den Taktstock. Mein Herz bebte in der Musik, der Hitze und dem Verlangen seinen geschmeidigen, kraftvollen Körper nicht nur auf der Tanzfläche zu spüren.

Der DJ legte einen langsamen Song auf. Aidan schob seinen Arm um meine Taille und presste mich mit ganzer Köperbreite an sich. Durch das dünne Hemd spürte ich seine Hitze. Seine Lenden pressten sich gegen mein Becken und mein Bauch füllte sich mit einem kribbelnden Ziehen, das in jede Zelle drang. Sein intensiver Blick taucht in meine Seele. Ich wusste, was er wollte.

„Du gehörst mir! Kein anderer Mann wird dich

so sehen wie ich und kein Mann, wird mit dir tun, was ich tun werde", flüsterte Aidan mir heiser ins Ohr.

Mein Körper reagierte sofort. Aidan lachte, er spürte es. Ich schlug die Augen nieder. Ich wollte nicht, dass er meine Sehnsucht nach seinem Körper und seiner Lust lesen konnte.

„Du kannst es nicht verbergen."

Aidan griff sanft in mein Haar und zog meinen Kopf zurück. Er zwang mich ihn anzuschauen. Was ich sah, erregte mich.

„Du wolltest es so. Du kannst einen Wolf nicht reizen und glauben, dass du entkommst. Mein Hunger nach dir übersteigt alles, was du dir vorstellen kannst. Ich habe Jahrhunderte auf dich gewartet. Glaubst du, dass du meine Liebe ertragen kannst?"

Er hauchte mir einen Kuss auf die kleine Stelle, unter der meine Schlagader pulsierte. Ich konnte das Stöhnen nicht zurückhalten.

„Ich will dich", antwortete ich.

Alles war gesagt. Aidan nahm mich an der Hand. Wir verließen den Club. Auf dem Weg nach Hause sprachen wir kein Wort. Mein Herz schlug bis zum Hals. Ich würde ihm gehören. In dieser Nacht würde ich Viola sein. Cesario gehörte der Vergangenheit an. Ich schwor mir, Orsino zu zeigen, dass der Hunger meiner Liebe, seiner in nichts nachstand. Beinahe wünschte ich mir, seiner Leidenschaft zu erliegen und zu erlöschen. Mein Instinkt sagte mir, dass es nicht so sein würde. Wonach ich mich so lange sehnte, würde geschehen.

Was Aidan auch tun würde, ich konnte es aushalten. Ich hatte nur diese eine Nacht, um die zu werden, zu der mich das Schicksal bestimmte, das letzte Teil zur Lösung des Rätsels. Wir waren zwei Hälften, die nur gemeinsam eins werden konnten. Mond und Sonne mussten zueinanderfinden. Vereint konnten sie das Gleichgewicht wieder herstellen.

**Mond und Sonne**

Aidan schloss die Tür hinter uns. Mein Herz raste. Ich sah ihn erwartungsvoll an. Er kam auf mich zu, streifte mir beinah ehrfurchtsvoll die Kleider ab und sah mich mit einem Blick an, der mir den Atem verschlug. Dann hob er mich hoch und trug mich zum Bett. Immer noch den Blick in meinem, beugte er sich zu mir herunter und küsste mich. Mein Mund fing Feuer. Ich schlang die Arme um seinen Hals, vergrub die Finger in seinem vollen Haar. Immer verlangender, fordernder küsste er mich. Ließ seine Zunge über meine Lippen streifen, öffnete mir den Mund mit leichtem Druck und unsere Zungen verfingen sich in einem Spiel aus Saugen und Lecken, das von meiner Kehle direkt bis in meinen Unterleib floss. Ich bog meinen Kopf zurück, bot ihm meinen Hals, presste mein Becken gegen seins und spürte, seine Erregung. Langsam erhöhte ich den Druck. Aidan stöhnte leise.

„Oh mein Gott, du bist so schön", flüsterte er.

Ich knöpfte sein Hemd auf, legte meine Hände auf seine Brust. Er trug sein Amulett. Ich löste es. Erschrocken sah er mich an.

„Nein! Das darfst du nicht!"

Ich legte Aidan einen Finger auf die Lippen. Sanft drückte ich ihn in die Kissen und küsste ihn, dann legte ich mir sein Amulett um. Ich öffnete seine Hose und zog ihn aus. Sein kräftiger, athletischer Körper erregte mich, als stände ich unter Drogen. Es gab keine Angst, keine Hemmschwelle, die ich überwinden musste. Seine erotisierende Wirkung auf mich blendet alles aus. Geschmeidig schwang ich mich über seinen Schoß und betrachtete seinen schönen erigierten Schwanz. Aidan sah mich erstaunt an. Ich beugte mich zu ihm herunter und küsste seinen Mund. Mit einer Hand griff er in meine Haare und schlang den anderen Arm um meine Taille, er zog meinen Oberkörper ganz auf seinen herunter. Aidans Hand glitt über meinen Rücken, über meinen Po und meine Schenkel. Meine harten Brustknospen rieben sich auf seiner Haut. Aidan zog mich etwas vor und ich fühlte seinen Schwanz zwischen meinen Venuslippen. Er konnte in meiner Feuchtigkeit baden. Ich hob mein Gesäß, fasste seinen Schwanz, atmete tief durch, trieb meinen Schoß gegen seine Lenden und stieß einen Schrei aus. Ein stechender Schmerz zuckte durch meinen Unterleib. Ich atmete heftig aus.

„Du bist noch Jungfrau", ungläubig sah Aidan mich an.

„Nicht mehr."

Aidan packte mich mit beiden Armen, presste mich an sich und rollte mit mir einmal herum. Ich fühlte seinen harten Schwanz in mir. Es erregte mich, ihn so schwer und beherrschend auf und in mir zu spüren. Aidan küsste jeden Zentimeter meines Gesichts, seine Zunge fuhr langsam und zart in meinen heißen Mund und suchte meine Zunge. Das Pochen in meiner Venus wurde immer begieriger. Ich konnte nicht mehr warten, hob mein Becken seinem entgegen und dann, ganz behutsam, begann er sich zu bewegen. Ich spürte, wie sich seine Muskeln zusammenzogen, schlang meine Arme um ihn, kam seinem Takt entgegen. Es war wie tanzen. Mein Körper bog sich seinem entgegen, ich versetzte mein Becken in Schwingungen und sein Schwanz versetzte meine Venus in Vibrationen. Meine Brüste rieben sich an seinem Oberkörper, seine Lippen glitten meinen Hals entlang. Sein Rhythmus zog an, fasste meine Erregung und feuerte sie unaufhaltsam an. Seine Hände, sein Mund waren überall. Ich stöhnte unter seiner Lust. Mein Herz raste. Mein Atem verging.

Ich öffnete die Augen und sah ihn an. Ich sah aufgewühlte, zügellose Begierde in seinen Augen, die meine spiegelte. Sah den unbezähmbaren Wolf, die Fangzähne, spürte die schwellenden Muskeln unter meinen Händen, fühlte die enorme Kraft, mit der er meinen Körper beherrschte und mich in Besitz nahm. Seine Stöße erschütterten mein Inneres und Äußeres. Der Rausch wurde zu Ekstase. Ich spürte seinen Körper, seine Seele. Meine Finger krallten sich in seinen Rücken. Jeder Gedanke verging. Seine grauen Augen und sein Körper hielten mich zwischen Leben und Tod. Als der Orgasmus meinen Körper erfasste, war es wie die Zerstörung meines Selbst und zugleich eine Erneuerung. Hinter meinen Augen wurde es rot, schwarz, blitzende Sterne, Explosionen aller Farben. Ich stöhnte, schrie und mein Körper wurde hin und her gerissen. Nur seine Arme hielten mich noch zusammen.

Als ich die Augen aufschlug, hatte ich das Gefühl aus einer langen Ohnmacht zu erwachen. Aidan hielt mich fest an sich gepresst. Ängstlich sah er mich an. Tränen rannen über mein Gesicht.

„Habe ich hab dir wehgetan?", flüsterte er besorgt und küsste die Tränen von meinen Wangen.

„Nein", ich lachte und schluchzte, „nein, du hast mir nicht wehgetan."

Ich streckte mich, schmiegte mich enger an ihn und suchte seinen Mund. Erleichtert küsste er mich. Erstaunen lag in seinem Blick, als er den

Kopf hob.

„Es war köstlich, wundervoll", flüsterte ich.

„Ich bin eine Bestie", erwiderte er aufgewühlt.

Ich schüttelte den Kopf.

„Du bist der Mond und ich die Sonne. Zusammen sind wir vollständig."

Ein spöttisches Lächeln spielte um seine Lippen, seine Finger strichen durch meine Haare.

„Dann bist du des Herrn Herrin geworden."

„Nein", ich schlug die Augen nieder und wurde rot, „ich bin die Gefährtin des Wolfs geworden. Und ich, - ich liebe dich, bis ich sterbe", sprach ich es aus.

„Schau mich an, du kleine Zauberin", er lachte und bog meinen Kopf zurück, „es hat dir offensichtlich gefallen."

Ich nickte schüchtern. Es stand in extremem Gegensatz zu dem, was in meinem Körper vorging. Sein Blick und seine Stimme gingen mir unter die Haut, riefen eine neue Welle der Erregung hervor. Als seine Fingerspitzen über meinen Rücken glitten, drückte ich meine Hüften gegen seine und spürte, dass er mich in dieser Nacht nicht das letzte Mal lieben würde. Ich hatte den Wolf geweckt und er war gekommen, mich zu fressen. Mein Einverständnis hatte er bedingungslos.

**Der Tag danach**

Sonne schien durch das Fenster, streifte mein Gesicht. Ich rekelte mich in den weichen Kissen und schlug die Augen auf. Tief einatmend sog ich die Wärme und den Duft der Liebe ein, der mir auf der Haut brannte. Jede Zelle meines Körpers atmete Liebe und Sex. Es war wie in diesem Gedicht, dass ich vor Kurzem las: „Die Erde riecht noch nach Sommer, und der Körper riecht noch nach Liebe." (1)

Ich fühlte mich überwältigt, zerstört und gleichzeitig erneuert. Immer noch spürte ich Aidans Hände, seinen Körper auf meinem, seinen harten Schwanz, der mich ausfüllte und mir Wonnen schenkte, die ich mir in meinen wildesten Träumen nicht vorgestellt hatte. Dazu Küsse, die immer neue Feuer weckten, meine Haut mit Bränden überschütteten. Ganz zu schweigen von seinen Zungenspielen, die meinen Körper in seinen Grundfesten erschütterte.

Wenn ich dachte, es ginge nicht noch tiefer oder höher, zeigte mir Aidan, was es bedeutete ein Wolf zu sein. Unsere Lüste und Begierden entzündeten sich gegenseitig, bis keiner mehr wusste, was du und ich bedeuteten. Sein Herz schlug in meiner Brust und mein Herz in seiner. Es gab keine Trennung, nichts Fremdes mehr. Ying und Yang schmiegten sich perfekt ineinander. Und doch wusste ich, dass es mehr gab. Hinter dem gierigen Schlund des Meeres nach Lust kamen der Horizont und die Unendlichkeit.

„Guten Morgen mein Herz."

Aidans sanfte Stimme jagte mir sofort einen Schauer über den Körper. Ich hatte nicht bemerkt, dass er am Fenster stand und mich betrachtete. Er trug einen dunklen, eleganten Anzug und sah umwerfend aus. Seine Augen funkelten begehrlich. Ich hielt den Atem an, als er zu mir herüber kam und sich aufs Bett setzte. Allein sein Blick machte aus meinem Herzen einen Feuer speienden Vulkan.

„Was hast du mit mir gemacht, du kleine Zauberin", er lächelte zärtlich und zog mich in seine Arme, „du hast den Dämon besiegt."

„Nein", flüsterte ich und küsste seine sinnlichen Lippen, „ich habe den Dämon geliebt. Und ich verspreche dir: mit allem, was ich bin, meinem Herzen, meiner Seele, dass ich liebe, was du bist und wer du bist. Bis mir das Herz bricht und meine Gedanken vergehen."

Aidans sah mich ernst an. Ich spürte, dass er etwas sagen wollte. Ich kam ihm zuvor und verschloss ihm den Mund mit einem verlangenden Kuss. Der betörende Duft, der von ihm ausging, wühlte meine Lust auf und begieriges Pochen in meiner Schamgegend flutete meinen Körper. Aidan hauchte Küsse auf meinen Hals. Seine Hände liebkosten meine Brüste. Es war als hätte er einen geheimen Schalter entdeckt, der unter seinen Berührungen von null auf 180 schoss und jeden anderen Gedanken, als den an ihn, auslöschte. Ich wollte ihn so sehr, so schmerzhaft, dass es unmöglich war, Worte dafür zu finden. Sanft löste Aidan sich von mir. Er sah mich an, als würde er träumen, schüttelte den Kopf und sagte leise:

„Ich kann es immer noch nicht glauben. Du bist es. Du bist hier. Du liebst mich?!"

Ich setzte mich auf, fuhr ihm durch die frisch gestylten Haare und lachte.

„Das ist keine Frage, sondern eine Tatsache."

„Hey, lass meine Haare", er grinste, „sonst muss ich dich bestrafen."

Mit einem Handgriff hatte er mich geschnappt, meine Hände über dem Kopf fixiert und mit seinem Körpergewicht in die Kissen gedrückt.

„Was soll ich jetzt mit dir machen?", fragte er streng und sein Blick sagte es mir sehr deutlich.

„Was ihr wollt, Sir. Ich bin ganz die eure", erwiderte ich ergeben und lächelte, „wenn ihr das von gestern Nacht wiederholen könntet, wäre ich euch sehr, sehr dankbar."

Aidan lachte.

„Du meine Güte, was habe ich angerichtet! Das kleine unschuldige Mädchen ist über Nacht zu einer Nymphe geworden."

Ich drängte das Becken gegen seinen Unterleib.

„Nein, eine Furie ist sie geworden."

Er verschloss mir mit einem gierigen Kuss den Mund.

„Sir, ihr seid ein Wolf, was erwartet ihr?", keuchte ich und drückte mich stärker an ihn.

„Alles! Jede Nacht und jeden Tag. - Oh, Himmel wir werden diesen Raum niemals mehr verlassen können", stöhnte er scherzhaft.

„Sagt das nicht, mein Herr. Wie ich hörte, soll auch Liebe im Freien sehr schön sein", ich küsste seinen Hals. Aidan seufzte.

„Ich würde es dir sofort beweisen, aber leider muss ich gehen. Ich werde erst am späten Nachmittag zurück sein."

„Nein mein Herr, ihr dürft mich nicht verlassen", flehte ich, „ich gebe euch alles, was ihr verlangt."

Aidan lachte.

„Ich bin nicht sicher, ob du so viel Lösegeld dabei hast, aber ich lasse mich gerne mit Naturalien bezahlen."

Er hauchte zarte Küsse auf meine Brustknospen.

„Du machst mich fertig", er grinste, „und es gefällt mir ausnehmend gut! Ich hoffe, du hörst nie damit auf."

Aidan erhob sich, ging zu dem großen goldumrahmten Spiegel, ordnete seine Kleidung und fuhr sich lässig durchs Haar.

„Du siehst gut aus. Viel zu gut", seufzte ich und stand ebenfalls auf, „es liegen dir sowieso schon sämtliche Frauen zu Füßen, wie kann ich dagegen ankommen?"

Er drehte sich um. Ein spöttisches Lächeln huschte über seinen Mund.

„So", seine Augen strichen begehrlich über

meine nackten Rundungen, „kann dir keine das Wasser reichen, meine kleine Titania. Du hast mir gezeigt, was echte Liebe sein kann."

Aidan umarmte mich. Ich sah zu ihm auf. Mit den Fingerspitzen fuhr er zärtlich die Linien meines Gesichts nach.

„Woher wusstest du, dass nichts passiert, wenn du mir das Amulett wegnimmst? Ich hätte dich töten können."

„Weil ich dich liebe. Dich und den Wolf in dir. Ich sagte es dir: bis mir das Herz bricht. Das ist die Wahrheit. Ich trug dein Amulett und deine Liebe zu mir, hat den Wolf bezwungen. Es gibt nichts, das du fürchten musst."

Aidan schüttelte den Kopf.

„Doch mein Herz, der Wolf ist in mir und er wird ausbrechen. Heute Nacht ist Vollmond. Wenn ich daran denke, wird mir ganz anders. Du darfst nicht in meiner Nähe sein, ich flehe dich an. Ich könnte es nicht ertragen, wenn du durch meine Schuld verletzt würdest."

„Wird Alwin dich einsperren?"

Angst stieg in mir auf.

„Er muss es tun. Ich kann die Wandlung in diesen Nächten nicht beherrschen."

Wir hielten uns fest. Wortlos fühlten wir die beruhigende Nähe des anderen.

„Ich muss gehen."

Aidan küsste mich zärtlich.

„Warte!"

Ich streifte das Amulett ab, legte es ihm um den

Hals und drückte einen Kuss auf seine Wange. Er sah mich so liebevoll an, dass mir das Herz wehtat. Ich wollte ihm alles sagen und konnte es nicht. Aidan wäre niemals einverstanden gewesen, hätte er gewusst, was ich beabsichtigte.

„Ich liebe dich, kleine Lady!", er küsste mich, „mach keine Dummheiten", sagte er und grinste. Dann war er fort.

## Der helle Wahnsinn

„Guten Morgen, Schätzchen", Eve grinste über das ganze hübsche Gesicht, als ich in die Küche kam, „ich hörte, dass sich deine bestehende Jungfräulichkeit in eine nicht existente verwandelt haben soll."

Ich lief rot an.

„Wer hat das erzählt?"

„Bitte! Ich habe gesehen, wie Aidan die Treppe herunter kam. Glaub mir, ich weiß, wenn ein Mann zufrieden mit sich und der vergangenen Nacht ist."

Sie beugte sich vor und sagte verschwörerisch:

„Ich würde sagen, der Mann war 150 Prozent zufrieden. – Außerdem habe ich ihn gefragt."

„Eve, das hast du nicht!"

„Na klar! Aidan hat mir gestern beim Essen ganz deutlich gesagt, dass es nur eine Frau gibt, die für ihn infrage kommt. Du."

„Wirklich?"

„Wirklich. Er hat mir zwar gesagt, dass du nichts davon wissen sollst, weil er, wie er sagt, nicht der Richtig für dich sei, aber ich schätze, er hat seine Meinung inzwischen geändert."

Ich goss mir Kaffee ein und warf ein Weißbrot in den Toaster. Die Spannung zwischen Eve und mir war zum Greifen. Nachdenklich schmierte ich mir Butter und Marmelade auf den Toast. Als ich mich zu Eve umdrehte, waren ihre Augen immer noch wie Kletten auf mich gerichtet.

„Und! Sag schon, wie war er!"

„Meine Güte Eve, was soll ich sagen?"

„Na, umwerfend, unbefriedigend, toll, langweilig?"

„Du weißt schon, dass ich das erste Mal Sex hatte und keine Vergleichsmöglichkeit."

Eve lachte schallend.

„Also Liebes, bei mir musst du dich nicht zieren und ich bin mir sicher, dass du für diesen Mann keinen Vergleich brauchst, wenn du dem Sex mit ihm einen Namen geben willst."

Ich sah Eve an - und musste lachen. Sie prustete ebenfalls los. Nachdem wir uns beruhigt hatten, sagte ich:

„Ich würde sagen, wenn es jemand gäbe, der den Sex erfunden hat, dann Aidan. Du hattest Recht. Er hat mich aufgefressen, mit Haut und Haaren und meine Seele dazu. Nie, nie hätte ich gedacht, dass ein Mann so unglaublich erregend und wild sein könnte. So", ich durchforstete meinen Wortschatz, „ausdauernd, hart, unersättlich."

„Ich gebe zu, ich beneide dich. Aber ich schätze du hast es dir verdient. Und nun?"

Ich zuckte mit den Schultern.

„Ich glaube kaum, dass der Sex mit Aidan zu toppen ist. Wenn er mich nicht will, dann wird das der erste und letzte Sex meines Lebens sein."

Kurze Stille. Simon war hereingekommen.

„Guten Morgen, Ladys", Simon sah uns irritiert an, „was ist denn mit euch los."

Eves Blick kreuzte sich mit meinem. Wir sahen Simon an, der in Jeans und enganliegendem Shirt, das sein ganzes prächtiges Sixpack zeigte, vor uns stand. Ein neuer Lachflash schüttelte uns.

„Hey, stimmt mit mir was nicht?"

„Doch Schätzchen, alles in Ordnung", kicherte Eve und musterte den verwirrten Simon von oben bis unten, „ich dachte nur, was wir für ein Glück haben."

Neues Gelächter. Ich hielt mir den Bauch mit einem Arm und wischte mir die Tränen von den Wangen.

„Ich komme wieder, wenn ihr euch beruhigt habt."

Sprach`s und entschwand mit seinem Kaffee.

„Ich glaube, ich sollte mein Glück bei Simon versuchen. Die Männer in diesem Haus sind wirklich heiß."

„Da stimme ich dir zu und du kennst nicht

einmal alle."

Ich dachte an Sir Robert, der zu Lebzeiten ein sehr gutaussehender Mann gewesen sein musste. Sogar als Geist machte er etwas her. Er war nur nicht mehr so griffig.

„Eve, wir müssen reden."

Ich wechselte das Thema. Es wurde Zeit ihr reinen Wein über Moore einzuschenken.

„Oh, oh, wenn jemand sagt, wir müssen reden, dann ist das meistens eine unangenehme Sache. Was habe ich angestellt?"

„Gar nichts. Wie kommst du darauf?"

„Reine Vorsichtsmaßnahme", Eve grinste, „also schieß los."

„Was ich dir jetzt sage, wird dir nicht gefallen. Bitte versuch ruhig zu bleiben", ich sah sie besorgt an.

„Du meine Güte, mach mir keine Angst. Wie schlimm kann es auf einer Skala von eins bis zehn sein?"

„Fünfzehn?! – Lange Rede, kurzer Sinn: der Eventmanager, der das Schloss für heute Abend gemietet hat, heißt Moore und ist der Kerl, an den Beißer uns damals verkauft hat."

„Nein!", Eve wurde blass, „das ist nicht dein Ernst."

„Doch leider. Ich bitte dich, heute Abend nicht im Haus zu sein. Er weiß nichts von dir."

„Kommt gar nicht infrage!", Eve schüttelte energisch den Kopf. „Und du bist diesem Kerl hilflos ausgeliefert? Weiß Aidan davon?"

„Nein, aber Simon. Er wird bei mir sein. Wenn der Kerl mir was tun will, dann weiß er, was er unternehmen muss."

„Gut. Ich bleibe! Dieses Schwein kriegt mich nicht unter. Ich habe lange genug Angst gehabt. Wenn er eine Konfrontation will, kann er eine haben."

Ich war erstaunt über Eves Kampflust. Sie stand auf und lief nervös hin und her.

„Dieser Perverse! Ich dachte, es hat ihn längst erwischt", sie blieb stehen, sah mich mit funkelnden Augen an, „ich hoffe, Simon gibt ihm den Rest. Wir packen ihn in die Familiengruft und sprechen nie wieder ein Wort darüber."

Ich presste die Lippen zusammen, konnte mich aber nicht beherrschen und lachte schallend.

„Was ist los mit dir? Aldenham Park beflügelt deine Fantasie auf recht düstere Art und Weise. Das ist doch eher mein Metier."

Sie sah mich scharf an, dann streckte sie mir die Zunge raus und sagte: „Du bist blöd", und stimmte in mein Gelächter ein.

„Das macht nichts. Ist der Ruf erst ruiniert, lebt sich`s völlig ungeniert."

„Was hast du vor?", fragte Eve neugierig.

„Ihn in eine Falle locken. Wenn er eine falsche Bewegung macht, ist er dran."

„Dir ist bewusst, dass wir es mit einem Psycho zutun haben?"

„Sonnenklar. Wenn du hier bleibst, tu mir einen Gefallen, verkleide dich so, dass er dich nicht gleich erkennt. Und bleib in Simons Nähe."

„Wer bleibt in meiner Nähe?", Simon kam zurück, um sich einen zweiten Kaffee zu holen, „ihr heckt bestimmt etwas aus."

Eve ging auf Simon zu, lächelte verführerisch und legte ihre Hand auf seinen Arm.

„Ich bleibe gern in Simons Nähe", gurrte sie.

Simon wusste nicht, wie ihm geschah.

„Keine Angst Simon, das ist nicht, wonach es aussieht", grinste ich.

„Da wäre ich nicht sicher. Ich glaube Simon und ich sollten darüber sprechen, wie man Mister Moore am besten verschwinden lässt."

Eve zwinkerte ihm verschwörerisch zu.

„Darum geht`s. Das überlass ich eurer Fantasie, ich bin nur der Mann fürs Grobe", lachte er.

„Für`s Grobe bin ich auch zu haben", Eve ließ ihre Finger über seinen Arm zur Schulter hinauf wandern, „aber ich steh auch auf Männer mit Feinmotorik."

„Was habt ihr in den Kaffee getan?", er flüchtete Richtung Tür, „immer schön cool bleiben."

„Keine Angst, Schätzchen. Ich erkläre dir bei Gelegenheit was ich meine", rief Eve Simon hinter her und kichert, „der Dschungeldoc gefällt mir. Muskeln aus Stahl und einen Hintern, - göttlich und so schüchtern."

Ich hätte Eve gerne gesagt, dass dies ein großer Irrtum war. Simon war eine Menge, aber bestimmt nicht schüchtern. Wenn sie das glauben wollte, bitte. Das lenkte sie eine Weile von Mister

Moore ab.


## Partyfieber

Das Spiegelbild zeigte eine Elfe mit einem Blumenkranz im Haar, roten Lippen, geheimnisvoll geschminkten Augen hinter einer feuerroten Venezianermaske aus Federn, deren weibliche Attribute sich in dem enganliegenden Kostüm ausgesprochen reizvoll ausnahmen. Der knielange grasgrüne Chiffonrock war mit Blüten, Schmetterlingen und Vögeln aus Pailletten bestickt und ließ grün bestrumpfte Beine durchscheinen. Um das enge Oberteil schlang sich eine Ranke aus Rosenblüten, in der ebenfalls Schmetterlinge steckten.

Ich beugte mich vor. Blickte mir lange in die Augen, drehte meinen Kopf, meinen Körper von links nach rechts und wirbelte dann wie ein Derwisch durch den Raum. „Schmetterlingsflügel" wäre mein Name. Ich blieb stehen und drehte mich zu Sir Robert um, der es sich in einem Sessel gemütlich gemacht hatte.

„Was sagt ihr, Sir Robert?"

„Wundervoll", er lächelte, „du bist wunderschön. Endlich wird in diesem Haus wieder ein Fest gefeiert."

„Ja", plötzlich schnürte sich meine Kehle zu, „wenn es nur ein besserer Anlass wäre, der uns zu diesem Fest verholfen hätte. – Dieser fiese Moore wird bestimmt bald auftauchen. Wenn er nicht ganz dämlich ist, in einem Kostüm, in dem wir ihn nicht erkennen."

Sir Robert lachte.

„Serafine meine Liebe, mach dir keine Sorgen. Ich bin mir sicher, dass der Geisterjäger das erledigt. – Gebraucht hätten wir das nicht. Immerhin hab ich schon den ein oder anderen ungebetenen Gast in die Flucht geschlagen."

Ich musste lächeln, obwohl mir das Wasser bis zu den Augenlidern stand.

„Ich hoffe, Sir Robert, dass sie im Notfall bereitstehen und Simon unter die Arme greifen. Man weiß ja nie."

„Stimmt! Die jungen Leute können ab und an ziemlich schwer von Begriff sein."

Draußen hörten wir Türen klappen und ein anschwellendes Stimmengewirr.

„Dann stürzen wir uns ins Getümmel", ich nahm Sir Roberts kalte Hand, „begleitet ihr mich?"

„Natürlich, mein Kind. – Bevor wir gehen, habe ich eine Frage. Liebst du meinen Sohn?"

„Um es mit Shakespeare zu sagen: Er ist für mich die ganze Welt."

Sir Robert lachte und küsste meine Hand.

„Gut gesprochen, Kind. Du bist genauso verrückt wie er, aber sei es drum. Es zählt allein die Liebe."

Und der Tod. Und ich bereit, mit frohem

will'gem Sinn, gäbe IHM zur Erlösung, mich tausend Toden hin.

Ob Aidan gelächelt hätte, wüsste er, dass ich anfing in Shakespeares Ausdrucksweise zu denken. - Wohl nicht, denn es ging um mein Leben.

In der großen Halle hatte der Catering Service ein opulentes Buffet aufgebaut. Die Säle standen offen und boten den vielen Gästen ausreichend Platz. In dem Saal, der zum Tanzen gedacht war, spielte sich die Band warm. Immer mehr edel verkleidete Gäste strömten herein und füllten das Haus. An den herrlichen Kleidern und Masken konnte ich mich nicht sattsehen. Sir Robert genoss das Schauspiel offensichtlich.

„Gefällt es euch, Sir Robert?"

„Sehr, meine Liebe. Erinnerungen erwachen", ein wehmütiges Lächeln huschte über sein Gesicht, „ich wünschte Elisabeth könnte dies alles mit erleben."

Meine Gedanken weilten bei Aidan. Der Mond ging bald auf. Wo war er? Hatte Alwin ihn eingesperrt? Der Gedanke ließ mich erschauern. Es musste aufhören. Aidan durfte nicht weiter unter diesem Fluch leben.

„Sir Robert, wo ist Aidan?"

„Ich weiß nicht, Serafine. Ich habe ihn nicht gesehen. Ich hoffe, er kommt rechtzeitig nach Hause. Alles andere wäre fatal."

Plötzlich schlug mein Herz schneller und das Amulett auf meiner Haut heiß wurde. Aidan war hier. Ich sah mich in der Menge um, konnte ihn aber nicht entdecken. Dafür erkannte ich den Menschen, den ich am meisten hasste: Moore. Der anmaßende Mistkerl hatte sich als Napoleon verkleidet. Ich musste Eve und Simon warnen. Überraschend erblickte ich Jonathan. Er hatte sich unter das Servicepersonal gemischt, das mit Tabletts unterwegs war und Sekt anbot. Ich winkte ihn heran.

„Mylady, was kann ich für euch tun?", fragte er und ließ sich zu einem Kompliment herab, „ein sehr fantasievolles Kostüm."

„Danke, Jonathan. Sir Robert hat mir geholfen meine Wünsche perfekt in die Tat umzusetzen. – Aber es geht um eine andere Sache. Da drüben dieser Napoleon ist Mister Moore, du musst unbedingt Eve und Simon Bescheid sagen. Ich kann sie in der Menge nicht finden."

„Zu euren Diensten, Mylady", er neigte den Kopf und verschwand.

„Nanu was ist mit Jonathan los? Kein Widerwort? Das bin ich gar nicht gewöhnt."

„Es dauert immer ein bisschen, bis Jonathan sich an einen Menschen gewöhnt. Berufskrankheit, glaub ich."

Jemand tippte mir auf die Schulter. Ich drehte mich um und sah zu einem schneidigen Reiter auf. Aidan.

„Hallo meine kleine Elfe, schenk mir einen Tanz, bevor ich gehen muss."

Mein Herz krampfte sich zusammen. Ich hätte

ihm so gerne alles gesagt, aber Aidan trug genug Last mit sich herum. Ich wollte ihm diese nicht auch auferlegen. Wortlos legte ich meine Hand in seine und folgte ihm in den Saal. Aidan legte den Arm um mich. Wir schwebten über das blank gebohnerte Eichenparkett. Ich war mit meinen dünnen Ballettschuhen noch kleiner als sonst und schaute zu Aidan auf. Hinter der schlichten Maske sah ich das veränderte, kalte Grau seiner Augen, das der nahenden Verwandlung voranging. Ich fühlte seine gesteigerte Kraft und die schwellenden Muskeln unter der Jacke.

„Du musst gehen", sagte ich.

Aidan zog mich in eine Nische, presste mich so fest an sich, dass ich die eisige Kälte seines Amuletts durch die Kleidung fühlen konnte.

„Denk an mich kleine Elfe, ich liebe dich."

Aidan küsste mich so leidenschaftlich, dass nur noch Blitze in meinem Kopf und Feuer in meinem Körper existierten. Abrupt ließ er mich los und lief Richtung Bibliothek. Es dauerte einen Moment, bis ich mich gesammelt hatte. Seine Gegenwart brachte mich jedes Mal durcheinander. Es wurde Zeit Aidan zu folgen. Auf dem Weg in die Bibliothek sah ich Robin Hood, der einen panischen Napoleon vor sich hertrieb, gefolgt von einer dunkelgelockten Medusa.

**Das heilige Feuer**

In der Bibliothek lauschte ich in die Dunkelheit. Außer den beschwingten Klängen der Band und dem auf- und abschwellenden Gemurmel der Gäste, hörte ich nichts Ungewöhnliches. Zielstrebig ging ich zum Schreibtisch und nahm die Taschenlampe heraus, die ich in der oberen Schublade deponiert hatte. Mit schlafwandlerischer Sicherheit fand ich den Weg zu Shakespeares Werken, drückte auf den versteckten Mechanismus und wartete, bis das Regal zur Seite schwang. Erst da schaltete ich die Lampe ein. Nur ein Schritt trennte mich von einer ungewissen Zukunft. Der Gedanke an Aidans Leid trieb mich vorwärts. Ich trat auf die erste Stufe und das Regal fuhr zurück in die Ausgangsposition. Bedächtig setzte ich einen Fuß vor den anderen und stieg die ausgetretene Treppe hinunter.

Ich vernahm keine Geräusche. Totenstille hüllte mich ein. Ich vermutete das Heulen des Wolfs und das klirrende Geräusch der Ketten zuhören, die die arme Kreatur in der Zelle gefangen hielt und gegen die sie sich instinktiv wehrte. Das Blut an den Fesseln und auf den Steinen zeigte, dass sich ein Werwolf nicht freiwillig anketten ließ. Boshafte Kälte kroch wie ein unsichtbarer Nebel durch die Gänge und schnürte mir die Kehle zu. Das Amulett pulste heiß und unregelmäßig. Alle Warnleuchten flammten auf. Die Tür zu Aidans Zelle stand offen. Sie hätte fest verriegelt sein müssen. Ein Geräusch schreckte mich auf. Um mich herum wogte ein Schatten. Es roch nach Chemikalien und Wahnsinn. Alwin.

„Alwin zeig dich!", schrie ich in die Schemen.

„Ich wusste, du würdest kommen. Die Liebe zu der Bestie führte dich her, nun verrät sie dich!", schauerliches Lachen hallte durch die Krypta.

Ich erahnte seine Schläge, ehe ich sie sah, und wollte ausweichen. Die Taschenlampe rutschte mir aus der Hand. Ich kämpfte, aber meine Kräfte erlahmten und meine Reflexe wurden langsamer. Alwin schien die Stärke vieler zu besitzen. Seine Angriffe wurden schneller und präziser. Er verfehlte mich haarscharf. Ich machte eine ungeschickte Bewegung, fühlte einen stechenden Schmerz und stürzte zu Boden. Alwin warf sich auf mich. Ich wehrte mich heftig, aber er presste mich auf den kalten Steinboden, bis ich aufgab. Woher hatte er diese Kraft?

„Hab ich dich, du Schlange. Hast du gedacht, ein paar Tage in diesem Haus würden dich zur Autorität machen?", sein boshaftes Lachen ließ mich erzittern, „Ich schütze meine Geheimnisse. Leider ist mir Master Aidans Bruder auf die Schliche gekommen. – Aber das gehört der Vergangenheit an."

Alwin zerrte mich vom Boden hoch und schleifte mich in den hinteren Teil seines Labors. Vor uns baute sich eine massive Steinwand auf. Alwin ging einfach weiter vorwärts und wir schritten hindurch, auf die andere Seite in eine geheime Kammer. Ich sah mich um. Die Wand stand da, wie vorher. Unverändert. War ich durch Stein gegangen? Unmöglich. Ein Wort, das ich aus meinem Wortschatz streichen sollte.

„Nun wollen wir sehen, ob sich das Warten und meine Forschungen gelohnt haben."

Eiskaltes Entsetzen griff nach meinem Herzen. Aidan hatte sich zum Wolf verwandelt und lag auf einem Steinaltar. Er rührte sich nicht.

„Aidan!"

Ich wollte zu ihm. Alwin riss mich an meinen Haaren und warf mich zu Boden.

„Nicht so voreilig. Deine Bestie wird bald im Tod mit dir vereint sein."

„Was hast du mit ihm gemacht!", schrie ich und versuchte aufzustehen.

„Noch nichts, nur ruhiggestellt."

Alwin packte mich, zerrte mich zu einem zweiten Opfertisch. Ich wehrte mich mit aller Kraft, aber das dürre Männchen ließ mir keine Chance. Sein Wahnsinn schien ihm übernatürliche Kräfte zu verleihen.

„Lass mich! Warum tust du das?", flehte ich.

„Du wirst mir kaum freiwillig von deinem Blut geben."

Alwin versetzte mir zwei heftige Schläge. Es wurde dunkel um mich.

Ich erwachte. Mein Blick war verschleiert. Es dauerte ein paar Sekunden, bis ich klar sehen konnte. Neben mir lag der Werwolf. Er sah kaum noch wölfisch aus. Aidan schien sich gerade in der Umgestaltung zu befinden. Dann bemerkte ich, was diese Wandlung auslöste. Alwin hatte Aidan die Pulsadern geöffnet. Sein Blut floss durch eine Rille im Altar in ein Becken in der Mitte des Raumes. Panik ergriff mich. Ich musste ihm helfen. Ich versuchte aufzustehen, konnte mich aber nicht rühren. Ich schrie, aber kein Laut kam über meine Lippen.

„Gib dir keine Mühe. Ich habe dir ein Mittel gegeben, das dich lähmt. Du kannst ihm nicht helfen."

Ich sah zu Aidan hinüber. Immer blasser wurde sein Gesicht, die Rückverwandlung war zum Großteil abgeschlossen. Ich fühlte, wie eine Träne über meine Wange lief.

„Nun noch dein Blut und alles ist perfekt."

Der scharfe Schnitt an meinem Handgelenk schoss durch den ganzen Körper. Alwin hielt ein Gefäß unter die Wunde und fing etwas von meinem Blut auf. Der Rest lief wie bei Aidan in eine Rille im Stein, floss von dort in das Becken, wo es sich mit seinem Blut vermischte.

Alwin ging zu dem Labyrinthstein, den er mir gezeigt hatte, und den er durch einen Zauber durch die Steinmauer gebracht haben musste. Er ließ mein Blut hineinlaufen, dann gab er Blut aus einem anderen Gefäß dazu. Ich vermutete, dass es Aidans Blut war. Alwin öffnete eine Urne, gab ein Löffelchen Asche hinzu. Den Rest schüttete er in das Becken. Aus einer silbernen und einer goldenen Flasche gab er einige Tropfen zu dem Gemisch auf dem Stein und ließ es durch die Rillen des Labyrinths fließen. In der Mitte des Steins war ein Loch, die Flüssigkeit tropfte nach unten und fing sich in einer Kristallphiole.

Eine schwere Müdigkeit erfüllte meinen Geist und meinen Körper. Mir fielen die Augen zu. Wie lange konnte ich der Finsternis wiederstehen? Aidan hatte sich beinahe vollkommen zurückverwandelt.

„Labyrinth des Lebens. Anfang und Ende. Verbunden im ewigen Kreis. Blut des Bösen, Blut des Reinen", nuschelte Alwin vor sich hin.

Er stand vor dem heiligen Stein und begann mit den Beschwörungen. Es war kein Latein, das hätte ich erkannt. Immer wilder und ekstatischer intonierte er die Formeln. Seine schrille Stimme gellte in meinen Ohren. Alwin zog die Phiole unter dem Stein hervor, hob sie an seine schrumpeligen Lippen und trank die Mixtur.

„Ich spüre es", heulte er jubilierend auf, „es wirkt."

Er stieg in das blutgefüllte Becken und tauchte vollständig unter. Für einen Moment herrschte Stille.

„Aidan", rang ich mir ein Wispern ab.

Seine Lider flatterten. Er schlug die Augen auf. Ich sah ein dunkles Glimmen. Der Wolf hatte seinen Körper noch nicht verlassen.

Alwin schoss aus der dunklen Flüssigkeit empor. Er hatte sich verwandelt. Aus dem dürren

Männlein war ein muskulöser, großer Mann geworden. Er hatte volles schwarzes Haar und einen dichten Bart, der ihm bis auf die breite Brust reichte. Alwin hatte sein Ziel erreicht. In seinen schwarzen Augen spiegelte sich die Bosheit seiner Seele.

Ich schloss entkräftet die Augen. Es war vorbei. Ich dachte an Aidan, den ich mehr liebte als mein Leben, an den Phönix, der sich zu neuen Höhen aufschwang, nachdem er sein Leben dem Feuer überantwortete. An den Mond und die Sonne, die sich verbanden und zu einem Ganzen wurden. Völlig ausgeglichen und ihrer Natur entsprechend.

Gleißendes Licht hüllte mich ein. Die Sonne? Es war warm und erfrischend zu gleich. Der Mond? Ich sah einen Schattenriss vor der Lichtquelle. Unerwartet spürte ich die Berührung einer zarten Hand auf meiner Stirn.

„Serafine, mein Kind. Hab keine Angst. Liebe ist der Schlüssel. Der Tod ist nur die Grenze, die du überschreiten musst. Dahinter wird sich dir eine neue Tür öffnen."

„Lady Elisabeth", flüsterte ich.

„Ja, mein Kind. Öffne deinen Geist. Fülle deine Seele mit dem heiligen Feuer der Liebe und lass es durch deinen Körper fließen."

„Wird es wehtun?"

„Ja. Es wird dir einen Schmerz zufügen, den du nie zuvor verspürtest und den du nie vergessen wirst."

Die Lichtgestalt beugte sich über mich und küsste meine Stirn. Ich tat, was Lady Elisabeth sagte, und öffnete meinen Geist. Das war nicht schwer. Wie beim Schreiben gab ich mich meiner Fantasie hin, ließ einfach alle Bilder, Wörter, Sinneseindrücke, Erinnerungen, Träume und Wünsche, die mir in den Sinn kamen, durch mich hindurchströmen.

Das Amulett nahm die Impulse auf, wurde immer heißer, begann zu pulsen und Funken zu sprühen. Ich dachte an Aidan. Fühlte seinen Körper, seine Hände, den Mund, seinen Atem, die Verschmelzung unserer Körper und Seelen. Zwei Herzen, die in einer Brust schlugen, einem Rhythmus folgten. Ich riss die Augen auf. Ein gellender Schrei hallte durch die Kammer. Bestialischer Schmerz schoss durch meinen Körper und setzte ihn in Flammen. Ich brannte lichterloh. Die Flammen züngelten um meinen Körper, als wären sie eigene Wesen. Ich erhob mich vom Altar, senkte meine Hände in das Becken aus Blut, in dem Alwin stand. Sofort schossen Flammen in die Höhe. Alwin schrie und ließ blaue und rote Lichtblitze aus seinen Händen zucken. Sie prallten von mir ab und fielen auf ihn selbst zurück. Alwin stürzte zurück in den Pfuhl aus Blut und Feuer. Das Letzte, das ich von ihm sah, war eine geschrumpfte Mumienhand.

Ich hörte mich schreien, keine menschlichen Schreie, sondern die eines Vogels. Das Feuer drang immer tiefer in mich ein. Ich begann mich aufzulösen. Der Schmerz drohte mir die letzten menschlichen Gedanken zu rauben. Ich schwebte zu Aidan hinüber, hob ihn auf, als sei er federleicht und brachte ihn zu dem brennenden Becken. Er fing Feuer von meinem Feuer. Vorsichtig tauchte ich ihn ein. Die dickflüssige Masse saugte ihn auf, und zog ihn in die Tiefe.

Blitzartig schoss er empor. Nackt und vollkommen. Kein Kratzer, keine Wunde verunstaltete seinen schönen Körper. Keines seiner Haare war versengt. Seine grauen Augen sahen mich zärtlich an. Es war vollbracht. Ich schloss die Augen. Verging in meinem Schmerz und der Flamme des Phönix.


**Phönix**

Sonnenstrahlen dringen durch die weißen Chiffonvorhänge und streicheln meine Haut. Ich schlage die Augen auf. Sehe in Aidans graue Augen.

„Aidan? Du bist hier?"

Plötzlich durchzuckt es mich. Erschrocken setze ich mich auf, die Decke rutscht herunter und legt meine nackten Brüste frei.

„Du darfst nicht hier sein!"

Aidan lächelt dieses Wahnsinnslächeln und seine Augen streichen begehrlich über meine

Rundungen.

„Wieso?"

„Du musst leben! Ich sah dich, als du aus dem Becken kamst. Du hast mich angesehen und warst heil und ganz."

Aidan fasst mich am Handgelenk und zieht mich auf seinen nackten Oberkörper. Ich spüre, seine Erregung durch die Decke.

„Dir verdanke ich mein Leben. Nur dir."

Aidan dreht mich und sich herum. Er sieht mir tief in die Augen. Seine Finger streichen über meine Haut, gleiten durch mein Haar. Er küsst mein Gesicht, meinen Mund. Als er den Kopf hebt, bin ich atemlos vor Verlangen.

„Du standest in Flammen, wie ein rächender Engel. Du hast mir dein Feuer gegeben und dein Leben."

Mein Herz schlägt wild gegen meine Rippen. Ich spüre Aidans Herz im selben Rhythmus.

„Ich bin nicht gestorben?"

„Nein. Du bist durch Feuer gegangen. Mein Phönix, auferstanden aus der Asche."

Ungläubig betrachte ich meinen Körper. Ich habe keine Verletzung, keine Brandwunden oder Blasen. Einzig der Schmerz ist geblieben. Er reibt mein Inneres wund und wallt gegen mein Vergessen.

„Du fühlst es noch?"

Ich nicke erschöpft. Aidan sieht mich mitfühlend an. Er küsste meine flatternden Lider, drückt mich fest an seinen warmen, starken Körper. Der Schmerz ebbt etwas ab.

„Lady Elisabeth sagte, ich würde es für den Rest meines Lebens spüren."

„Ich weiß. Sie hat es mir gesagt."

„Du hast sie gesehen!", ich sehe Aidan aufgeregt an, „wann? Im Traum?"

„Sie ist hier im Schloss. Alwin hielt ihren Geist gefangen. Er war ein besserer Alchimist, als wir alle glaubten. Wenn ich bedenke, wie lange er uns an der Nase herumgeführt hat. Wir wollten ihm glauben, hoffen, dass es ein Heilmittel gibt."

„James fand es heraus. Alwin sagte es mir."

„Mutter erzählte uns davon. Ich vermute, dass James Tod nicht freiwillig war. Alwin täuschte uns alle."

„Ich bin froh, dass Lady Elisabeth frei ist. Dein Vater wird überglücklich sein."

„Und wie. Du müsstest ihn erleben."

Wir liegen dich aneinander gedrängt und schweigen, unsere Blicke ineinander verschmolzen.

„Wie lange war ich fort?", frage ich in die Stille.

„Zwei Wochen."

„Ich dachte, der Phönix erwacht nach drei Tagen zu neuem Leben?"

„Du bist nach drei Tagen erwacht. Ich denke, dein Geist, deine Seele brauchen länger als dein Körper, um sich zu erholen. – Aber nun", sein begehrlicher Blick streift meine nackten Schultern, „bist du fast wieder wie vorher."

„Nur fast?"

Aidan fasst in mein Haar, zieht sanft an einer Haarsträhne und hält mir die Spitze vor Augen. Sie ist feuerrot. Aidan führt meine Hand an die Lippen, küsst jede Fingerspitze einzeln. Dabei lässt er mich keine Sekunde aus den Augen.

„Du bist mein kleiner Phönix", flüstert er, „ich werde dir zeigen, wie sehr ich dich begehre."

Mit diesen Worten legt er meine Hand auf seine Brust. Ich fühle das Amulett unter meiner Handfläche.

„Du trägst es noch? Ich dachte, der Fluch ist gebrochen? War alles umsonst?"

„Meine süße Serafine. So enttäuscht?", er lächelt, „nichts war umsonst. Ich trage den Wolf noch in mir. Er ist ein Teil von mir und dient mir, statt mich zu beherrschen. Das Amulett brauche ich nicht mehr, aber es ist in den vielen Jahrhunderten zu einem Stück von mir geworden. Außerdem", er berührt das Amulett, dass zwischen meinen Brüsten liegt und das ich bis dahin nicht spürte, „du trägst das Gegenstück. Es ist die ständige Erinnerung meiner Liebe zu dir."

„Wie ist es möglich, dass du so wundervolle Worte findest?", Tränen laufen mir über die Wangen.

„Weil ich dich liebe. Bis zum Ende meines Lebens."

„Wann immer das sein wird."

„Genau", er grinst mich verführerisch an. Seine Hände gleiten über meinen Rücken, den Po bis zu meinen Schenkeln, „und solange werde ich dich lieben und den Phönix in dir zum Leben erwecken."

Ich lasse mich in Aidans erregende Berührungen fallen. Seine Küssen rauben mir die Sinne. Ich verbanne jeden anderen Gedanken aus meinem Kopf. Heute ist heute und morgen ist ein anderer Tag.


**ENDE**

**Da war doch noch was:**

Wie ich später, nach einer aufregenden, lustvollen Liebesnacht, erfuhr, hatten Eve und Simon das Haus mit unbekanntem Ziel verlassen. Einige Tage später erhielt ich einen Brief von Eve. Er kam aus Peru.

*„Liebste Serafine,*
*ich bin froh, dass du dich auf dem Weg der Besserung befindest. Aidan hat uns auf dem Laufenden gehalten. Ja, mich und Simon. Ich kann mir vorstellen, was du denkst, aber dem ist nicht so. Simon ist ein toller Kerl und ich mag ihn. Es wird Zeit für mich erwachsen zu werden und mir einen ruhenden Pol in meinem Leben zu suchen. Da du dir den anderen tollen Kerl geschnappt hast, werde ich mein Glück mit dem Dschungeldoc versuchen. Er sendet dir viele Grüße!*
*Um Moore brauchst du dir keine Sorgen zu machen. Der ist per Container auf dem Weg nach Alaska. Das mit dem Container war Simons Idee, meine Alaska. ☺ Halt die Ohren steif, meine Süße, sei glücklich. Du hast jetzt einen hervorragenden Beschützer. Wir sehen uns bald wieder. Dann will ich alles wissen.*
*Ich drück dich*
*Eve"*

Ich erfuhr, warum das Amulett so eine besondere Kraft besaß. Lady Elisabeth erzählte es mir, als ich sie bei einem Morgenspaziergang traf.

„Ich mochte Alwin von Anfang an nicht, aber

sein Leumund und seine Arbeit waren einwandfrei. Als er die Amulette für die Zwillinge herstellte, bat ich ihn die Steine für den Anhänger auswählen zu dürfen. Er dachte sich nichts dabei", sie lächelte verschmitzt, „weißt du, Alwin mochte keine Frauen."

„Das habe ich bemerkt."

„Jedenfalls löste ich die Steine aus der Kette meiner Mutter, die sie mir zu meiner Geburt schenkte. Ich tauchte jeden Stein in mein Blut und weihte sie der Sonne und dem Mond."

„Dafür hätten sie dich auf dem Scheiterhaufen verbrennen können."

„Ich musste es tun. Es ging um meine Kinder."

„Lady Elisabeth, ich danke euch. Ohne eure Hilfe hätte ich das nicht überstanden."

Lady Elisabeth lächelte und tätschelte meine Wange.

„Dank nicht mir! Du hast deine Liebe und dein Leben eingesetzt, um Aidan zu retten. Dafür danke ich dir, mehr als du dir vorstellen kannst. – Nun meine Liebe wir sehen uns später. Ich muss mich um Robert kümmern. Er hat so lange auf mich gewartet, dass er kaum von mir lassen kann."

Ich nickte und Lady Elisabeth löste sich auf. Eine Weile stand ich unschlüssig vor dem Haus, als sich die Tür öffnete. Aidan hatte die Hunde im Schlepptau. Don Juan raste wie ein Wiesel um meine Beine. Aidan nahm mich in den Arm und küsste mich.

„Kaffee", fragte er.

„Kaffee", stimmte ich zu und folgte ihm ins Haus.

## 1. Ende

Und sie leben glücklich bis ans Ende ihrer Tage, und wenn sie einst gestorben sind, dann geistern sie in den Hallen von Aldenham Park, denn eine große Liebe stirbt nie.

## 2. Ende

Die Geschichte ist fertig. Ich dachte nicht, dass es so schnell gehen würde. Nach dem Gespräch mit Mister Smith und dem Gerede von einem Erbe ist die Fantasie mit mir durchgegangen. Es hat mir gefallen, Aidan Black zu meiner Hauptfigur zu machen. Er ist der beste Shakespeare Darsteller, den ich kenne. Ein zufriedenes Gefühl macht sich in mir breit. Nur noch speichern. Ich muss los.

Ich ziehe mich warm an. Das Londoner Wetter hat sich sein schlimmstes Novembergrau übergestülpt und ein herzlos eisiger Wind weht durch die Häuserschluchten. Ich bin gespannt auf Mister Smith. Wieso hat er mich hinaus nach

Aldenham Park bestellt? Er sagte am Telefon, wie schwierig es gewesen sei mich aufzuspüren und ich möge bitte pünktlich sein. Er hätte das nicht extra betonen müssen. Pünktlich bin ich aus Prinzip. Ich trete schneller in die Pedale, schließlich will ich mir keine Blöße geben, weil ich zu spät komme.

Vor dem Eingangstor zu Aldenham Park steige ich vom Rad und gehe die Eichenallee bis zum Haus hinauf. Der Park muss im Frühling herrlich sein, wenn alles grün ist und blüht. Da taucht das Gebäude vor mir auf. Ich hole tief Luft. Das ist kein Haus, nicht einmal eine Villa. Das ist ein Schlösschen. Ich schließe mein Rad an ein eisernes Rosenspalier.

Mister Smith ist noch nicht da. Nun, ich bin pünktlich. Ich setze mich auf die Steinmauer, die die große Freitreppe begrenzt, und lasse meine Beine baumeln. Im Grunde bin ich kein ängstlicher Typ, aber vor dem verlassenen Schloss, einige Meilen entfernt vom nächsten Haus, ist mir etwas seltsam zumute. Das Telefongespräch mit Mister Smith hat mich zu einer Geschichte inspiriert und ich stelle fest, dass die Umgebung von Aldenham Park durchaus dazu angetan ist, sich solch mystische Sachen zusammenzureimen. Ein Paradies für Schriftsteller.

Ich werfe einen Blick auf meine Uhr. Jetzt könnte endlich jemand auftauchen. Da höre ich einen Wagen in die Allee einbiegen. Kurz darauf hievt sich ein wohlbeleibter älterer Herr aus einer nagelneuen Mercedes S-Klasse. Er zupft seinen Mantel und seinen Hut zurecht, angelt umständlich seine Aktentasche vom Beifahrersitz und kommt mit einem jovialen Lächeln auf mich zu.

„Miss Durham, darf ich annehmen."

Er reicht mir eine speckige Hand und ich muss meinen Widerwillen überwinden, sie zu schütteln. Er sieht sich suchend um.

„Mister Black ist noch nicht hier, wie ich sehe."

Die Verblüffung muss einen unbeschreiblich blöden Ausdruck auf mein Gesicht gelegt haben, denn der Anwalt sieht mich mit einem abschätzenden Blick an.

„Ist ihnen nicht gut, Miss Durham?"

„Doch alles gut. – Aber wer ist Mister Black? Davon haben sie mir am Telefon nichts erzählt."

Ich glaube, ich hab mich verhört. Das ist ein Déjà-vu! Ich habe dies so ähnlich in meiner Geschichte beschrieben. Von selbsterfüllenden Prophezeiungen habe ich gehört, aber das kann unmöglich wahr sein!

„Mister Black?", Mister Smith zieht die Stirn kraus, „haben sie noch nie von Aidan Black, dem Schauspieler gehört? Die Frauen sind ganz vernarrt in ihn. – Was ich ehrlich gesagt, überhaupt nicht verstehen kann."

Die Verachtung in seiner Stimme, wegen der hysterischen Frauen, ist nicht zu überhören. Mir ist schwindelig. Das Blut sackt aus meinem Kopf in andere Regionen meines Körpers. Dann ist alles Schwarz.

Ich schlage die Augen auf. Neben mir kniet ein Mann im eleganten Anzug. Seine grauen Augen sind besorgt auf mich gerichtet?
„Alles in Ordnung, Serafine?", fragt Mister Black und lächelt.
„Ich glaube schon", flüstere ich.
Bin ich tot und im Himmel? Ich kneife mir in die Hand. Au! Das tut verdammt weh.
„Dann sollten wir hören, was Mister Smith uns zu sagen hat."
Aidan reicht mir die Hand und hilft mir aufzustehen. Mit weichen Knien folge ich den beiden Männern ins Haus. Das muss ein Traum sein. Ich will nie wieder aufwachen!


3.Ende

Ich speichere die Datei und atme tief durch. Fertig! Es dauerte eine Weile, bis ich mich dazu entschloss, die Geschichte aufzuschreiben, die ich in Aldenham erlebte. Nachdem ich die ersten Zeilen schrieb, verselbstständigte sich alles. Ich konnte nicht mehr aufhören.
Meine Uhr zeigt sechs Uhr früh. Ich habe tatsächlich die ganze Nacht geschrieben. Jetzt brauche ich einen Kaffee, dann rufe ich meine Lektorin an. Sie sitzt mir im Nacken wie eine Spinne,

die auf die Fliege lauert. Aber ich habe auch nur zwei Hände.

„Liebes, hast du nicht einige Details vergessen?", Sir Robert blättert in meiner Kladde und runzelt die blasse Stirn, „du hast das sehr hübsch geschrieben, aber du könntest die Geschichte noch mehr ausschmücken. Ich weiß, dass du die Gabe dazu hast. – Ich dachte mir eventuell so in diesem Stil:

„Es ist nicht Nacht, wenn ich Eu`r Antlitz seh;

Drum glaub ich jetzt, es sei nicht Nacht um mich. Auch fehlt`s nicht an Welten von Gesellschaft. Denn ihr seid ja für mich die ganze Welt."

„Sir Robert, ich gestehe es nur ungern, aber ich bin nicht Shakespeare. Das ist heute nicht mehr gefragt, auch wenn sie das enttäuscht."

„Robert, bitte lass das Mädchen. Sie weiß selbst, wie sie ihre Geschichten schreiben muss", tadelt Lady Elisabeth ihn sanft und legte ihre zierliche Hand auf seinen Arm.

„Zum Glück bist du nicht Shakespeare", höre ich Aidans spöttische Stimme hinter mir, „ich liebe dich. Aber Frauen mit Bart – dass ist nicht so mein Ding."

Er nimmt mich lachend in den Arm. Sein warmer Körper fängt mich ein und ich schmiege mich an ihn.

„Kinder!", Sir Robert schüttelt missbilligend den Kopf, „immer nur Flausen im Kopf."

„Liebster, erinnerst du dich, wie wir damals waren?", Lady Elisabeth sieht Sir Robert mit zärtlichem Blick an.

„Natürlich, mein Herz", er lächelt und küsst sie auf die Wange.

Mit zuckendem Fluoreszieren lösen sich die beiden auf.

„Väter! Immer einen guten Ratschlag auf den Lippen."

Aidans Blick streift liebevoll über mein Gesicht, dann küsst er mich eine kleine Ewigkeit. Lustvolle Gefühle wallen auf. Atemlos sehe ich ihn an.

„Untreues Weib. Wie konntest du mich die ganze Nacht meiner verzehrenden Sehnsucht überlassen?", fragt er streng, „eine Nacht ohne dich ist schlimmer, als alle Vollmondnächte meines Lebens zusammen."

„Verzeiht, mein Herr. Die Musen küssten und verführten mich. Ich schwache Frau konnte ihrem Ruf nicht widerstehen", seufze ich und hauche ihm kleine Küsse auf den Hals, „es soll nicht wieder vorkommen."

„Das will ich stark hoffen!"

Sein begehrlicher Blick trifft direkt in mein Lustzentrum. Seine Hände streichen über meine Hüften.

„Wir sollten nachholen, was wir in der Nacht versäumt haben. Bei Gott, ich werde dich fressen", flüstert er mir neckisch ins Ohr, „ich kann für nichts garantieren."

„Dann komm."

Beflügelt von meinem wilden Verlangen, ziehe ich ihn hinter mir her, die Treppe hinauf in unser

Schlafzimmer. Ich bin wirklich froh, dass der Wolf in Aidan nicht verschwunden ist.


## 4. Ende

Die Bedienung bringt mir einen großen Cappuccino. Ich lächele ihr dankbar zu. Die letzten drei Stunden habe ich mit der Korrektur meiner Geschichte und Kaffee trinken verbracht. Die Rechnung für meinen heutigen Kaffeeexzess steht noch aus. Hoffentlich habe ich genug Geld bei mir, um meine Außenstände zu zahlen.

Im Café ist es voll geworden. Wahrscheinlich Zeit fürs zweite Frühstück. Ich spüre ein Loch in meinem Bauch und beschließe noch ein Brötchen mit Salami zu bestellen. Als Belohnung sozusagen. Ich schaue mich nach der Kellnerin um, als mein Blick an einer hochgewachsenen Gestalt hängen bleibt. Ein Blick aus aufmerksamen braunen Augen trifft mich. Der athletische Mann kommt mit selbstsicherem Schritt auf mich zu.

„Entschuldigen sie. Ist hier noch ein Platz frei?"
„Ja. Setzen sie sich."

Ich räume meine Zettel und meine Stifte zusammen, klappe mein Netbook zu und mustere mein Gegenüber. Dunkles, etwas wild gestyltes Haar, Dreitagebart. Er sieht mich ebenfalls aufmerksam an.

„Könnte es sein, dass wir uns schon einmal begegnet sind? - Mein Name ist Simon Bateman. Historiker und Ethnologe an der Universität von Leeds."

Ich verschlucke mich am Cappuccino. Sanft klopft er mir auf den Rücken und lächelt.

„So schlimm ist das auch nicht."

„Natürlich nicht. Verzeihen sie. - Mein Name ist Serafine Durham."

Ich lege meine Hand in seine. Simon hält sie fest.

„Ich könnte schwören, dass wir uns schon einmal begegnet sind. - Aber was soll`s. Jetzt sind sie ja da."

Sein zärtlicher Blick macht mich verlegen. Ich glaub, ich träume.

„Ja", flüstere ich verzaubert, „jetzt sind wir ja hier."


5.Ende

Das einzige Licht im Raum rührt von meinem Laptop her. Die Nacht umfängt mich mit weichen Armen und die Worte strömen aus mir heraus. Zeile für Zeile verwebt sich auf dem Bildschirm zu einer verrückten, wildromantischen Geschichte über ein Schloss mit Geistern. Menschen, die sich in Wölfe verwandeln und einer mutigen Frau, die durch ihre Liebe den Mann ihres Herzens rettet.

„Na meine süße Schriftstellerin", höre ich Henrys zärtliche Stimme hinter mir.

Er haucht mir viele kleine Küsse auf den Hals, legt seine Hände auf meine Schultern und massiert mir den Nacken.

„Oh Henry, das ist himmlisch", seufze ich und lehne mich gegen ihn.

Henry beugt sich vor und küsst mein Schultern, öffnet ohne Eile die Knöpfe meines Pyjamas und lässt seine Hände über meine Brüste gleiten. Mein Atem geht schneller. Ich lehne meinen Kopf weiter zurück. Henry küsst meinen Mund, seine Zunge beginnt ein wildes Spiel und seine Hände tauchen immer tiefer hinab.

„Komm Engel, lass uns nach oben gehen, bevor du mir in deinen Fantasie-Welten verloren gehst."

Henry speichert meinen Text, fährt den Laptop auf Standby herunter und zieht mich vom Stuhl.

„Eine kleine Inspiration wird mir guttun", stelle ich fest.

Henry lacht leise, hebt mich hoch und trägt mich ins Schlafzimmer.

„Bei einer Kleinen wird es nicht bleiben", flüstert er mir verführerisch ins Ohr, als er mich auf die weichen Kissen betet. Im warmen Licht der Nachttischlampe sehe ich seine blauen Augen, die sich durch sein Begehren in dunkle Seen verwandelt haben.

„Das will ich hoffen", erwidere ich.

Als er mich berührt, seinen Mund auf meinen

legt, lasse ich alle anderen Gedanken los und gebe mich seiner erregenden Leidenschaft hin, die mich in einen ungezähmten Rausch aus Lust und Begierde stürzt.

**Abbitte**

Müsste ich für meine Geschichte Abbitte leisten, dann will ich es mit Williams Schlussmonolog des Droll tun:
„Wenn ich (wir) Schatten euch beleidigt,
O so glaubt – und wohl verteidigt
Bin ich (Sind wir) dann! -, Ihr alle schier
Habet nur geschlummert hier
Und geschaut in Nachtgesichten
Meines (eures) eignen Hirnes Dichten
Wollt ihr diesen Kindertand,
Der wie leere Träume schwand,
Liebe Herrn, nicht gar verschmähn,
Sollt ihr bald was Bessres sehn.
Wen wir bösem Schlangenzischen
Unverdienter Weis` entwischen
So verheißt auf Ehre Droll,
Bald euch meines (unseres) Dankes Zoll
Ist ein Schelm zu heißen willig,
Wenn dies nicht geschieht, wie billig.
Nun gute Nacht! Das Spiel zu enden,
Begrüßt mich (uns) mit gewogenen Händen!

**(Abgang)**

**Anhang: Wissenswertes**

**Herbstaugen (S.250)**

Presse dich eng
an den Boden.

Die Erde
riecht noch nach Sommer,
und der Körper
riecht noch nach Liebe.

Aber das Gras
ist schon gelb über dir.
Der Wind ist kalt
und voll Distelsamen.

Und der Traum, der dir nachstellt,
schattenfüssig,
dein Traum
hat Herbstaugen.

**Hilde Domin**

**Inhalt: „The Twelfth Night" (Was ihr wollt), William Shakespeare**

Viola überlebt ein Schiffsunglück vor der Küste Illyriens, bei dem ihr Zwillingsbruder Sebastian ums Leben gekommen zu sein scheint. Viola beschließt als Knabe verkleidet in die Dienste des Herzogs Orsino zu treten, der über Illyrien herrscht.

Orsino ist unsterblich in die Gräfin Olivia verliebt, die aus Trauer, um ihren verstorbenen Bruder, sieben Jahre ihr Gesicht verschleiern und die Gesellschaft von Männern meiden will. Die als Mann verkleidete Viola, die sich jetzt Cesario nennt, gewinnt rasch die Gunst Orsinos und wird von ihm beauftragt, seine Liebesbotschaften an Olivia zu übermitteln.

Olivia verliebt sich jedoch in den „jungen Mann" Cesario, während Cesario/Viola Gefallen am Herzog gefunden hat.

Auch Ritter Andreas Bleichenwang würde Olivia gerne heiraten und findet Unterstützung bei Olivias Onkel, Tobias Rülp, der es auf das Geld seiner Nichte abgesehen hat, um seine Saufgelage zu finanzieren. Die nächtlichen Ausschweifungen der beiden werden jedoch von dem Verwalter Malvolio immer wieder gestört.

Um sich an dem Widersacher zu rächen, beschließen Rülp und Bleichenwang, zusammen mit der Zofe Mary und dem Narren Feste, Malvolio einen Streich zu spielen. Mary, deren Handschrift derjenigen Olivias gleicht, fälscht einen Brief der Gräfin an den Verwalter, der diesen Glauben machen soll, Olivia habe ein Auge auf ihn geworfen.

Malvolio fällt auf den Inhalt herein und handelt gemäß den Vorgaben des Briefes: er trägt gelbe Strümpfe mit überkreuzten Strumpfbändern, benimmt sich seltsam und lächelt die ganze Zeit. Wegen dieses Verhaltens erklären Tobias und Mary Malvolio für verrückt und sperren ihn in einen dunklen Raum. Der Eingesperrte wird obendrein gepeinigt, als sich Feste ihm als Geistlicher vorstellt und behauptet, der Raum sei voller Fenster und hell.

Die Ereignisse überschlagen sich, als Sebastian – der den Schiffbruch überlebt hat – auftaucht und für Cesario gehalten wird. Olivia trifft auf Sebastian, verwechselt ihn mit Orsinos Boten und heiratet ihn Hals über Kopf.

Es kommt zum Showdown: Orsino droht den vermeintlich untreuen Diener zu töten, was durch das Auftreten Violas jedoch verhindert wird.

Am Ende wendet sich vieles zum Guten: Die Zwillinge erkennen einander. Sebastian bleibt bei Olivia. Orsino verspricht, Viola zu heiraten. Bleichenwang zieht unverrichteter Dinge davon. Sir Aidan heiratet das Kammermädchen Mary und Malvolio wird aus seiner Gefangenschaft entlassen.

# Inessa - Die Stadt der Verlorenen-
Von Caroline Susemihl

Selena bekommt vom Lordprotektor der Megacity Inessa den Auftrag, Gavin Harris zu eliminieren. Sie fügt sich seinem Willen, da der Lordprotektor ihren Bruder Alain gefangen hält, obwohl sie als letzte Angehörige des Soleas Clans eine Heilerin ist und dies ihren Grundsätzen widerspricht. Als sie Gavin Harris gefunden hat, überschlagen sich die Ereignisse. Selena gerät zwischen die Fronten. Ihre intensiven Gefühle für Gavin und seinen Bruder Lance, die dem Tandark Clan angehören, erschweren die Dinge zusätzlich. Selena muss sich für eine Seite entscheiden. Das Leben aller Beteiligten steht auf dem Spiel.

*ISBN: 978-3-7357-8058-4*

# DAS SCHWERT DER UMANYAR
Von Caroline Susemihl

Paul und Emily besuchen mit ihren Eltern ein Museum in einer alten Burg. Fasziniert bleiben sie vor einem Langschwert stehen. Während Paul die Objektbeschreibung liest, möchte Emily weitergehen. Plötzlich beginnt das Schwert zu leuchten und richtet das Wort an die Kinder. Angsterfüllt wollen die Kinder die Flucht ergreifen, aber das Schwert überredet sie zu bleiben und der spannenden Geschichte zu lauschen, die es über seinen früheren Herrn Niall erzählt. Niall rettete als Junge einen Elbenprinzen aus den Fängen der bösen Hexe Moireach, begegnet dem letzten Drachen und muss einige Prüfungen erdulden, bis er am Ende für seine Heldentat belohnt wird.

*ISBN: 978-3-7357-8882-5*